Fabrício Corsaletti

UM MILHÃO
DE RUAS

Crônicas 2010-2025

editora 34

EDITORA 34

Editora 34 Ltda.
Rua Hungria, 592 Jardim Europa CEP 01455-000
São Paulo - SP Brasil Tel/Fax (11) 3811-6777 www.editora34.com.br

Copyright © Editora 34 Ltda., 2025
Um milhão de ruas © Fabrício Corsaletti, 2025

A FOTOCÓPIA DE QUALQUER FOLHA DESTE LIVRO É ILEGAL E CONFIGURA UMA APROPRIAÇÃO INDEVIDA DOS DIREITOS INTELECTUAIS E PATRIMONIAIS DO AUTOR.

Fotografias:
Fabrício Corsaletti

Capa, projeto gráfico e editoração eletrônica:
Franciosi & Malta Produção Gráfica

Revisão:
Chico Mattoso, Alberto Martins

1ª Edição - 2025

CIP - Brasil. Catalogação-na-Fonte
(Sindicato Nacional dos Editores de Livros, RJ, Brasil)

Corsaletti, Fabrício
C386u   Um milhão de ruas: crônicas 2010-2025 /
Fabrício Corsaletti — São Paulo: Editora 34, 2025
(1ª Edição).
416 p.

ISBN 978-65-5525-243-9

1. Crônicas brasileiras. I. Título.

CDD - 869.3B

UM MILHÃO DE RUAS

Nota 17

Bar Mastroianni 19
Perambule 171
Ela me dá capim e eu zurro 273

Índice dos textos 400
Sobre o autor 407

*pro Betito,
parceiro de aventura*

NOTA

Este volume reúne os dois livros de crônica que publiquei até o momento — *Ela me dá capim e eu zurro*, de 2014, e *Perambule*, de 2018 — e *Bar Mastroianni*, que é novo. Boa parte dos textos apareceu pela primeira vez na *Folha de S. Paulo* entre 2010 e 2019, e alguns poucos em revistas como *Gama*, *Globo Rural* e *Piauí*. Em *Bar Mastroianni* há um grande número de inéditos.

Encontrei o título *Um milhão de ruas* no verso "*a million dead-end streets*", de David Bowie. Em "Changes", porém, as ruas são sem saída. Aqui, são a única saída. Sair de casa, ver o mundo, voltar com a cabeça abarrotada de imagens, sons e uns fiapos de sentido tem sido toda a minha fé nos últimos trinta anos.

Em *Bar Mastroianni*, além das crônicas, dos poemas em prosa e das crônicas em verso, algo que eu já havia experimentado em *Perambule*, encaixei meia dúzia de contos e um monólogo teatral.

Escrever é parecido com andar, embora andar nem sempre se pareça com escrever. Talvez um dia você acabe trancado numa quitinete de 3 x 4 m, a perna quebrada e o saldo bancário sessenta graus abaixo de zero, e ainda assim vai encontrar um jeito de se colocar em movimento. Pois onde há desejo há linguagem e onde há linguagem as coisas não têm fim.

F. C.

BAR MASTROIANNI

O MAIOR VERSO DA MÚSICA BRASILEIRA

Se te perguntassem qual o maior verso da música brasileira, o que você responderia? Foi o que o meu amigo Leo, dono do bar Simpatia 105, localizado, adivinha, na rua Simpatia nº 105, na Vila Madalena, nos perguntou, a mim e a LB, minha amiga há um quarto de século, num fim de noite de sexta-feira. O salão estava cheio, e na calçada éramos quatro: LB, eu, Leo e Letícia, sua namorada e sócia do Simpatia. Enquanto alternávamos tequila e cerveja, olhávamos a lousa recém-pintada, ainda limpa de frases, e tentávamos decidir qual verso da música brasileira — o maior — seria escrito ali. Esse era o plano do Leo. A Letícia, que não estava bebendo e tem letra boa, aguardava a decisão com um pincel numa mão e uma lata de tinta branco-indelével na outra.

O Simpatia é um bar que homenageia a música, assim como o São Cristóvão, também do Leo, homenageia o futebol. Suas paredes são forradas de fotos de músicos, em geral brasileiros, americanos e cubanos. Bola de Nieve, Amy Winehouse (inglesa, eu sei), Tim Maia, Miles Davis, Rita Lee — e até um Bob Dylan, que o Leo detesta, pra agradar um amigo dele que adora. Imaginem o Olimpo. É parecido. A lousa ficava embaixo de uma foto do Mano Brown.

LB e eu quase enlouquecemos. Que responsa. Devíamos procurar pelo maior verso ou o maior verso do maior poeta, mesmo que não fosse O Maior Verso da Música Brasileira? Saímos disparando pérolas na noite paulistana, rindo de euforia a cada achado (às vezes lembrávamos, não de um verso, mas de um dístico, e fingíamos que era um verso só):

É pau, é pedra, é o fim do caminho
Tu pisavas nos astros distraída
Cresci olhando a vida sem malícia
No meu céu a estrela-guia se perdeu
Já comi muito da farinha do desprezo
Ali onde eu chorei qualquer um chorava
Sou diplomado em matéria de sofrer
Você é o estandarte da agonia
Tudo penso e nada falo
De cada amor tu herdarás só o cinismo
Tire o seu sorriso do caminho
Não brinque com o meu interior
Não adianta nem tentar me esquecer
Vou me afundar na lingerie, baby
Só bim bom bim bom bim bim
Glória à farofa, à cachaça, às baleias
É doce morrer no mar
Eu vou tomar aquele velho navio
Vou navegando em busca da felicidade
A felicidade vai desabar sobre os homens
Os alquimistas estão chegando
E precisamos todos rejuvenescer
Vai, bicho, desafinar o coro dos contentes
Respire a sujeira da vida
Risque outro fósforo, outra vida, outra luz, outra cor
É melhor ser alegre que ser triste
Alalaô ô ô ô ô ô
Lugar de poesia é na calçada
Se eu for pensar muito na vida morro cedo, amor
Qualquer maneira de amor vale a pena
Vê se me dá o prazer de ter prazer comigo
Meu samba é a única coisa que eu posso te dar
Solidão é lava que cobre tudo
Minha mãe não dorme enquanto eu não chegar
Existirmos: a que será que se destina?

Será que é tudo isso em vão?
Eu quero a sorte de um amor tranquilo
À beira de um regato e um bosque em flor
No mais, estou indo embora
Andar com fé eu vou
Quando o verde dos teus olhos se espalhar na plantação
Você me abre seus braços e a gente faz um país
Somos a vida e o sonho, nós somos o amor
Acabou chorare

Mas antes de contar que verso foi eleito OMVDMB, quero dizer duas palavras sobre LB. Duas palavras no nosso idioma são duzentas, dizia o Nelson Rodrigues naquela crônica sobre pirâmides e biscoitos, a da morte do Guimarães Rosa, que texto, qualquer grandeza já desumaniza a pessoa, que ideia, ninguém chorou no velório do Rosa, em compensação no de Lemos Bexiga, vizinho do Nelson quando ele era garoto, a viúva subiu no caixão a cavalo, gritando me leva junto com você, Lemos! Qualquer grandeza já desumaniza um ser humano, que se torna menos humano, hahaha, e mais ser, ai meu Deus, para de falar merda, e LB é grande e humana, eu a conheci num sebo, já contei numa crônica em que inventei vários detalhes, ela não faz ioga por exemplo, senão não tem graça, senão pra que, amigos, amigas, blá-blá-blá. Pra que escrever se não, odeio soluço, for pra viver uma segunda vida, odeio, nem melhor nem pior, o soluço é uma vírg, outra vida, o eu é um outro, ih vai começar a falar de Bob Dylan, uma vírgula diafragmática, merda, bebe de ponta-cabeça, obrigado Lelê, assim não, isso, vai passar, é o maior, assim como o Chico, Dylan brasileiro, Dylan brasileiro é uma mistu, de Caetano, Chico e Jorge Ben, mas Chico é o ma, depois do Djavan, Djavan não: Dylan!, o Leo não gosta, nem eu, ninguém gosta, bando de ignoran, e como eu dizia LB é uma amiga extraordinária, inteligente e culta, com quem sempre vale a pena sentar, beber e conversar. Pronto. Passou.

Chegamos finalmente a LB. Aquela crônica do Nelson é foda. Das melhores. Nível Rubem Braga e o *Vento vadio* do Antônio Maria, em outra chave. Com quantas pessoas vale a pena sentar, beber e conversar? Umas 68, no máximo.

LB contou a história dos três porquinhos lúbricos.

E alçamos Chico aos céus.

— Saçaçaricando.

— Nem FO-dendo.

Agora era escolher o verso. Pensamos em primeiro, olha a polícia, filhos da puta, selecionar as melhores músicas. Preguiça de fazer outra list, hahahaha, voltou?, e olha que a gente é branco. Não vou contar que músicas, ou canções, como muita gente gosta de dizer, eu inclusive, depende da hora, enfim, quais canções, naquela noite odobabe, citamos pra provar que o Chico. Um dia vou fazer um livro só de etcéteras. Vai ser o seu melhor livro. O melhor livro do mundo. O livro dos etcéteras. O livro das semelhanças, disse LB. Por que que eu dou cachaça pra vagabundo? Qual o maior verso da música brasileira, seus doentes?

Amou daquela vez como se fosse a última. Claro que ninguém se toca com minha aflição. Viva a folia, a dor não presta. Anota aí, vai anotando, senão vamos esquecer tudo. E LB ria seu sorriso imenso, um sorriso que já contém uma gargalhada embutida, gargalhada ou luz interior, depende. E o Leo ria e organizava, fazendo o ranzinza, bêbado também, curtindo, do que me lembro, vamos, vamos, concentração, crianças. E a Letícia com a lata de tinta na mão, ou no chão, já meio descrente, do que me lembro.

Tem que ser "Bye Bye Brasil", concordamos. Será? Sim! O cara no telefone, cada verso uma imagem, cada imagem uma cena ou um universo. Uni-verso. Não, não, para. E reparou que cada verso da canção poderia ser o título de um livro? Espera passar o avião, assim que o inverno passar, com a benção do meu orixá, saudades de roça e sertão, já tem fliperama em Macau, eu tenho tesão é no mar, bateu uma sau-

dade de ti, tem um japonês trás de mim (hahahahaha), aquela aquarela... Nunca tinha me ligado: aquela aquarela, nunca tinha me ligado... Como chama mesmo isso? Para... paro... paronomásia! Boa. Tu é gênia, gata etc. Nunca tinha me ligado. Lindo demais. Foda. Vamos, crianças. Chega de digressão. Essa é a primeira vez que alguém toma uma bronca dessas: chega de digressão. Vai se fudê. Como é mesmo aquele verso do Cruz e Souza? Noite arrombada, eu te venero e amo?
— Hahaha.
— Hahahahahahaha.
Desculpe, leitor. Estamos abusando, com certeza. Vou dizer logo qual foi a nossa decisão:

Bom mesmo é ter um caminhão

Vai rindo. É um puta verso. Digno de Brecht e Nicanor Parra. E de Noel Rosa, óbvio. Concreto, uma imagem visual, objetiva — cheia de esperanças estradeiras. E gosto de tudo que começa com "bom mesmo". O livro do bom mesmo. O livro do travesseiro. Ah, que livro! Vamos pra Liberdade? Sossega, não tem nada aberto a essa hora. Quando alguém diz "bom mesmo..." eu nem ouço o resto da frase. Bom mesmo. Ter. Um caminhão. Adoro estrada. LB também. Já viajamos juntos, já velejamos juntos, já fizemos o diabo. Bom mesmo é ter um caminhão e um amigo taverneiro. "Bom mesmo é ter um caminhão" — um octossílabo que João Cabral, que desprezava música, compreende?, e queria encher os poemas dele de sílabas de pedra, compreende?, aceitaria e até admiraria, compreende? Mas não tem pedra no verso. Talvez tenha na carroceria do caminhão, disse LB. Haha. E na boleia? Na boleia é só amor. Hahaha.
— Vocês têm certeza que é o melhor verso do Chico? — o Leo perguntou pela nonagésima sétima vez.
— TEMOS.

Última cerveja. Tequila com sangrita? Fernet. Com tônica e limão. Chico tomava. Pode crer. Bota aí um Benny Moré, bem alto. Não.

No dia seguinte, uma mensagem do Leo:

E aí, Zé Ressaca, você ainda garante, assegura, afirma, assevera, juramenta e declara que "Bom mesmo é ter um caminhão" possa ser o maior verso da música brasileira?

Claro que sim, respondi, mentindo e falando a verdade.

2

Em Santo Anastácio, nos anos 1990, houve dois Halloweens. No primeiro eu tinha catorze anos, no segundo quinze. Nas duas vezes o Gustavo e eu fizemos a mesma coisa: num boteco em frente à estação de trem, compramos uma garrafa de vinho Natal pra cada e fomos andando e bebendo pela avenida principal até o clube próximo ao trevo onde aconteceria a festa. O trajeto dava uns quatro quilômetros. Passavam carros de amigos e ofereciam carona, mas a gente recusava, dava mais uma golada no vinho doce e seguia em frente. Àquela hora da noite a cidade parecia outra — mistério nas fachadas conhecidas. O álcool tinha acabado de entrar na minha vida. A poesia ainda não. Eu ouvia Ramones e às vezes, nos terrenos baldios, alguma menina me chupava o pescoço. Não lembro o que eu conversava com o Gustavo. Qualquer besteira sobre o que aconteceria na madrugada, quando todo mundo estivesse louco. Então as garrafas ficavam vazias e a gente não conseguia mais falar. E de repente, flutuando no meio do pasto, surgia o galpão de luzes coloridas, de onde saía uma música vagamente idiota. Eu olhava pra cima — estrelas borradas e lua universal. Um cara mais velho se aproximava e perguntava se a gente precisava de ajuda. O Gustavo vomitava e, por solidariedade, eu vomitava também. Um outro cara nos levava embora. A mesmíssima cena dois anos consecutivos. Depois pararam de fazer Halloweens. O Gustavo virou boiadeiro. Eu me tranquei no quarto dos fundos pra ler Bandeira e Drummond. Os poetas modernos. As grandes cidades. Um dia meu tio Mário passou em casa às quatro da manhã com a caminhonete abarrotada e me levou pra São Paulo.

UMA SAPATARIA

uma sapataria sem importância
uma sapataria vagabunda
que vejo
quando subo a Consolação
voltando do trabalho
uma sapataria que não me faz lembrar
de nada em especial
uma sapataria onde nunca entrei
e onde portanto não vivi
algo que aos vinte anos eu chamaria de
epifania
uma sapataria
cujo sapateiro
não engraxa os meus sapatos
porque é longe de casa
ou porque não uso sapato
um lugar que não me intriga
não me comove
não me provoca nenhum pensamento
sobre a atual situação econômica
do Brasil
uma sapataria sem grandes semelhanças
com bicicletas
e cassinos uruguaios
uma sapataria que não depende de mim

DELITOS PORTENHOS

Eram duas da tarde e na nossa mesa havia dois pratos sujos, com restos de salada e cascas de bife à milanesa. Pedimos mais uma cerveja e mais duas doses de uísque sem gelo.

— Você precisa escrever um romance ambientado aqui em Buenos Aires.

— Eu já fiz isso, ué.

— Eu sei, eu sei, mas chega dessa coisa pessoal, colada na sua biografia. Você tem que partir pra ficção, pra ficção pura e simples.

— Eu não sei escrever assim. Só sei escrever do meu jeito. E meu negócio é poesia. Não tenho a ambição de virar ficcionista.

— Para com isso. Confia em mim. Você vai pegar gosto pela coisa.

— Vou nada. Hoje eu quero encher a cara. Não cria problema pra mim, não.

— Ó, me acompanha. A história começa aqui, nesse bar. O narrador é um poeta, que nem você, mas um poeta que adora romance policial. É fã de Henning Mankell ou qualquer merda do tipo.

— Henning Mankell é massa. Bom de ler.

— Então. Você abre o livro com uma descrição desse bar aqui, o... Como chama mesmo? Rinoceronte?

— Hipopótamo.

— Isso. Hipopótamo. Descreve tudo: o balcão... Que

balcão bonito, não tinha reparado... O balcão, a luz caramelo, os bancos do parque Maradona...

— Hahaha. Parque Lezama, maluco.

— Tô brincando. Os bancos do parque Lezama Lima, os carros estacionados, os turistas, os moradores do bairro, aí você fala um pouco do bairro... Quando chegar a vez de descrever as paredes de vidro, esses janelões cheios de arabescos de fileteado portenho... Adoro fileteado portenho. Depois precisamos arrumar um pó, hein. Liga pros seus amigos argentinos. Liga agora!

— Eu não tenho nenhum contato desses aqui, Betto. Já te falei, esquece isso.

— Bom, beleza. Voltando: quando chegar a vez de descrever as janelas, você faz um velho ser assassinado na calçada do Británico. Ali, ó, na entrada do bar. O narrador vê o crime, aí para a descrição, ele corre pra rua, se junta à multidão que se forma ao redor do véio. Deixa eu pensar um pouco...

Servi cerveja pra mim e pra ele. O garçom trouxe um potinho de amendoim, cortesia da casa. Eu estava feliz de estar de novo em Buenos Aires. Amava aquela cidade onde tinha passado seis meses, dez anos antes, quando tudo ainda estava em aberto e o futuro me enchia de angústia. Agora é o presente que me enche de angústia.

— Já sei! Ao contrário das previsões do narrador, a polícia simplesmente não aparece na cena do crime. Não interessa o motivo. Aí surge um carro velho, amarelo e amassado e encosta ao lado do cadáver, buzinando pra multidão. Descem dois caras grandes, parrudos, quase gordos, um de óculos escuros e outro não... Um careca jovem e um velho cabeludo... Mas isso é detalhe, tanto faz. Os caras pegam o cadáver, jogam dentro do porta-malas e caem fora. O narrador, fanático por histórias de crime, pega um táxi e segue o carro amarelo.

— Clichezão, hein. Mas continua.

— Os clichês fazem parte, porra. O lance é como você conta a história. Que não pode ser feita só de clichês, claro. E deixa de ser fresco. Prosa não é poesia. Você precisa escrever ficção, bicho. Tô te falando. Vai por mim. Você vai curtir pra caralho.

— Vou pensar no assunto. Falando em assunto, que tal a gente mudar de assunto e ir pra outro bar?

— Vamos, vamos. Acha um bar legal aí pra gente. Em San Telmo mesmo. Pra dar pra ir a pé.

— Xacomigo. Paga essa que eu pago a próxima.

— Beleza.

Fui ao banheiro. Na volta, Kabetto já estava na calçada, me esperando. Fumava um cigarro e olhava pra calçada do crime. Sua cabeça estava inteiramente branca. Eu o conhecia há vinte anos, ou mais, e o considerava o maior estilista vivo da língua portuguesa do Brasil. Lembrei de uma vez na Augusta, em que ele chegou atrasado pra uma cerveja comigo e com uma amiga nossa exclamando: puta que pariu, me vi no espelho de uma loja e me dei conta que virei um cotonete ambulante! Puta que pariu! É a vecchiaia abrupta!

— Vem cá. Olha ali. Tá vendo a mancha escura de sangue? Foi onde mataram o velho.

— Haha. Vamos indo. Você termina de contar a história enquanto a gente procura um bar.

— Não, agora é com você. Já te dei a primeira cena. Agora é só você inventar o resto.

— O resto... Só rindo. Eu não sei escrever ficção. Ainda mais ficção policial. Tô fora. Não tenho vontade nem talento pra isso.

— Bicho, é sério. Eu sei que você precisa partir pra ficção. Vai fazer bem inclusive pra sua poesia.

— Como?

— Sei lá. Depois eu penso numa resposta pra isso. Vamos achar logo esse bar. Já tô com sede.

Zanzamos quase em ziguezague por San Telmo. Paramos num bar que por um instante me pareceu maravilhoso e no instante seguinte já se mostrou deprimente — o típico bar pra turistas. Pagamos a conta e voltamos pra rua. Então paramos no café Poesía, ou La Poesía, não sei. Em todo caso, era um nome afetado. Eu já tinha bebido lá em outras épocas. Kabetto adorou. As mesas da calçada estavam vazias e lá dentro só havia duas ou três mesas ocupadas. A luz da tarde já estava caindo, começou a esfriar, mas Kabetto queria sentar do lado de fora de todo jeito. Pedimos dois uísques pra garçonete. Quando ela trouxe os uísques, pedimos duas cervejas pretas. Em frente ao café tinha um predinho de dois andares com balcões de ferro, bem espanhóis. Creme com janelas verdes. Kabetto ficou fascinado.

— Precisamos alugar esse prédio e fazer uma república de escritores! Chamar uns broders escribas pra rachar o aluguel. Você não acha uma boa?

— Seria demais! Eu topo. Será que é caro?

— Não deve ser muito. Não mais caro que o que eu pago em São Paulo. Olha essas janelas, que incríveis! Um quarto pra cada um. E esse café à altura de um grito, como diria García Lorca.

— Lorca disse isso?

— Se não disse deveria ter dito.

— Vamos escrever pra meia dúzia de doidos e ver o que acham. Quem sabe. Eu viria fácil. Já tô meio bêbado, mas acho que tô falando sério.

— Fechou, fechou! Continuando: o cara segue o carro amarelo. O carro amarelo pega a rodovia e só vai parar num sítio, a uns cem quilômetros de Buenos Aires.

— Lá vem...

— No sítio tem cinco cachorros bravos cuidando da casa, obviamente caindo aos pedaços. Um sítio meio abandonado, com poucas árvores e um pasto todo fodido, com umas vacas magras e um pangaré com o lombo machucado por maus tratos... O narrador desce do táxi, vai com cautela até perto da casa, se esconde atrás de um monte de terra, escurece, a bateria do celular dele acaba...

— Isso é filme de Hollywood.

— Foda-se. Que seja Hollywood. E daí?

— Beleza. Então continua.

— Não, você que tem que continuar. Já te falei. Você precisa escrever ficção. Chegando em São Paulo, senta a bunda no computador e escreve.

— Tudo bem. Vamos lá. Mas depois não vem me dizer que eu não sei inventar histórias. Os caras fazem barulho de talheres, prato quebrado... O narrador se aproxima da casa. Pela janela, vê os caras lá dentro, jantando. São quatro: os dois do carro e outros dois. Um deles é cego.

— Cego? Por quê?

— Sei lá. Foi o que me passou pela cabeça.

— Beleza. Manda brasa.

— O cego é o chefe do bando. O narrador percebe isso pelos gestos submissos dos outros em relação ao cego. Aí o cego diz alguma coisa pra um deles. O cara levanta da mesa e sai do campo de visão do narrador. Volta com o prisioneiro.

— Que prisioneiro? O velho tá morto.

— Caraio, tinha esquecido. Tá vendo como não sou bom nisso?

— É assim mesmo. Deleta e começa de novo. O cara volta pra sala de jantar com a cabeça do morto.

— Exagerado.

— Um pouco. Hahaha. Foda-se. Volta com a cabeça do velho e põe em cima da mesa. Da mesa, não: da pia! O chefe olha pra cabeça e diz alguma coisa, talvez um xingamento.

— Mas ele é cego, animal!

— Hahahaha. Verdade. Peraí. O cara põe a cabeça em cima da mesa! O cego apalpa a cabeça. Manda tirarem a cabeça dali imediatamente. Começa a berrar com os outros três.

— Por quê?

— Porque os caras mataram o velho errado. O velho que devia ser morto tinha cabelo. Aquele era careca.

— Hahahaha. Que absurdo.

— O velho careca era irmão do velho cabeludo, por isso os caras se confundiram. Os dois irmãos moravam na mesma casa. Os idiotas seguiram o irmão errado. Peraí. Preciso mijar.

Fiquei olhando o predinho de janelas verdes e balcões de ferro preto. Era perfeito. Parecia a solução de todos os meus problemas. Imaginei uma vida de artista sem grandes preocupações. Eu escreveria de manhã, daria alguma aula à tarde, no fim do dia viria beber no La Poesía, que até lá já teria ganhado um apelido decente. Café da Esquina. Café da Frente. Café de Baixo. Baixo Astral Café. Café Antipoesia. Café Antimofo. Muquifo do Café. Quintal do Café. Quintal do Infortúnio. Quintal do Inferno.

O Kabetto chegou com mais duas cervejas pretas. O céu estava quase escuro.

— Cara, a menina do caixa é uma deusa! Você viu?

— Não. Vejo quando eu for no banheiro.

— Uma deusa rosada de cabelo grosso e preto.

— Quero ver.

— Enquanto mijava, fiquei pensando. Que frase linda, pode usar num poema, ou no título do seu próximo livro de poemas: *Enquanto mijava, fiquei pensando*. Do caralho, hein! Mas voltemos ao trabalho. Depois que os caras se tocam que mataram o velho errado, o capanga de confiança do cego mata os dois outros manés.

— Calma aí. Bateu uma dúvida. Por que o assassino não era um dos dois caras do carro amarelo? Quem matou o velho, afinal? Por que não mataram e já puseram o corpo no porta-malas? Que plano tosco é esse, um mata e outros dois vêm, minutos depois, buscar o cadáver?

— Hmmm. Bobeei. Tem razão. Vamos arrumar isso. Um cara mata o velho, o carro chega, o motorista desce, ajuda o assassino a colocar o cadáver no porta-malas e eles se mandam. O narrador sai do Tartaruga...

— Hipopótamo!

— Sai do Hipódromo sem pagar a conta e pega um táxi e fim de papo. O resto tá ok.

— Melhor. Onde a gente tava mesmo?

— Não lembro.

— Hahaha.

— Lembrei! O cego manda o capanga número um matar os outros dois. Depois o cego e o capanga número um saem do sítio no carro amarelo. O narrador fica sozinho na casa, com três cadáveres. A polícia chega. O narrador é preso. Não consegue se explicar. Quando se explica, o delegado não acredita na explicação. A embaixada do Brasil interfere.

— Vixe, embaixada? Aí vou ter que estudar esses procedimentos legais, como funcionam e tal. Puta chatice.

— Verdade. Esquece a embaixada.

— Já sei! Ele liga pra uma amiga argentina, advogada.

— Cara, por que você não liga pra sua amiga advogada e pede pra ela o contato de um trafica? Vamos cheirar um pó, pô!

— Cê tá doido? Ela é mó careta! E advogada. Não viaja.

— Liga. Não custa tentar. Pede com jeito.

— Pedir com jeito? Hahaha. Por obséquio, senhorita Luna, você por acaso teria o contato de um traficante bacana, de preferência engravatado?

— Tá ótimo. Liga pra ela!

— Esquece, Betto. Eu não vou ligar. Enfia isso na sua cabeça. Voltando: o narrador liga pra amiga advogada. Ela vai até a delegacia. Consegue soltar o narrador. Mas na saída da delegacia os dois são sequestrados por outros capangas do cego. Que tal chamar o cego de Ojo?

— Hahahahahaha. Boa! Simples e eficiente.

— Eles ficam presos vários dias no cativeiro.

— E se apaixonam.

— Ah, linda mesmo a mina do caixa! Puta que pariu.
— Uma deusa, uma deusa. Descreve a advogada igualzinha à menina do caixa.
— Xacomigo. Mas não vou escrever esse livro, não se esqueça.
— Vai, sim. Tô sentindo que você já foi picado pela mosca da ficção. Ou pelo menos pela moça da ficção. Ou então pela moça do caixa.
— Concentra. Agora vamos até o fim.

Nesse momento vieram dois caras numa moto amarela e encostaram no meio-fio, bem diante da gente. Falaram alguma coisa. Não entendi o que era. Levantei da cadeira e fui até eles. O cara tirou um revólver do bolso e apontou pra mim. Depois apontou pro Kabetto e disse alguma coisa, que também não entendi. Eu entendo espanhol, mas não o daquele cara. Então ele enfiou a mão no bolso do meu casaco e achou minha carteira e meu passaporte. Guardou a carteira na jaqueta de couro e jogou o passaporte no chão. Saíram a mil, viraram à esquerda e tchau.

Ficamos uns minutos meio atrapalhados, sem saber o que fazer nem o que falar. Eu gostaria de dizer que o efeito do álcool passou completamente com o susto, mas não é verdade. Tínhamos bebido demais e continuávamos bêbados.

— Caralho, que merda!
— Puta susto. Que que eles levaram?
— Minha carteira.
— Por que será que eles não levaram seu passaporte?
— Deve ser porque é passaporte brasileiro.
— Hahahahaha.
— E por que será que não levaram nada seu?
— Sei lá. Medo. Pressa.
— Bom, você vai ter que pagar essa conta também. Em São Paulo te pago tudo, fica tranquilo.
— Tranquilo. Vamos pedir mais umas pra comemorar que estamos vivos.

— Vamos.

Bebemos até ficar completamente escuro. Fomos a pé, cercando frango, até o nosso hotel. Combinamos de nos encontrar às oito na recepção, pra irmos juntos ao jantar de despedida com o pessoal da Feria del Libro. Mas quando voltamos pra rua começamos a reclamar de ter que ir a um jantar oficial.

— E se a gente fosse pra um bar aqui perto? Você conhece algum que preste?

— Conheço.

— Aí a gente termina a nossa história.

— Precisamos tirar o narrador e a advogada do cativeiro.

— Ou então matamos os dois. Que que cê acha?

— Por mim tudo bem.

5

"Você é uma mula", meu tio me dizia. Mas eu amava os cavalos. Os puros-sangues ingleses e os mustangues do Wyoming. Os mangas-largas pretos. Os andaluzes tordilhos. Os árabes no deserto. Era, no fundo, um elitista. Esse tempo passou. Hoje só amo as mulas. As mulas e mais nada.

NA BARRA FUNDA

casas baixas centenárias
com grades de ferro onde o vento
do inverno para um instante e volta
às calçadas largas à moda
de alguma cidade rioplatense

*

bairro de Montevidéu
exilado em São Paulo

*

estrela branca brilhando
na coluna caiada
de marrom
eu te guardei no coração do meu olho
durante um dia inteiro

*

acima de uma porta
o relevo de uma caravela
quase apagado

o mar está longe
os ciganos bocejam
em cadeiras de nylon

*

no bar A Ribeira
um sarau de poesia LGBTQIA+

biker da ZL
de gênero não-binário

dramaturga mineira
que vive em Coimbra
e estuda Raul Bopp
no pós-doc

*

pratos azuis de ágata
fornos de pizza vistos da rua
jazz num boteco de esquina
perto da Casa Mário de Andrade

*

em frente ao Mamãe
um bar sem nome
apelidado de Papai

*

numa varanda do Anhangabaú
Mário de Andrade bebia uma pedra
todo fim de tarde

pedra
aquela caneca grande e esmaltada
de beber chope explica Antonio Candido

*

o escritório de Olavo Bilac
fica na praça Bruna Beber

*

na Casa do Norte
sozinho num canto
com seu sobretudo
do exército alemão
dos anos 1990
um amigo come
curvado sobre a mesa

fazia frio na Barra Funda
menos na cumbuca
de mocofava

*

cerveja rápida entre passarinhos
presos em gaiolas
atrás do balcão cara fechada
o dono parece ter o espírito
preso também numa gaiola

*

um contêiner transparente
no terreno do posto de gasolina
faz as vezes de lavanderia self-service
24h

à meia-noite
um pai e uma filha
muito pequena brincam
esperando a roupa secar

o termômetro da avenida
marca 7°C

*

do nada
o síndico do prédio de M
bebendo com a família e os amigos
em frente a um sobrado

empate
entre a simpatia mútua
e as diferenças de classe

*

madrugada

moradores de rua
esquentando suas latas
em fogueiras de sobras de pneus

*

na cama conversamos
sobre as próximas eleições

do Furdúncio vem um samba
mais alegre mais triste mais alegre
que o Brasil

CHICHICO E BANDEIRA

Por volta das sete e meia, saí de casa pra comer alguma coisa e visitar a exposição de fotografias de Chichico Alkmim (1886-1978) no Instituto Moreira Salles, na avenida Paulista.

Mineiro de Diamantina, Chichico retratava as pessoas de sua cidade em poses convencionais, na linguagem da época, porém com uma capacidade impressionante de apanhar a um só tempo as generalidades épicas e as tragédias e doçuras individuais. De outro modo: não era um artista, era um fotógrafo profissional (como tantos outros da sua época e da nossa) com um talento raro. Mas não é de Chichico que quero falar. Ou não exatamente.

Indo direto ao ponto: entre os trabalhos expostos no IMS, há uma ampliação enorme (152 x 110 cm) de uma cena incrivelmente artificial, premeditada, mas também natural, sensual e divertida. São três mulheres, duas em pé e uma sentada, ao redor de uma mesa sobre a qual estão duas garrafas de vinho e duas maçãs (ou mexericas?). Cada uma segura uma taça cheia e mira um ponto diferente; nenhuma olha pra câmera. A coisa toda se passa ao ar livre, num jardim, e a do meio, cotovelo apoiado na mesa, rosto andrógino de Baco ou Pan, tem uma coroa de flores na cabeça. Os vestidos são claros e compridos, com babados. Tudo recende a provincianismo — e a um maldisfarçado desejo de viver. A imagem é de 1920.

Quando bati os olhos nela, meu estômago rachou como uma estrada em filme de terremoto. Eu conhecia aquelas mulheres de algum lugar. Mas não era possível. Fiquei angustiado e continuei a andar pelo salão, sem conseguir prestar atenção em nada.

Então a ficha caiu.

Sou apenas um cronista, isto é, um não-especialista, e por isso peço humildemente que os professores de literatura brasileira se contenham — minha intenção não é matar ninguém de inveja —, mas acho que um dos mistérios da poesia de Manuel Bandeira me foi revelado.

Aquelas três cachaceiras maravilhosas só podiam ser as três mulheres do sabonete Araxá, da famosa balada de *Estrela da manhã*. "As três mulheres do sabonete Araxá me invocam, me bouleversam, me hipnotizam./ Oh, as três mulheres do sabonete Araxá às 4 horas da tarde!/ O meu reino pelas três mulheres do sabonete Araxá!" Sim, eram elas! Nenhuma chance de eu estar enganado. As três mulheres do sabonete Araxá, de quem sou íntimo, na minha imaginação, há quase trinta anos.

Muito já se escreveu a respeito desses versos e de sua origem. Sei que o poeta dizia que foram inspirados por um cartaz de sabonete que ele viu em Teresópolis, numa venda. Mas a gente sabe que os poetas gostam de mentir. Bandeira era um sujeito discreto, não queria comprometer ninguém, quanto mais três moças mineiras que logo depois se casariam com patriarcas ciumentos. Era conveniente dizer que a ideia veio de uma propaganda, que além do mais lhe permitia criar o tipo de metáfora antiliterária típica do primeiro modernismo.

Se alguém não ficou convencido, que vá até o IMS e tire suas conclusões.

Pra mim é claro como um diamante de Minas.

8

Gilson o Bom, o baterista, agora pinta quadros. Cenas noturnas do seu bairro nos arredores de Londrina. Gilson o Bom ergueu a própria casa com as próprias mãos, como ele diz. Nela há um esquema de ventilação com janelas cruzadas, que ele abre e fecha como se regesse uma orquestra. Por meio da autorregressão, Gilson o Bom descobriu que uma de suas vidas passadas acabou de forma trágica em Tiradentes: cinco facadas na altura do estômago. Os assassinos eram dois agentes fardados. No ano seguinte foi até Tiradentes decidido a encontrar o local do crime. E lá estava ela, igualzinha à da memória, a esquina em que o mataram no século XVIII. "Devo ter sido um inconfidente ou um marginal barra-pesada." Quando criança, Gilson o Bom comia terra de nervoso. Da última vez que nos vimos jurou de pés juntos que se lembra do instante em que saiu de dentro da mãe.

9

"Gosto de caminhar com um objetivo fútil", ele diz. "Caminhar por exemplo até o Bixiga só pra comprar fusilli e linguiça artesanais. Ou caminhar até a casa de um amigo que mora longe do metrô pra pegar o resto do haxixe que ele não quer mais fumar. Não gosto de caminhar por caminhar", ele diz. "De caminhar atleticamente", ele diz. "E odeio caminhar com um objetivo sério, como ter que ir ao cartório, ao hospital. Gosto de sair de casa com o propósito frívolo de ir buscar um livro que encomendei com um livreiro que conheço há trinta anos. No meio da tarde de uma terça ou quarta-feira", ele diz. "Quando a cidade é um trem indiferente à paisagem que atravessa e os bares são vagões descarrilhados."

UM DOMINGO EM SANTO ANASTÁCIO

depois do toró
fomos dar uma volta de carro
e vimos mais de duzentos sapos
ao longo de duas ou três quadras
num bairro perto de um brejo
"saíram pra catar moscas"
disse minha mãe
o ar estava andrajoso
e nas varandas detonadas
não havia qualquer presença humana
por instantes o mundo parecia
ter sido devolvido aos sapos
éramos as últimas pessoas?
talvez fôssemos sapos
ignorantes da própria condição
pensei em escrever um poema
intitulado "A noite dos sapos"
e rabisquei uns versos de cabeça
agora me pergunto se não eram
as almas das crianças mortas
pela polícia brasileira

11

Casa colonial perdida no meio do campo. Nobre e triste com sua torre branca, que já foi parte de uma igreja. Nenhum pomar em volta. Nenhum curral por perto. Nem sequer uma cabra roendo o capim alto. O dono, um fanfarrão melancólico, nos levou até lá e, antes de fazer o som do sino se alastrar sobre a braquiária vermelha do fim de tarde, abriu na parede falsa um armário secreto, de onde tirou uma garrafa e três copinhos — que encheu com a melhor cachaça da região.

12

Do quarto onde escrevo posso vê-los lá embaixo. Abro a janela e jogo um toco de maçã na cabeça do mais velho. Ele enlouquece com a brincadeira e quer vingança. Atira pedras pro alto gritando VOU ARRASTAR SEU CU NA BRITA. Erra todas. Menos uma, que chega fraca, sem perigo, à palma da minha mão. Eu a guardo no bolso, rio por dentro e continuo a escrever.

CHILE

Santiago

Sergio nos buscou no aeroporto às duas da tarde e de lá fomos a uma feira comprar tomates. Escolhia os mais podres e nos incentivou a fazer o mesmo. Não era exatamente o que eu imaginava pro meu primeiro dia fora do Brasil, mas no fundo estava achando ótimo. (Tomates podres: eis a primeira imagem que me vem à cabeça quando penso em viagens internacionais.) Perguntei por que ele só pegava os piores. Explicou que eram os mais doces, os que davam *la mejor salsa*. Em casa — uma edícula de vidro nos fundos da casa de seu irmão — ele nos mostrou como limpá-los. Com uma faca tirávamos a parte estragada e as sementes; o que sobrava, menos de um terço, ia pra panela. Quando terminamos, Sergio abriu um vinho branco gelado. Comemos *cholos* e *machas* crus, despejando sobre cada marisco uma colherada do vinagrete de cheiro-verde e cebola que o Sergio tinha preparado enquanto Chico e eu picávamos os tomates (que comeríamos de noite, com espaguete). Matamos quatro garrafas de vinho naquela tarde e o Sergio nos deu uma aula de história chilena. Tinha se autoexilado na Espanha durante a ditadura, fazia dois anos que tinha voltado, depois de 24 em Barcelona. No momento tentava escrever um romance histórico sobre os índios mapuches. Suas frases vinham carregadas de ressentimento. Ficamos fascinados por ele. Na manhã seguinte ele deixou as chaves da casa e do carro com um bilhete na mesa da cozinha e foi pra São Paulo passar o verão com a mãe do Chico.

Antofagasta

Depois de duas semanas em Santiago, com uma descida rápida até Isla Negra pra conhecer a casa de Neruda, pegamos a estrada pro norte. Às seis da manhã o Chico ligou pro Ramón, amigo do Sergio da época de faculdade que morava em Antofagasta, e perguntou se dava pra hospedar três brasileiros — o Caio tinha chegado de ônibus na noite anterior. Ramón disse que sim. Disse também que sua filha e os filhos de seus vizinhos — estudantes que viviam em outras cidades e no fim do ano voltavam pra casa dos pais — chegariam nas próximas horas e por isso no dia seguinte haveria uma festa pra qual já estávamos convidados. Em Antofagasta, mil e quatrocentos quilômetros acima de Santiago, entendi por que ele tinha falado dos vizinhos com tanta intimidade. Há vinte anos Ramón e mais três amigos recém-casados compraram um terreno grande num bairro de classe média e construíram quatro casas. Todos tiveram dois ou três filhos, que foram criados juntos, como se fossem primos ou irmãos. Mas não chegava a ser um acampamento hippie; nem muito menos um condomínio de pessoas obcecadas por segurança. Na entrada havia uma cerca baixa com portãozinho. Dentro, um caminho de pedras que serpenteava por todo o jardim, como que ligando as casas, dispostas de maneira nada convencional: uma de frente pra rua, uma de costas, as outras duas, em diagonal, em cada um dos cantos do fundo e sem nenhuma simetria. Dava a impressão de que tinham sido erguidas de uma hora pra outra, num momento de euforia, seguindo as instruções de churrasqueiros bêbados.

A festa foi ao ar livre, com fogueira e uma mesa comprida no centro do jardim cheia de frutos do mar, saladas e frutas. Muitas garrafas de vinho branco enfiadas em baldes com gelo. Quando os adultos foram dormir, o Caio tocou violão — canções dos Novos Baianos que ele dizia que eram dele. Duas horas depois estávamos todos bêbados, contando histórias na varanda da casa do Ramón e comendo melão. Antes que amanhecesse saímos em dois carros pra comer empanadas de polvo num bar com janelas imensas no alto de uma escarpa à beira do Pacífico. O sol nasceu e o mar batia contra o paredão de rochas brancas, cheias de sal. Mas eu já estava morto. Pedi a chave do carro de Marta, uma estudante de literatura com quem conversei a noite inteira, e dormi no banco do carona. Era um carro novo, tinha um cheiro bom que, misturado à maresia, ficou ainda melhor.

Deserto

Enfim, o deserto. Dunas de areia mostarda. Horizontes de areia vermelha. Escarpas de areia marfim. Lagartos marrons. Pedras ocres. E um cachorro que atravessa a paisagem como um fantasma de um mundo onde apenas os fantasmas são reais. Areia seca e grossa tombando em camadas sobre si mesma desde o começo dos tempos e se misturando — até formar o espaço indiferente. Drama não tem vez ali. A vida é um longo poema lírico. Um céu sem nuvens muito azul, tão extraordinário quanto a terra, se encaixa perfeitamente no horizonte, como a outra metade da paisagem.

Um baseado. Três chocolates. Um litro d'água.

San Pedro

Uma manhã, em San Pedro de Atacama, tomei *el desayuno* num lugar chamado Café Lucía. Os donos eram um casal de trinta e poucos anos. Tinham fugido de Madri ou

Santiago e pareciam ter encontrado em San Pedro alguma coisa rara, da qual só abririam mão dali a duas ou três décadas. Eu tinha 23 anos e fiquei agitado quando ela veio tirar meu pedido. Usava um vestido curto de renda branca que deixava à mostra a calcinha e o sutiã, também brancos. Seu cabelo castanho-escuro estava cortado rente ao ombro. Os olhos, da cor do cabelo, eram grandes e úmidos. Calçava sandálias de couro. Tinha pernas fantásticas. A boca era vermelha e nítida, e sua voz abria rasgos na paisagem. Fazia sol lá fora e dentro soprava uma brisa seca. Mas mesmo que chovesse forte e as paredes se cobrissem de lama eu saberia que estava diante da mulher mais bonita do deserto. Era real como a árvore do outro lado da rua. Dava vontade de passar muito tempo sob a sua sombra.

Luna

Chegamos ao Valle de La Luna no fim do pôr do sol, ou seja, no momento em que os últimos turistas começavam a voltar pra San Pedro. Quando escureceu, éramos as únicas pessoas naquele lugar que o folheto do albergue descrevia como *"extraordinário atractivo por su similitud con la superficie lunar y un coliseo natural de grandes dimensiones"*. O solo era branco devido à grande concentração de sal na região e refletia a luz da lua. As montanhas, ou dunas — as "arquibancadas" do coliseu natural —, também tinham enormes manchas brancas nos seus flancos. Havia por toda parte uma claridade suspensa, fosforescente. Abrimos o espumante que Marcela, a dona do albergue, nos deu de presente na noite anterior, depois de um porre de tequila no seu bar, mas, por conta da baixa pressão atmosférica (ou pelo menos foi o que nos disseram mais tarde), a cada vez que entornávamos a garrafa o líquido jorrava com força e não conseguíamos beber. Vestimos nossos casacos e subimos a duna que levava ao ponto mais alto do vale — uma placa chata de pedra de uns dez metros quadrados que fazia as vezes de mirante. Sentamos com as pernas pra fora e ficamos em silêncio. A lua cheia brilhava perto das nossas cabeças e, lá embaixo, nosso carro vermelho parecia uma peça de maquete. O ar do deserto era tão limpo que tive a impressão de ter passado a vida inteira, até ali, debaixo d'água. Pensei na minha tristeza e no tamanho do mundo e desisti de entender qualquer coisa.

No dia seguinte fomos conhecer o salar.

Trilha

Saímos do bar e, caminhando, chegamos à *hacienda* de um dos locais, nos arredores de San Pedro. Ficamos por ali meio perdidos, falando um espanhol capenga com europeus que falavam um espanhol perfeito. Quando a cerveja acabou, arrumaram uma garrafa de conhaque. Mas eu já estava deprimido. Voltei pra cidade ao lado de uma sueca. Não sei se estávamos indo embora juntos ou se estávamos indo embora na mesma hora, pela mesma trilha sob a lua. Só lembro dos braços brancos, das pernas brancas e do cabelo loiro em p&b contra os galhos secos das árvores baixas — tudo brilhando com a nitidez das noites do deserto. Acho que trocamos duas ou três frases em inglês. Ela pegou minha mão e me puxou pra fora da estradinha. Deitamos no chão e trepamos depressa, sem tirar os casacos. Depois pedi pra ver sua bunda iluminada.

Jaqueta

Na última noite em San Pedro acordei com uma crise de asma. Fui até a sala do albergue, peguei na estante uma coletânea de contos de Jack London e tentei me concentrar. Mas as páginas estavam empoeiradas e respirar ficou ainda mais difícil. Abandonei o livro, busquei minha jaqueta e fui dar uma volta. As ruas estavam desertas e o silêncio era completo. A lua cheia brilhava como um osso sobre os telhados do vilarejo. Enfiei as mãos geladas nos bolsos da jaqueta — a jaqueta que tinha sido do pai dela e que eu herdei depois da morte dele. Era de couro de carneiro e com lã por dentro. Eu adorava usá-la. Com ela me sentia protegido. E não gostava nem de imaginar como seria quando não a tivesse mais.

14

A humanidade se divide entre os que gostam e os que não gostam de aliche. Meu pai e eu adoramos. Às vezes, nos nossos encontros espaçados, sentamos na varanda com cervejas, torradas, tomates, cebolas, limões e um vidrinho de aliche. Falamos pelos cotovelos — os pés descalços no chão de lajota. Nos dias bons o álcool sobe depressa, e feito vermes as nuvens se arrastam no nosso sangue lento, escuro.

BALADA EXASPERADA

o país está cercado
pelo riso das hienas
nossas muralhas têm frestas
os mendigos são centenas
de milhares, e os cadáveres
dos homens de vida amena
são jogados nas calçadas
sobre as botas das bebenas
— o que é "bebena", Bebel?
— porra, abre o dicionário!
enquanto o rei sem coroa
com sua língua obscena
invoca Deus e o Diabo
como nas velhas novenas
e convoca pro repasto
quem quebrar a quarentena

*

na rua Augusta, nenhum
carro passa, nem pedestre
as lojas foram fechadas
é hora de ler *A peste*
madrugada, vinho e medo
alguém sonha no piano
e os acordes cravam pregos

nos caixões italianos
as certezas se esfarelam
a infância está perdida
a mocidade já era
ah, maturidade à vista
e a velhice sempre a prazo!

AMIGOS, CORONAVÍDEO
"D'Umbra, que doideira é essa?
Bressane, cadê seu filho?
Rimbaud foi um assassino
Camus sim é que era o fino
Drummond maior que Pessoa
vai morrer meio milhão?
como será que será
lá pras bandas do Capão?"

os bancos sobem os juros
nos bancos ninguém mais senta
NÃO TOQUE NO ELEVADOR
se quiser cagar, aguenta
já não me sinto seguro
nem no chão nem nas palavras
Bia: "angústia aqui é mato"
o mato, que coisa abstrata

*

minha mãe, toma cuidado
"papai, não vai na vovó"
não somos feitos de aço
nós somos feitos de pó

*

Kintarô, meu São Cristóvão
Sabiá, Box 62
manda um chope bem gelado
sardinha e baião de dois
mas os bares são ex-bares
— BOLSONARO GENOCIDA —
nunca mais vai haver bares
É UMA RELES GRIPEZINHA
releitura da ralé
uma dose de cachaça
e me empresta dez real

panelaço, panelaço
leiteira e colher de pau
minha síndica evangélica
não suporta Carnaval

Bibi, Gabi, Gabriela
Mariana, meu amor
jumentos de Bodocó!
e os vira-latas em flor

*

grilo chinês, pernilongo
mosca morta, milf mara
dentadura de piranha
Hermógenes, para, cara...
onde o mundo foi parar?
ESTAMOS TODOS PARADOS
abro um livro de haicais
e logo estou do outro lado
mas não existe outro lado
terceira margem do rio

aquele pai nunca morre
e quem se fode é seu fio

*

como é frágil uma cidade
prateleiras, avenidas
e em cada janela acesa
a miséria de uma vida
— mamãe, sobrou mortadela?
— filhinha, engole o peru...
mas o fogo dos espaços
acaba sempre no cu

salve, Zeca Pagodinho!
viva Marielle Franco
feministas, anarquistas
e a boa torta de frango
da padaria aqui perto
que agora ficou distante

*

mal chegou já ficou velha
minha mesa toquestoque
não é mais tempo de samba
e nem é tempo de funk
é tempo de dormir cedo
de amargar as amarguras
e rebentar (Cruz e Souza)
em estrelas de ternura

*

mas o silêncio é uma farsa
esse silêncio aí fora
faz o sábio da montanha
diante de um mar de bosta

mas o silêncio é uma farsa
eu só quero é ser feliz
hiena, vem, me estraçalha
comece pelo nariz

AVENTURA NO CENTRO

Por conta de uma besteira que não vem ao caso, tive que fazer dois meses de fisioterapia. A clínica ficava na rua Galvão Bueno, perto da praça da Liberdade. (No mesmo prédio da Flor de Fogo Kimonos, que não visitei por receio de que o estabelecimento comercial frustrasse as expectativas que seu nome criava. A não ser que na Flor de Fogo se vendessem quimonos em chamas e as atendentes usassem flores de cerejeira no cabelo.)

Ao final de cada sessão, por volta das onze da manhã, eu aproveitava pra perambular pelo bairro. Mais de uma vez por semana passava no Kintarô pra tomar café e comer a esfirra deliciosa que dona Líria encomenda de um velho japonês. Não sem algum constrangimento, pois, com exceção da esfirra, todos os outros salgados do bar, ótimos também, são feitos por ela. Culpado, às vezes eu comia um bolovo ou uma coxinha, depois da esfirra, pra compensar.

Mas a Liberdade é meia dúzia de quarteirões, e achei que eu já estava me repetindo ao voltar sempre pra casa com um rolo de hossomaki na mochila. Decidi explorar melhor o centro, que conheço pouco e é vizinho da comunidade oriental.

Desci a Benjamin Constant como quem anda pela primeira vez numa cidade estrangeira.

Edifícios do século XIX com o térreo ocupado por lojas de xerox. Botecos com frutas (algumas de plástico) pendendo de barras acima dos balcões. O café Girondino e o café

Martinelli. Uma doçaria portuguesa de dois andares. O Solar da Marquesa — paredes de taipa de pilão.

Uma porta verde com aldravas douradas. Um toldo art nouveau de um hotel que um dia deve ter sido lindo. A Casa do Cartucho. Cabeça de Mercúrio. Quiosques de engraxates. Uma placa em homenagem a Adoniran Barbosa e uma estátua em homenagem a Zumbi. Por toda parte, capinhas pra celular.

Tirei os olhos da paisagem e reparei nos olhos das pessoas. Anotei: "olhos são rasgos na paisagem (opaca)/ quando a gente VÊ os olhos todo o resto desaparece, inclusive os CORPOS/ olhos entregam de bandeja (todas as emoções)/ as pessoas são os seus olhos ou o que está por trás deles/ nenhuma pessoa é uma orelha".

Foi aí que, perto do Largo de São Francisco, topei com uma placa sobre uma porta aberta que me deixou curioso:

M. LUZ, VIDENTE
A VERDADE É UMA HISTÓRIA
QUE VOCÊ TEM O DIREITO DE CONHECER

M. Luz: por que esse nome abreviado me soava tão familiar?

Como um ator ruim de filme B, respirei fundo, olhei pros lados, desviei de dois craqueiros que dormiam na calçada e entrei.

FIM DA AVENTURA NO CENTRO

Como contei na crônica anterior, depois de tomar um café no centro da cidade e de fumar um cigarro imaginário à sombra dos chapéus-de-sol de um calçadão, topei com uma placa, pendurada sobre a porta aberta de um sobrado decadente, onde se lia:

M. LUZ, VIDENTE
A VERDADE É UMA HISTÓRIA
QUE VOCÊ TEM O DIREITO DE CONHECER

Encafifei com o nome abreviado: por que "M. Luz" ressoava de forma tão agradável no meu inconsciente? Criei coragem e entrei.

Era uma sala escura, mal iluminada pelas três velas de um castiçal comprido posto ao lado de uma escada de madeira que levava ao andar superior. Na parede da escada, um grafite: uma fila de esqueletos subindo um morro que ia dar num céu em chamas. Que merda é essa?, pensei.

Achei melhor cair fora dali, mas a curiosidade não me deixou voltar atrás. Criei coragem pela segunda vez no dia (como é esquisita essa expressão, *criar coragem*) e, sem tocar no corrimão seboso, subi devagar aqueles degraus rangentes, enquanto o bochicho da rua ia se apagando nos meus ouvidos.

Quando cheguei lá em cima, pensei que estava sonhando, na medida em que todo sonho é também um pesadelo.

Pelo cômodo claro e espaçoso de tacos pintados de lilás, centenas de objetos e penduricalhos indianos, ou ciganos, ou hippies de milésima geração, tinham sido acomodados de maneira mais ou menos aleatória, formando o que a mãe de um amigo meu chamava de PB, isto é, puta bagunça.

Se o leitor não gosta de listas, pode pular este parágrafo; caso contrário, aqui está o que me lembro de ter visto: uma estátua de Buda em tamanho natural (seja lá qual tenha sido o tamanho natural de Buda), uma escultura maia (ou asteca?) de um sol-calendário, um bosque de arvorezinhas de jaspe vermelho, um bandolim sem cordas, um pôster de Osho, a capa de um LP do Genesis, caveiras de Durepoxi, um livro de Saussure e outro de Chomsky etc.

Sentada no centro de um tapete verde-abacate, em posição de lótus, de olhos fechados, descalça e vestindo uma bata branca, M. Luz, ou alguém que só podia ser M. Luz, meditava. Seu cabelo preto, preso num coque descuidado, brilhava como gelatina.

Me aproximei, meus sapatos me delataram, ela abriu os olhos e então soltou uma gargalhada que me fez tremer inteiro por dentro. Por um instante não pude acreditar. Mas logo não tinha mais dúvidas: M. Luz não era ninguém menos que minha amiga Mariana Luz P. de Barros, ou MM, ou ainda Mari Manguaça, desaparecida desde 2003, quando embarcou numa viagem mística pelo Vale Sagrado peruano.

VERDADEIRO FIM DA AVENTURA NO CENTRO

Na semana passada escrevi o "Fim da aventura no centro", mas não consegui terminar a história. De hoje não passa.

Resumo pros que perderam os capítulos anteriores: fui ao centro depois de uma sessão de fisioterapia, caminhei entre funcionários e prédios em ruínas, tomei um café e conversei com um craqueiro e de repente estava no primeiro andar de um sobrado cheio de badulaques hipongas, diante de uma tal de M. Luz, vidente, que, pra minha surpresa, era minha amiga de faculdade MM, desaparecida no Peru em 2003.

Depois de muitos abraços e lágrimas, Mari (ou Ma) pediu pra que sentássemos no chão e eu fizesse uma cara palerma de cliente comum; seu patrão podia chegar a qualquer momento e ele não tolerava conversa mole em horário comercial.

Enquanto espalhava no tapete as cartas de um baralho de tarô, minha amiga me contou em detalhes o que aconteceu com ela nos últimos quinze anos. O espaço é curto e sua saga é longa. Vou ter que pular algumas partes. Que o leitor a complete como achar melhor.

A caminho de Machu Picchu, Mari foi sequestrada por um falso xamã, que a levou pra sua aldeia no Valle Sagrado de los Incas, onde, em regime de semiescravidão, ela ajudou o povo do lugar a construir uma ponte de palha. Dois anos depois estava no deserto do Atacama casada com uma xamã mais ou menos verdadeira com quem abriu um café chamado Dolores Luminosa. Mais uma volta no rocambole e encontramos MM em Curaçao, solteira e sem amigos, sobretudo sem dinheiro, numa crise de identidade que se mostrou "tonificante". Surge então a figura de Élcio, brasileiro e uspiano como ela, dono de uma Kombi fúcsia dentro da qual rodaram a América Latina e numa noite de particular felicidade geraram a filha Margarida, hoje com oito anos.

Durante todo esse tempo tentou falar com a família, mas o telefone da casa da mãe só dava ocupado, o correio estava sempre em greve e sua religião não permitia o uso de computadores.

Agora combatia na FSA (Frente pela Sobrevivência da Ararajuba). Élcio, por sua vez, militava no MTTF (Movimento dos Trabalhadores sem Trabalho Fixo) e gostava de cantar Peppino di Capri no karaokê.

Perguntei o motivo daquele disfarce de vidente. A resposta não poderia ter sido mais desconcertante. Disse que não era disfarce mas um bico que ela fazia pra somar ao salário de professora de Sociolinguística Variacionista, pois o aluguel na Pamplona não estava bolinho e a escola de Margarida custava os olhos da cara.

Gastamos a tarde num botequim andrajoso, bebendo cerveja e maldizendo a vida, na luz selvagem de um país que se destrói.

19

A única diferença entre um assassino e as outras pessoas é o assassinato.

20

A profissão me tornou quase invisível, por isso uso esse macacão laranja fosforescente. Mas a invisibilidade tem uma vantagem: a de ver e não ser visto. Observo com cuidado os rostos que passam por mim ao longo do dia e chego sempre à mesma conclusão: a lei da gravidade atinge uns mais que outros. Então sou tomado pelo desespero. Tenho medo de cair e não conseguir mais levantar do chão. O chão onde os mendigos dormem. Entre a nossa classe e a dos mendigos há uma fronteira mínima, embora essa fronteira seja tudo. Nos compreendemos e nos desprezamos. "Vocês acham que ainda fazem parte", eles dizem. "Vocês não fazem mais parte", respondemos. No fundo sabemos que eles estão certos, o que não significa que estejamos errados. Não solto a minha vassoura por nada nesse mundo. E me sinto esquisito quando no fim do expediente vou pelas ruas de mãos abanando.

CHURRASQUEIRA 1

Quando tínhamos vinte anos, meu primo Nando namorou uma menina chamada Helena, Heleninha pros amigos, sem dúvida a mais simpática frequentadora da nossa enfermaria na Vila Mariana. Ainda lembro do seu sorriso arrasador, do seu cabelo encachoeirado e da sua risada com soluços. Lembro também de uma viagem que ela e Nando fizeram pra Bahia, de carro. Voltaram ambos dourados, muito lindos, contando histórias extraordinárias, cheias de camarões fritos, cerveja gelada e olhos de ácido no sol poente.

Mas o herói desta crônica não é Nando nem Heleninha, mas o pai dela, Romeu, um gaúcho exilado em Higienópolis, onde morava com a mulher e os três filhos, numa cobertura com churrasqueira e piscina. Fazia churrasco três vezes por semana. Sempre costela de boi com sal grosso assada por uma hora e meia ou duas. (No interior de São Paulo, a costela fica de cinco a seis horas no fogo.) De acompanhamento, rúcula fresca e gengibre fatiado em conserva. Pra beber, um garrafão de vinho tinto que um colega caminhoneiro trazia do Rio Grande do Sul.

Acontece que os filhos de Romeu eram vegetarianos, ou quase; em todo caso não acompanhavam o ritmo churrasqueiro do pai. Nós, os amigos do seu genro, ao contrário, éramos todos carnívoros desvairados — interioranos criados à base de cupim e cerveja que agora viviam de pizza sabor promoção.

Romeu se deu conta disso durante uma macarronada em que os outros quatro moradores da casinha na Vila Mariana fomos apresentados à família da Heleninha — e passou a nos convidar pra jantar com ele com frequência. A cada quinze dias, no mínimo. Sua mulher era fina: lia no sofá, diante da lareira, tomando vinho branco. Às vezes ia até o balcão no qual nos aboletávamos e puxava papo com a gente. Gostava de ouvir as presepadas do Mazela, narradas pelo próprio.

Saíamos do prédio modernista com a barriga cheia, bêbados e felizes, falando alto no vagão de metrô quase vazio. Em silêncio eu me perguntava se um dia teria filhos, se eles seriam vegetarianos, se eu comeria churrasco sozinho, se faria amizade com adolescentes, se isso me deixaria melancólico, se a paternidade seria o fim de alguma coisa, se essa coisa importava de fato, se a juventude não era um passatempo condenado a virar anedota em futuras conversas amargas.

Nunca mais vi a Heleninha nem sua irmã, cujo nome não lembro. Às vezes encontro o Mateus, seu irmão, nas ruas (somos dois andarilhos) ou nos bares (somos dois cachaceiros). A gente se abraça, conversa sobre música (Mateus é trombonista) e no final pergunto do seu pai.

Tenho saudade dos churrascos do Romeu.

22

Bêbados, meu pai e eu, na sala de casa, numa de suas vindas a São Paulo. Não sei por que acabamos falando de Geraldo Vandré. Não sei por que meu pai pega o celular e procura no YouTube um vídeo dele cantando. Não sei por que encosta o aparelho no copo de cerveja, tira o boné e aperta o play. Não sei por que ouve cada verso como se fosse verdade. Não sei por que seus olhos se enchem de lágrimas. Não sei por que na nossa família somos assim — é só prestar atenção em alguma coisa que nos emocionamos além do razoável. Não sei por que presto atenção nesse homem de repente envelhecido e também começo a chorar.

RECOLETA

Depois de se afastar pra atender o telefone, joga uma nota sobre a mesa e diz aos amigos que tem de sair. Pede que eu vá com ele.

No caminho explica que precisa passar em casa e me faz jurar que não vou contar pra ninguém o que vou ver dentro do apartamento da Rodríguez Peña, a poucas quadras do Barra de Los Amigos — o último boteco da Recoleta, onde bebemos todas as noites. Há uma aldrava dourada no centro da porta de madeira do prédio.

Por um corredor escuro chegamos a um quarto mal iluminado em cuja cama uma velha gorda e suada, enrolada em cobertores vermelhos, delira. Leva um susto quando se dá conta da nossa presença. Ele a acalma e me apresenta:

— Do Brasil, terra de Jorge Amado.

Em seguida me faz um sinal pra que os deixe sozinhos.

Volto pelo corredor até o hall de entrada, entro no primeiro cômodo à esquerda, encontro o interruptor e acendo a luz. Quadros do chão ao teto, como naquelas fotos dos Salões parisienses no final do século XIX. Não entendo muito de pintura, mas sei reconhecer um Gauguin, um Picasso, um Toulouse-Lautrec. É inacreditável. Tão inacreditável que não acredito. Sento numa poltrona branca de poeira e fico olhando, desconfiado, o Picasso. O dono da casa me acorda e coloca um copo de cerveja na minha mão. Pergunta o que acho.

— Quero o contato do falsificador.

Ele ri. Depois fica sério e diz:

— Ninguém no bairro sabe que essas telas existem. Se você contar o que viu, não vou poder circular por aí, porque mais cedo ou mais tarde me sequestram e roubam. Entenda isso como uma prova de amizade.

Ficamos um bom tempo bebendo naquela sala. Ele fala sobre as doenças da mãe. É filho único. Assim que a velha morrer, vai vender tudo e mudar de país.

Quando chegamos ao Barra de los Amigos, a porta de ferro já foi baixada. Conhecemos o código. Bato quatro vezes, dando a última pancada com o dobro da força, e o Dani nos recebe. Só voltamos a ver a rua às sete e meia da manhã, depois de muita cocaína e muito vinho barato com gelo.

Os plátanos desfolhados e os táxis pretos brilham ao sol no vento frio. Tenho um casaco verde de lã recém-comprado e moro a cinco quarteirões dali. Ando devagar pelas calçadas claras e planas de Buenos Aires. Paro no café da esquina pra comer *medialunas*. Subo pelo elevador pantográfico com uma sensação boa no corpo, que não vai durar até o dia seguinte, condenado à ressaca — mas e daí?

24

Morava do outro lado do rio, num sítio tomado pela mata ciliar. Sua casa era um barraco de madeira coberto de musgo. Diziam que vivia sozinho, sem rádio nem tevê, comendo mandioca, magoado com as pessoas, falando com fantasmas. Era um ermitão, explicaram. Minha mãe nos proibiu de entrar nas terras dele. Meu pai contava uma história que acabava com meu avô atirando pro alto e o ermitão indo embora, furioso. Uma vez eu o vi, do banco de trás do carro, na beira da estrada, antes da última ponte. Os pés descalços, a barba branca e comprida, o corpo magro e queimado de sol coberto por um saco de estopa, o chapéu de palha com furos, um cajado com uma ponta de ferro. "Olha o ermitão", meu pai disse baixinho. Olhei com todas as minhas forças. Eu queria olhar nos olhos do ermitão e ver como era — o que ele sabia, se tinha valido a pena. Mas o ermitão virou o rosto pro lado e continuou a caminhar.

PROCURANDO SOMBRAS

Tomei o café da manhã e saí pra caminhar. O hotel ficava a três quilômetros do centro. Quase não havia árvores nas ruas, o ar estava seco e o termômetro do celular marcava 37 graus. Aquela era a segunda cidade sem árvores que eu visitava com a minha oficina de crônicas, mas essa conseguia ser ainda menos arborizada que a primeira.

No centro havia dois museus. Visitei os dois. Não lembro de quase nada, a não ser de uns rádios velhos (rádios envelhecem bem) e umas correntes sinistras do tempo da escravidão. Depois rodei pelas vielas, olhando as casas coloniais, lindas como as de Olinda, Tiradentes ou Paraty. Uma delas estava aberta à visitação e nela passei uma boa meia hora zanzando por seus quartos e salas, parando às vezes nas varandas suspensas pra olhar a vista: montanhas baixas, vacas magras, ipês floridos. Ainda posso ouvir o assoalho meio podre rangendo, não muito, sob os meus pés. Lembro que alguém me ofereceu um copo d'água.

Fui à igreja.

Fotografei a fonte.

Eram onze horas quando entrei no Mercado & Café, um casarão colonial numa esquina em frente à praça. O mercado ocupava apenas um dos cômodos. O resto do espaço, uns quatro ou cinco cômodos grandes, tinha sido ocupado com mesas e cadeiras — o café. Sentei debaixo da janela numa sala vazia. Uma mulher de uns cinquenta anos, simpática, vagamente triste, veio me atender. Uma cerveja e uma coxinha, por favor. Minha aula era à noite. À tarde eu descansaria no hotel.

A mulher, Sofia, trouxe o meu pedido.

— De onde você é? — perguntou.

— São Paulo.

— Eu sou do Rio. Mas faz cinco anos que saí de lá.

— Quer sentar?

— Vou só resolver uma coisinha no mercado e já volto.

— Fique à vontade.

A cerveja desceu bem. Fiquei olhando a rua quase deserta. Eu amava todas as cidades, mesmo as horríveis. Aquela não era horrível. O centro tinha um charme melancólico. De repente vi um macaco em cima de um telhado. As coisas aconteciam, ainda acontecem e continuarão a acontecer.

Sofia voltou e sentou na cadeira à minha frente. O cabelo dela, comprido, se movia no ar como plantas aquáticas. Ou como sombras. Sombras sombras sombras. Até então eu não pensava nelas, assim como não se pensa no que ainda não se pensa. No que será que eu não pensava?

— O que você veio fazer nesse fim de mundo?

— Estou dando um curso de crônicas na Casa de Cultura.

— De crônicas? Adoro crônicas. Li muito quando era adolescente.

— Que bom. Crônica é a melhor coisa que o Brasil produziu.

— Você acha mesmo?

— Não — rimos —, mas é uma das.

— Verdade.

— E por que você veio parar tão longe do Rio? Não quero ser enxerido. Se não quiser responder, numa boa.

— Não, tudo bem. Eu vim depois que me separei, uma separação barra-pesada, sabe como é. Eu já tinha vindo pra cá com a minha irmã uns anos antes. Aí, quando me vi solteira de novo...

— Tá valendo a pena?
— Tá, sim. É difícil, por muitos motivos, mas tudo é difícil.
— Pode crer.
— Nem sei se eu gosto daqui. Mas só o fato de não ter trânsito nem violência... Bom, tem violência como em qualquer lugar do Brasil de hoje, mas bem menos. Dá pra não pensar muito nisso e tocar o barco. E minha irmã veio comigo, então não tô sozinha.
— Que que ela faz, sua irmã?
— Me ajuda a cuidar do mercado.
— Você tem filhos?
Uma amiga já tinha me ensinado a não perguntar pra tudo quanto é mulher se elas têm filho, que isso era machista e tal. Mas eu queria entender melhor a Sofia.
Ela fechou a cara. Depois, com um esforço consciente, baixou a guarda de novo.
— Tenho. Um. Morreu num assalto.
— Sinto muito. Me desculpa.
— Não, imagina. É difícil encontrar alguém com quem conversar. E gosto de conversar com estranhos.
— Eu também.
— Quando converso com estranhos, eu nunca minto.
— E com conhecidos?
— Aí é mais complicado.
Ela gargalhou.
— Você escreve? — perguntou.
— Escrevo.
— Sobre o quê?
— Não sei. Honestamente. Se eu soubesse, perderia a graça.
— Eu tenho um misto, desculpe a franqueza, de admiração e pena por quem escreve. Tem que ter coragem pra ficar fuçando na própria cabeça. E ao mesmo tempo uma cer-

ta covardia pra ficar fora da vida, observando. Nenhum escritor é feliz.

— E quem é feliz? Os jogadores de curling do Canadá? Só os felizes são felizes.

— Haha. Quer mais uma cerveja?

— Não, obrigado.

Pedi a ela umas dicas de turismo.

— Você foi aos museus?

— Fui.

— Não são muito bons, né.

— Mais ou menos.

— Olha, tem um senhor... Mora a três quadras daqui. Não sei se ele vai te atender, ele é de lua... Seu Tomás. Ele tem uma coleção impressionante de arte barroca. Tem dois Aleijadinhos, até.

— Sério?

— Juro. Bate na porta dele e fala que é de São Paulo, que está de passagem. Quem sabe dá certo.

Tomei mais uma cerveja pra não ter que me despedir de Sofia. Ela era tranquila, e não se defendia atrás de uma barricada de frases feitas. Dizia o que tinha pra dizer, mesmo que fossem coisas pesadas. Depois que seu filho morreu, ela tentou se matar duas vezes.

Paguei a conta e disse que voltaria ao café nos dias seguintes. Aí fui andando debaixo daquele sol humilhante em direção à casa do seu Tomás. Quando caminho a minha sombra vai comigo, diz um poema de Jorge de Lima. Eu imaginava sombras frescas sob árvores verdes. Ou sombras verdes sob árvores frescas.

Seu Tomás me recebeu ao primeiro toque da campainha. Não parecia um velho ranzinza, mas parecia alguém cansado, muito cansado ou deprimido. Grandes olheiras escorriam sob os olhos semimortos, uma enorme papada escorria sob o queixo. Por um momento imaginei sua alma escorrendo até o estômago. Sua cabeça branca dava a impressão de ser uma mesa de bilhar onde as memórias, todas ruins, se chocavam como bolas e sumiam nas caçapas. Perguntou se eu entendia de arte do século XVIII. Eu disse que sim. Era mentira. Então ele começou a falar em linguagem de especialista, enquanto me mostrava os santos e anjos em pedra ou madeira que guardava numa sala quase escura, como eu imaginava, mas, contrariando minhas expectativas, muito bem organizada, com suportes e prateleiras feitos sob medida. Abaixo de cada estátua havia uma plaquinha informativa, como nos museus: *São Francisco*, c. *1800, Mestre Valentim, Madeira policromada e dourada*.

— Quando o senhor começou a colecionar?
— Faz mais de trinta anos.
— E por que o senhor resolveu virar colecionador?

Ele me olhou com desprezo. Depois virou o olhar pra janela e desprezou toda a paisagem.

— Alguém precisa cuidar dessas coisas, não acha?
— ...
— Eu queria ser padre. Meu pai não deixou. Ele queria que eu cuidasse das terras da família. Eu cuidei. Quando ele morreu, vendi as terras e comprei as primeiras peças de arte sacra. Só coleciono arte sacra, como você já deve ter notado.

— O senhor não se interessa por arte moderna?
— Não. Prefiro as coisas velhas, coisas impregnadas de tempo. O tempo torna tudo mais bonito. Menos os seres humanos, claro.

— Os seres humanos também, não? — provoquei.
— Alguns. Poucos. Eu mesmo acho que piorei muito nos últimos anos.

Ele mudou de assunto e me mostrou os Aleijadinhos.

— As joias raras da minha vida — disse.

Eram duas estatuetas de santas. Uma sem nariz, outra sem cabeça.

— Que bonitas!

— Bonitas, não: divinas.
— O senhor acredita em Deus?
— Que tipo de pergunta é essa? Como eu não vou acreditar em Deus? Eu sou um servo de Deus! Cuido das obras de Deus! Essas estátuas que você vê são obras de Deus, entende? Os artistas são só instrumentos a serviço Dele. O senhor é jornalista?
— Não, sou professor.

Ele estava agitado. Sua alma tentou subir do estômago até o topo da cabeça, mas se enroscou no diafragma e desceu pro estômago de novo. Ele se acalmou. Agradeci e caí fora.

Voltei pro hotel suando, com vontade de espancar cavalos. Quando deitei na cama, a raiva passou. Fiquei de olhos abertos, olhando pro teto embolorado, ouvindo as marretadas na reforma do quarto colado no meu. Foda-se. Foda-se tudo. Eu quero viver. Quero viver muito mais. Não sou jovem, mas também não sou velho. Um dia vou ser velho, e com certeza vou ser um velho arruinado, muito pior que o seu Tomás ou qualquer outro. Vou ser o pior velho do mundo e ninguém jamais vai saber disso. Tomei um banho gelado, deitei com o lençol enrolado na cabeça pra não ouvir os barulhos da reforma e dormi. Depois tomei outro banho, peguei uma Coca no frigobar, comi um chocolate e fui pra Casa de Cultura falar sobre a crônica brasileira pós-Segunda Guerra. Os alunos eram ótimos e quase chorei ao ler "Cascas de barbatimão secando ao sol", do Rubem Braga. Quando o motorista da casa de Cultura me deixou no hotel e joguei a mochila na cama e troquei de camisa e segui caminhando até o boteco da esquina, onde todas as noites eu jantava espetinhos com cerveja, percebi que estava me sentindo melhor.

Fiquei mais cinco dias naquela cidade do noroeste de Minas. Dizem que, nos anos 1960, Sartre e Simone de Beauvoir passaram por lá de carro, com Jorge Amado, vindo de

Brasília. Naquela época devia haver mais árvores nas ruas, mais árvores e menos casas, e eles provavelmente imaginaram que as coisas estavam apenas começando e, mais cedo ou mais tarde, acabariam bem.

26

O Papai Noel da minha infância era preto. Curiosamente, isso nunca foi motivo de estranhamento pros moleques da nossa cidade, racista como qualquer cidadezinha do interior de São Paulo na década de 1980 — e hoje. Certa manhã, entre o Natal e o Ano-Novo, vi um velho gordo e preto, de olhos verdes e turvos de catarata, fumando um cachimbo sentado na varanda de uma casa de madeira sem pintura, com manchas de musgo nas paredes, telhado caído, quase escondida atrás dos pés de mamona. Era o Papai Noel. Desci da bicicleta e disse "oi, Papai Noel!". Ele levantou da cadeira e veio até o portão. "Ô, menino, tudo bem? Entra. Como vai seu pai? Sua mãe tá trabalhando essa semana? Preciso passar lá pra arrancar esse dente", e abriu a boca com a mão pra que eu pudesse ver direito. Mais tarde descobri que seu nome era Antão. Viveu ainda muitos anos depois que deixei de acreditar no Natal.

OS IRMÃOS

Numa tarde de um domingo qualquer, há mais de trinta anos, minha irmã e eu víamos televisão na sala dos meus avós paternos, deitados num sofá de couro — as cabeças nos braços estofados e as pernas dela acomodadas sobre as minhas. Não sei por onde meus pais andavam. Minha avó, na cozinha, lavava a louça do almoço. Meu avô fumava um cigarro na área, sentado no seu canto preferido, de onde podia observar a rua.

O programa era o do Gugu ou o do Faustão, e não tenho certeza se havia mesmo uma tigela de pipoca na mesinha de centro. De repente ouvi uma gritaria muito próxima, vozes estranhas cada vez mais perto, meu avô dizia "para! para!" e minha avó soltou um "aaai!" desesperado. Nisso um vulto-adulto que eu não conhecia, de bermuda, sem camisa e descalço, saltou por cima de mim e da minha irmã, apoiando o pé no encosto do sofá, e caiu em cima da mesinha de centro, que se partiu ao meio. Ele olhou pra trás, abaixou a cabeça como quem teme levar um tiro e sumiu pela porta dos fundos, que ficava atrás da tevê.

Logo depois outro homem contornou o sofá. Tinha um revólver na mão. Eu o reconheci na hora. Era o Baleia, um cara repugnante de tão magro, que morava duas quadras acima, numa rua perpendicular à dos meus avós. Foi devagar até a porta dos fundos, olhou pra fora com cuidado e saiu correndo. A gritaria recomeçou.

Meu avô surgiu descabelado e perguntou se estava tudo bem. Acho que não chegamos a chorar. Aquilo era estranho demais. Não sabíamos como reagir. Minha avó sentou com a gente e nos explicou que os dois homens eram irmãos e tinham brigado por causa de dinheiro, ou por causa de um carro, ou por causa de mulher, sei lá. O Baleia e o... Nunca decorei o nome do outro. Mas a revelação de que eles eram irmãos me deu vontade de vomitar. Irmãos: como eu e a minha irmã. Aquilo era nojento demais.

Meu avô pegou o 38 da gaveta e subiu até a casa do Baleia. Deu um tapa na cara de cada um na frente dos pais dos garotos (deviam ter vinte anos, no máximo) e prometeu que matava os dois se eles fizessem alguma merda de novo.

Mais tarde, feitas as pazes, o Baleia e o Nizinho (dá-lhe, memória!) vieram pedir desculpas pra mim e pra minha irmã. Cumprimentaram meu avô de longe, choraram diante da minha avó etc.

Que história deprimente.

Pois é.

DEPOIS DO LINCHAMENTO

todos voltaram pra casa
e mesmo os que pararam num bar
ou num motel
antes de voltar pra casa
mais cedo ou mais tarde acabaram
voltando pra casa
mesmo os que não tinham casa
mesmo os que deixaram de ter
mesmo os que se sentiram esquisitos
durante um tempo
nos almoços de domingo
porque se não voltassem pra casa
seriam obrigados a voltar pra casa
e voltar pra casa era a única coisa
que eles não podiam suportar

TRÊS POEMAS PAULISTAS

BASTOS

fomos a Bastos a Capital do Ovo
fundada por Senjiro Hatanaka em 1928
em busca de vestígios da cultura
japonesa

Niwa Imobiliária dois ou três torii vermelhos
na rua do comércio postes com cúpula
em formato de ovo na praça do Ovo
isso é tudo pensei com tristeza

mas não era a pasteleira pândega
sem nenhum traço oriental virava
o pastel no óleo fervente com hashis

RIBEIRÃO DOS ÍNDIOS

em Ribeirão dos Índios ex-distrito de Santo Anastácio
com 2.224 habitantes nenhum índio existe um campo de futebol que ocupa o tamanho de um quarteirão um campo-

-quarteirão entre outros quarteirões de 100 x 100 m de casas previsíveis

numa das laterais do campo uma arquibancada de quatro ou cinco degraus e em frente a ela atravessando a rua um pé-sujo que vende cerveja e Cynar nos dias de jogo sábado ou domingo de manhã

era sexta peguei uma garrafa de Skol e um Cheetos sentei no degrau do meio olhei a grama bem aparada e disse em voz alta citando um amigo morto há quase vinte anos "tudo o que é bom é de graça ou custa muito pouco" e os pardais de olho no meu Cheetos concordaram

Vinhedo

Vinhedo capital do figo
Ourinhos capital da prata
ou do pneu
o borracheiro André falava
enrolado com sotaque mineiro
almoçamos no boteco indicado
por outro funcionário da oficina
arroz feijão bife ovo
e salada de alface tomate cebola
com Fanta de litro
chegamos na chácara depois de treze horas
de viagem de noite e debaixo
de chuva
hoje véspera de Ano-Novo
pude olhar como se deve

os mais de trinta flamboyants que ladeiam
a estradinha entre a sede e a churrasqueira
e perceber que admiro seu estilo
desirritado e horizontal

30

Seu joelho é como a maçaneta do meu café preferido em Buenos Aires. Pode-se, a partir dela, reconstruí-lo inteiro: a esquina, o toldo, as mesas, seu cabelo. Suas coxas. Suas costas. Seu banheiro. Seu joelho através da calça jeans rasgada. Feito uma porta aberta. Feito um balcão de prata. A jaqueta de couro e a garçonete. O lustre, o piso, os músculos sob a pele. A sineta que toca e o ar agitado ao pendular do rabo de cavalo.

31

Ele voou de bicicleta, à altura de um poste, ao longo de trinta ou quarenta metros. Não sei quanto tempo durou, mas disseram que uma eternidade. Um dia desses, no bar do Serginho, mais de vinte anos depois, soube que ele fez o que fez pra impressionar uma menina, a Gil. Faz sentido, já que eles botaram a rampa de skate bem na frente do casarão onde ela morava. Quebrou várias costelas e ficou seis meses de cama, com gesso nas pernas e nos braços — pontos na cabeça, curativo no queixo, inchaço no nariz. Durante o resto do ano os moleques contavam tudo em detalhes: a lenta subida até a igreja, empurrando a bicicleta; os minutos imóvel, de mãos nos freios, hesitante; o sinal da cruz antes da partida; a descida alucinada, pedalando com força; o grito primitivo de vitória no instante em que o pneu tocou o half de madeirite (que a gente guardava no quintal do Lelê); a expressão de pavor que dominou o rosto do Cadelinha quando ele chegou lá no alto e planou, feito um herói, num arco mágico (que apenas imaginei mas nunca esqueci); a queda no asfalto coberto pela areia de uma construção vizinha; o corpo do Cadelinha caindo no chão num baque horrível e rolando pela rua; o silêncio que pesou sobre os meninos; o Lelê correndo e ligando pro pai, que era médico e surgiu de dentro da ambulância e então todo mundo chorou; a bicicleta fodida resgatada só muito mais tarde do meio do mato do terreno baldio do Valentim. O Frango pede pro Serginho uma porção de dobradinha. O Lelê enche os copos de cerveja. Alguém começa a gargalhar.

PARACAS

Quando o festival de poesia acabou, pegamos um ônibus pra Paracas, a quatro horas ao sul de Lima, e alugamos um quarto com duas camas de solteiro num hostel perto do mar. No meio da noite acordei pra ir ao banheiro e vi que minha amiga tinha saído. No dia seguinte ela disse que não conseguiu pregar o olho por causa dos meus roncos e acabou mudando de quarto. Pedi desculpa e fomos conhecer a vila.

Os turistas tiravam fotos de dois pelicanos pousados na mureta da rua principal — a da praia —, onde ficavam as lojinhas de artesanato e de agasalhos de alpaca e os restaurantes. Os pelicanos abriam e fechavam as asas e os bicos enormes, com papadas de desenho animado, mas nunca desciam da mureta nem voavam.

Compramos suvenires pras nossas famílias e escolhemos um bar com mesas na calçada pra tomar cerveja. Estávamos os dois cansados de toda aquela conversa e troca de livros e e-mails. O plano era respirar o ar menos intelectual possível e provar pra nós mesmos que a poesia continuava por aí. Provamos a *jallea*, uma porção de peixe frito em iscas coberto por um molho à base de cebola roxa, pimenta, salsinha e milho verde, que a minha amiga apelidou de *fritalhada*.

Uma tarde tentamos escrever um poema a quatro mãos sobre dois poetas pobres que ganham na Mega-Sena, rodam o mundo, compram apartamentos em Paris e em Buenos Aires e fundam uma editora cem por cento engajada na publicação e divulgação da poesia mundial — mas desistimos após algumas estrofes.

Dos pontos turísticos sugeridos pelo casal de italianos com quem nos encontramos várias vezes, visitamos a Reserva Nacional de Paracas e as Islas Ballestas.

A primeira era um deserto com praias de água verde-esmeralda e areias coloridas: vermelho-café, verde-musgo, amarelo-mostarda. O sol frio e o vento áspero como que ajustavam as cores. Dava a sensação de que a gente tinha passado tempo demais olhando com filtros pra realidade e então alguém tivesse jogado as lentes fora. Almoçamos num restaurante construído em cima das pedras das margens de um lago. O teto era de palha e mal filtrava a luz do meio-dia. Parecia o único restaurante do mundo. Parecia perfeito. E parecia a Grécia.

De dentro de um barco, navegando ao redor de rochas gigantescas, que emergiam das águas feito icebergs cor de tijolo molhado, vimos — até esquecer tudo o que tínhamos visto antes — milhares de pássaros (alguns pinguins entre eles) e centenas de leões-marinhos. As Islas Ballestas. Os guias dizem que Charles Darwin passou por ali, mas isso não diminui em nada a solidão que você sente naquele lugar.

Na última manhã caminhamos por uma praia coberta de algas. Cartas de baralho, cadarços, um colar dourado, conchas cor-de-rosa. Deixamos tudo lá. Comemos a derradeira fritalhada diante dos pelicanos mercenários e subimos pra Lima saudosos do lendário bar Cordano, onde gastamos sem culpa o pouco dinheiro que conseguimos vendendo algumas roupas num brechó do centro.

33

César Vallejo é o Van Gogh da poesia. Assim como existe a cadeira van gogh, as botinas van gogh, o telhado van gogh, existe a camisa césar vallejo, o organismo césar vallejo, a humilhação césar vallejo. Tchekhov, Bandeira e Rubem Braga são irmãos. Lorca é órfão e primo deles. Whitman é o último poeta saudável — Whitman e Bashô. Seus filhos são todos doentes. Bob Dylan é o Whitman do fim do império americano. Começou Rimbaud e acabou Baudelaire, porém seu sonho era se tornar Rembrandt. Desde *Time Out of Mind* sua voz tem algo do brilho fosco de Rembrandt. Leminski foi primeiro sobrevalorizado e depois subvalorizado. Leminski é ótimo. Jacques Prévert é um Pestana ao contrário: morreu mal com os homens e bem consigo mesmo. Murilo Mendes poderia ter inventado o avião de mão dupla. Lucia Berlin é a melhor agente de turismo do Caribe. Sou ateu mas acredito em Adélia Prado. Natalia Ginzburg escreve em cima de um trator da marca Estilo. Paul Éluard é água, Wislawa Szymborska é terra. Neruda, embora pouco chinês, é madeira. Nicanor Parra é um faxineiro. A *Odisseia* é um poema que não precisa de faxina.

POEMA COM ESPETINHO

São Duzão
padroeiro dos assadores de espetinho
nesta esquina poeirenta
em frente ao posto de gasolina
ouvindo o barulho dos carros
e das latas de cerveja
penso na sua morte
precoce e não me conformo

São Duzão
padroeiro dos amigos mortos
em acidentes de moto
o jererê nas estradas de terra
e o tereré com limão de madrugada
estão em falta na cidade

35

Um amigo poeta e professor esteve na Espanha a trabalho. Conta que almoçou enguias num restaurante do *pueblo* onde estavam os arquivos que ele precisava consultar. Sua mulher, grávida, permaneceu em Sevilha fazendo repouso por recomendação médica. As enguias vieram numa travessa acompanhadas de purê de batata. Quando viu as cabeças com olhos perfeitos, fritos, ficou horrorizado. Por pouco não levantou e foi embora. Em vez disso, cortou depressa as cabeças e as despejou num prato, que o garçom retirou. Então comeu tudo, porque estava com fome, mas também porque estava com medo de enlouquecer. No hotel, diante da praça vazia, escreveu um poema que falava em carneiros soltos pelas ruas e no olho frito da cabeça cortada da enguia. Tinha a impressão de ter ido longe demais. De volta a Sevilha, sua mulher teve um sangramento e quase perdeu o bebê. Ele lembrou do poema e pensou na palavra *maldição*. Naquela noite, depois de horas de angústia no hospital, esperou a mulher dormir, tirou o caderno de dentro da mochila, arrancou a folha com o título "Os olhos da enguia" e a rasgou em pedacinhos.

36

Na sala de espera da tomografia, somos eu, uma senhora de bengala e uma mulher de uns cinquenta anos com o pé bronzeado. Os três com o pijama do hospital. Conversamos sobre as nossas doenças, depois sobre a chatice de ter que fazer exames, envelhecer, morrer etc. Faz uma hora que estamos ali. Duas. Três. Cinco. As enfermeiras desapareceram. A senhora de bengala vê que estou ansioso e diz "pode pegar a cerveja e o queijinho". Começo a acreditar que estamos num ponto cego do hospital, num canto qualquer de um labirinto esquecido por Deus. A do pé bronzeado é uma boa contadora de histórias. Como está de máscara, finjo que é Sherazade, e faço perguntas pra que ela fale mais e mais. Fico sabendo que seu filho está preso. A senhora de bengala tem uma neta que está presa nos Estados Unidos. Sinto vontade de rir, mas não sei do quê. Tenho a impressão de que já vivi aquilo antes. Minto que tenho um sobrinho preso também. "Minha família é toda de larápios", diz a senhora de bengala, e dá uma gargalhada melancólica. Uma enfermeira põe a cabeça na porta e chama um nome masculino que não é o meu. A senhora de bengala, tirando onda, pergunta "tem certeza que não é você?". Conto o trecho de um filme que vi recentemente: o cara entra num lençol freático e é cuspido no poço de uma cachoeira. A do pé bronzeado diz "credo, que horror". A senhora de bengala diz "não há o que não haja". "Me falem mais de vocês", eu digo. A do pé bronzeado diz "eu gostaria de ter sido tenista". A senhora de bengala diz "eu fui dentista e não me arrependo". A do pé bronzeado diz "não estou suportando meu caçula". A senhora de bengala diz "a televisão destruiu esse país". A do pé bronzeado diz "tento não esquecer que o mar existe". A senhora de bengala diz "frango frito é bom mas ensopado é melhor". A do pé bronzeado diz "ainda pretendo trepar bastante". A senhora de bengala diz "no Bom Retiro havia um teatro chamado Beduína Rancorosa". A do pé bronzeado diz "viver não deveria ser a única opção". A senhora de bengala diz "o ser humano é maravilhoso ou nojento". Surge outra enfermeira e chama um nome feminino que não é o de nenhuma das minhas amigas. Procuro um banheiro, encontro, volto por um corredor vazio e por um instante lembro que existe um mundo lá fora, cheio de carrinhos de milho e pamonha. Ocupo novamente meu lugar entre as duas. Estão rindo alto de alguma coisa que a senhora de bengala falou. "Me conta", eu imploro, e quando ela conta rio alto também. Vem outra enfermeira. "Tudo certo por aqui?", pergunta, espantada. "Tudo", dizemos em uníssono.

37

Vários homens passam um mês vivendo sob o mesmo teto e trabalhando num trailer de sanduíches naturais. O objetivo? Encontrar a metade da laranja. Uma bailarina idosa está determinada a se apresentar nas comemorações do bicentenário de uma cidadezinha, mas parece que ninguém se importa muito com ela. Uma espiã britânica sai à caça de uma estilosa e implacável agente de uma organização secreta. O que era perseguição vai se transformar em obsessão. Afundado em dívidas, um grupo de garotas de um bairro rico de Estocolmo começa a roubar as casas vizinhas. Os cônjuges de D e K sofrem um acidente de avião. D procura respostas e descobre que sua esposa e o marido de K tinham mais do que isso em comum. Uma festa de aniversário acaba em tragédia. Um ex-agente que agora é dono de casa se envolve numa missão perigosa com a esposa, que é detetive e não sabe nada sobre o passado dele. Ao longo de sua carreira um operador ferroviário mata sem querer de quinze a vinte pessoas. Essas mortes são chamadas de assassinatos inocentes.

CINEMA DE RUA

eu tinha acabado de me formar em Letras
ela cursava a Escola de Artes Dramáticas
nos conhecemos no Outback
do shopping Eldorado
onde trabalhávamos no turno da noite
ela uma garçonete de gestos sutis
e eficientes como a atriz
que em breve se tornaria
eu um garçom estabanado
que só pensava em suicídio
em casa lia *O jogo da amarelinha*
e andava broxa
Maeve o nome mais suave
me ajudava a lembrar que o futuro era maior
embora menos doce
que as costeletas de porco
que espalhávamos pelo salão
seu olhar sem trapaças me acalmava —
você se perguntava que tipo de plantas
ela cultivaria no jardim
se um dia tivesse um jardim
quando saí do restaurante
me afastei de todo mundo
que conheci naquela época
só fui rever Maeve Jinkings
na tela de um cinema de rua

quinze anos depois
estava diferente
e ao mesmo tempo igualzinha
como alguém que reconhecemos num sonho
por trás da máscara de outra pessoa

POEMA DO TAPETE

Não sei por quê, mas sou fascinado por tapetes. Desses grandes de botar na sala, persas ou falsamente persas, com motivos intrincados que a gente nunca decifra. Rosáceas propagando galhos retorcidos de flores que se transformam em arcos que quase encostam em faixas com riscos de fósforos e focinhos de felinos.

Quando era criança eu me irritava com a repetição dos padrões. Eles são de fato hipnóticos, e se apoderam da visão como a música que entra no ouvido à nossa revelia. Mas agora eu não ligo de perder o controle. Fico um bom tempo olhando os tapetes que encontro por aí.

Não tenho tapete em casa. Sou alérgico a poeira e preguiçoso pra usar o aspirador. Vou ao aniversário de Maria e, enquanto se fala de política e artes plásticas, abaixo os olhos e me deixo levar pelas cores e formas do seu tapete.

Uma vez passei horas conversando com uma editora de livros em pé em cima de um tapete com bordas que pareciam ripas de madeira entalhadas (janela nova, penteadeira antiga) envolvendo um círculo felpudo de lã azul-turquesa — flocos pretos cintilantes. Foi como pisar no mapa de outro mundo.

Agora lembrei do tapete de Lebowski, o protagonista do filme dos irmãos Coen. The Dude. Ele o usava como se fosse uma rede. Deitava no seu *rug* estendido no centro da sala, acendia um baseado e imaginava uma vida melhor: voando pelo céu sem heroísmo, ouvindo Dylan entre as estrelas.

Conheço uma pessoa que reformou o apartamento inteiro, trocou todos os móveis, quadros, talheres e roupas de cama; manteve apenas um velho tapete vermelho desbotado, que estava com ela desde sempre. Um tapete de confiança. Um tapete sentimental.

Se eu fosse um sultão das *Mil e uma noites*, ia querer só duas coisas: cavalos e tapetes. Cavalos árabes, os mais resistentes, de traços mais delicados — com um rabo que empina e tremula no ar como bandeira no momento em que o animal começa a galopar. E tapetes na areia, sob as tendas do deserto.

Nem oca, nem castelo, nem cabana. Tapetes. Tapetes e toalhas, toalhas e cobertas — tecidos de linho puro. Contra a aspereza da realidade que esfola e sem a ilusão de se proteger do fim. Alívio e vulnerabilidade. Tapetes, olhos e cabelos. E corpos, que se entendem sem razão.

40

Coisas que amo no Kintarô. A cortininha que escorre como uma franja sobre a fachada estreita. A fachada estreita. A gravura azul com três sumotoris vazados em branco. A lanterna vermelha na entrada, quando escurece. A proximidade do balcão com a rua. A berinjela no missô. O torresmo, o sunomono e os mariscos. A vaca atolada, as coxinhas minúsculas e a panela de oden. As duas bandejas de oniguiri cobertas por plástico-filme. A conversa dos outros. A conversa do Taka. A conversa do Yoshi. A conversa da dona Líria. As garrafas de uísque com etiquetas escritas à mão: Gaúcho, Takahashi, Ohata San. A cerveja gelada e a cachaça mineira. O 7&7 do Yoshi. O nirá com ovo, a moela, a manjubinha. A sardinha marinada, a sardinha marinada, a sardinha marinada. O balcão e os azulejos que envelhecem junto com os clientes. A árvore na calçada onde se amarram cachorros. O shochu que derruba os incautos. A lua cheia que abençoa os fumantes.

41

Calculei mal o tempo da caminhada. Cheguei cedo demais no restaurante. Estava fechado. O bar da frente estava aberto. Peguei uma long neck e fui beber na calçada, ao lado de três caras de meia-idade que, em pé ao redor de uma mesa de ferro, dividiam duas cervejas grandes e conversavam sobre compra e venda de carros. Ainda não era meio-dia. Terça-feira. Janeiro. Talvez estivessem de férias. Eu estava de férias. De repente o sol ficou forte demais. Eles puxaram a mesa pra debaixo do toldo. Eu me escondi debaixo de uma árvore. Ventava. Não muito. Era mais uma brisa. Lembrei de uma temporada na Bahia, dez anos antes. Pensei: eu devia ter ido mais à Bahia. E na sequência: que bom que as coisas não saíram como o planejado. Do outro lado da rua, o garçom ergueu a porta de enrolar do restaurante, mas aquilo não tinha mais nada a ver comigo.

42

   Morar numa casa branca, pequena, com uma porta e duas janelas azuis dando pro quintal, onde há um gramado, um pé de limão e uma roseira. No interior de São Paulo, não muito longe da família. Paralela ao muro baixo, perpendicular à rua, eu colocaria uma churrasqueira de tambor, das grandes, e a acenderia duas vezes por semana: às terças ou quartas, no fim do dia, e, aos sábados, antes das dez da manhã. O cheiro da gordura queimando e a cerveja sagrada. As crianças do bairro e os adultos do mundo. Estrelas da infância e nuvens sem remorso. Meu pai! Minha mãe! Num pano de prato, o fantasma da minha avó. O sol se move e mudamos as cadeiras de lugar. Alguém se corta e eu penso: o sangue natural. Descalça, minha mulher caminha na grama — seu pé em movimento é mais bonito que uma antologia de poesia francesa. Uma amiga enrola um baseado. Boto mais carvão e começamos de novo. A lua cheia, sadia como um dente, aniquila esta comédia.

CHURRASQUEIRA 2

Eu vivo longe do meu pai. Meu pai é um grande churrasqueiro. Às vezes sinto remorso pelos churrascos que ao longo desses vinte anos, morando em cidades distantes, deixamos de comer juntos. Quando nos encontramos, a primeira coisa que fazemos é acender o fogo. Depois abrimos uma cerveja, brindamos sem frase feita e desandamos a conversar.

Muitas das nossas conversas são sobre churrascos. O churrasco faz parte das minhas primeiras lembranças. Nelas há sempre uma luz fraca, improvisada, vinda de alguma lâmpada incandescente pendurada na ponta de uma extensão em cima da churrasqueira que meu pai pilota.

Eu fico ao lado dele, gosto de ver a gordura pingar sobre o carvão — e como com prazer as lascas de cupim que meu pai me oferece. Ao redor há risadas de adultos e gritos de crianças. Pode ser o sítio ou o quintal de alguém. Se é um sítio já sei o nome de todos os cavalos. Sou obcecado por cavalos. Por cavalos e por churrasco. De resto sou tímido, de uma timidez desesperada. Me escondo atrás do entusiasmo do meu pai. E fico torcendo pra que a noite não acabe nunca.

Um dos maiores assombros da minha infância foi quando vi meu pai construir, sozinho, uma churrasqueira, com tijolo e barro, nos fundos da casa de um enfermeiro. Não lembro as circunstâncias. Provavelmente ele não gostou da churrasqueira disponível e resolveu presentear o amigo com uma melhor — uma churrasqueira perfeita, levantada com mão de violonista, ou de dentista, em todo caso com mão certeira e caprichosa.

Dias depois eu ainda devia estar falando na tal churrasqueira com olhos alucinados, pois meu pai me fez ajudá-lo a construir outra, no quintal da nossa casa, ao lado da churrasqueira oficial, só pra me mostrar que eu também seria capaz de fazer aquilo quando crescesse um pouco.

Estou em Gonçalves, Minas Gerais, com a minha namorada. A chuva não para de cair entre a casinha sem cortinas e as montanhas. A chuva nos isola do mundo. Meu pai me liga e pergunta se já fizemos algum churrasco nessa temporada. Digo que não, está chovendo demais, até a varanda coberta está molhada. Ele responde:

— Aí que é bom. Já fiz muito churrasco na chuva. Uma vez fiz churrasco com água pelos joelhos. Aproveita.

Segundo a *Odisseia* — "o mais glutão dos épicos", como cravou um helenista simpático — e o avental uruguaio que ganhei de uma amiga, *"la vida es una sucesión de asados"*. Se parasse um segundo pra pensar nisso, meu pai assinaria embaixo.

A PROFESSORA DE QUÍMICA

— Alô? Silvinha? Quanto tempo! Que bom que você ligou.
— Quanto tempo mesmo. Como você está?
— Tô bem, tudo indo. Desesperado com o rumo do país, mas levando.
— Estamos vivendo um momento terrível. Nunca pensei que depois de velha eu fosse passar por uma coisa dessas. Olha, não duvido de mais nada. Tudo pode acontecer. A minha geração pensou que o pior já tinha ficado pra trás, que o Brasil se tornaria um país civilizado, mas parece que o nosso destino é a tragédia social completa.
— Triste demais.
— Mas, olha, estou te ligando pra te dar uma notícia ruim. Outro tipo de notícia ruim.
— Diga.
— A Maitê morreu de covid na semana passada.
— ...
— A sua professora de química.
— Claro. Não sei o que dizer. Foi rápido? Ela sofreu muito?
— Sofreu, mas foi rápido. Testou positivo numa quarta-feira, na sexta já estava intubada, na segunda seguinte faleceu.
— Que barra. Ela tinha três filhos, né?
— Sim. Todos grandes, já. A mais nova está inconsolável.

— E o marido?
— Eles estavam separados há uns dez anos. Parece que ela arrumou um namorado. Estava morando com ele em Vitória, sabia?
— Não, não sabia.
Fazia quase trinta anos que eu não ouvia falar da Maitê.
— Achei que eu devia te contar. Bom, faça uma elegia pra ela, celebrando seu amor de adolescência. E depois siga em frente, que essa vida é um sopro.
— Sabe que uma vez eu cheguei a pensar em escrever pra ela? Mas tive medo de mexer nessa história.
— Não sei se teria sido bom você escrever pra ela. Em todo caso, agora é tarde. Cuide-se. Um abraço saudoso.
— Outro. Bom falar com você.

A diretora me chamou na sala dela.
— Está tudo bem na sua casa, com a sua família?
— Tudo bem.
— Certeza?
— Certeza.
— Como você explica o que aconteceu?
— Estudei pouco.
— Pra tirar zero você teria que ter estudado menos que pouco, não acha?
— Na próxima prova eu compenso.
— Qualquer problema você sabe que pode contar comigo. Estou preocupada com você. Ouvi dizer que você gostava muito das aulas da Maitê.
— ...
— Você não gosta das aulas da Maitê?
Senti meus olhos se encherem de lágrimas.
— Escuta, você é um menino ainda. Ainda tem muito o que viver. Não leve as coisas tão a sério. Combinado?
— Não sou tão menino assim.

— ...
— Posso ir?
— Pode. Estude mais pra próxima prova, senão vamos ter que te reprovar.

Eu estava a tarde inteira tentando escrever uma carta que mostrasse que eu não era como os outros, que eu não era um menino mas um homem, ela não ia se arrepender se topasse me encontrar fora da escola, em sigilo absoluto, no lugar que ela escolhesse, eu sabia que ela era casada e não me importava com isso. Depois da quarta ou quinta tentativa, desisti. E escrevi um poema. Ainda lembro de um dos versos, "Ergui alto este amor que te ofereço". Eu não estava pra brincadeiras. Só me faltavam o alaúde e o cavalo.

Os olhos verdes. O carro verde. A capa verde do meu caderno secreto. Fora isso, tudo na escola era azul e branco. As paredes brancas, as grades azuis, a camiseta do uniforme azul e branca, o céu azul por cima do muro branco. Tinha qualquer coisa de arenosa na pele dela, e isso era feio e excitante ao mesmo tempo. Durante a aula inteira eu não tirava os olhos dela. Conhecia cada linha do seu rosto. Os incisivos centrais meio encavalados. As sobrancelhas tristes. O lábio superior mais carnudo que o inferior, ambos um tanto secos.

Depois de ler o poema, a Maitê passou a evitar qualquer contato visual comigo. Eu não podia acreditar que eu, um moleque, tinha conseguido constrangê-la. Ela era adulta, o poema era lindo, será que não dava pra ela lidar melhor com a situação? A cada aula seu constrangimento ficava mais evidente. Me arrependi de ter enviado o poema. Não, não me arrependi. Mas agora os meus sentimentos não eram só meus, eram dela também, e ela os desprezava. Comecei a faltar nas aulas de química. Faltei a várias aulas seguidas. Me escondia no banheiro com um maço de cigarro e, sentado na tampa suja do vaso sanitário, fumava até a garganta doer.

Não foi fácil cumprir as exigências do trabalho extra que a Maitê me passou pra que eu não ficasse de recuperação. Eu simplesmente não conseguia me concentrar. Me dava uma moleza, uma moleza que ainda sinto em momentos complicados, que me impedia de agir. Eu passava horas no meu quarto, fumando e bebendo café com minha irmã e um amigo nosso. Eles sabiam da história da Maitê. Não achavam nada de mais. Com eles eu até ria um pouco, mas quando ficava sozinho voltava a sofrer.

O ponto de ônibus ficava em frente a uma mercearia-barra-padaria a uma quadra da escola. Ali se reuniam todos os estudantes de fora de Presidente Prudente. Tinha gente de Bernardes, Venceslau, Pirapozinho, Martinópolis e Anastácio, como eu. Eu tinha dois grandes amigos de Martinópolis, o Breno e o Marcelo. Esperávamos o ônibus tomando refrigerante, às vezes refrigerante com cachaça. Havia um sentimento de união entre nós, como deve haver entre exilados de várias partes do mundo quando se encontram numa hospedaria qualquer de um país estrangeiro. Foi sentado numa das mesas da calçada dessa mercearia que li boa parte dos livros que me marcaram antes de vir morar em São Paulo. *Um sopro de vida*, *Manuelzão e Miguilim*, *O apanhador no campo de centeio*. Foi também numa daquelas mesas que escrevi a carta que entreguei pra Maitê no fim do ano, junto com o trabalho extra.

Santo Anastácio, 13 de dezembro de 1997
Oi, Maitê! Tudo bem? Espero que sim.
Por favor, leia esta carta até o fim.

Queria te explicar como tudo aconteceu pra você não ficar achando que sou um maluco completo. Posso até ser maluco, mas não completo, e acho que não sou um maluco perigoso.

Queria que você soubesse que não foi planejado. Eu estava numa festa de despedida do terceiro ano na casa do Osmar. Os moleques inventaram de fazer um concurso de quem aguentava mais vodca com Fanta. Eu estava ganhando, esses caras de Prudente bebem muito mal, começaram a beber agora, eu bebo desde os treze. Não que eu tenha orgulho disso, sei que é perigoso, mas enfim... Eu estava já na sétima ou oitava rodada de Fanta com vodca, acho que fiquei um pouco metido quando derrubei o Marcão, que é amigo do Osmar e já está na faculdade. Daí em diante não lembro de muita coisa. Quer dizer, lembro de flashes.

A Leonora e a Renata estavam comigo. A Nandinha do segundo ano C também. Aí a Nandinha falou: sabe quem mora duas casas pra baixo? A Maitê... Eu não sabia que você e o Osmar moravam no mesmo condomínio, muito menos na mesma rua. O Osmar nunca tinha me falado nada, porque eu nunca falei nada de você pra ele. Aí só lembro que eu saí andando. As meninas devem ter pensado que eu ia no banheiro, mas o Bruno, que estava por perto e é meu amigo do peito, viu que eu estava esquisito (ele que disse). Ele ficou de olho em mim e me seguiu quando fui pra rua. Diz que fiquei parado um tempão na frente da sua casa, passando a mão no capô do seu Uno verde. (Não sei se é verdade, pode ser sacanagem dele.) Só lembro de uma janela acesa. Um cachorro grande e uma garotinha pulando no sofá. Como não tinha grade, entrei. Sempre tive vontade de entrar nessas casas sem grade. Não sei por quê. O Bruno disse que tentou me segurar quando me viu abrindo a porta, mas já era tarde.

Sua filha se assustou, lembro da cara de medo dela. E o cachorro, bom, desculpe ter chutado ele, mas acho que vai demorar pra sumir essa cicatriz do meu braço. Peço desculpas também pelo que, segundo o Bruno, falei pro seu marido. Não era minha intenção. Não vou repetir as frases que ele me disse que eu falei porque eu ficaria envergonhado. Agora, as coisas que falei pra você são a mais pura verdade, e espero que você não fique pensando que era o álcool falando por mim. Eu assumo o que fiz, lamento o que fiz, mas não me arrependo do que disse pra você. Só me arrependo mesmo de ter assustado a sua filha pequena, que é uma menininha e não merecia ter visto nada disso. Mas o seu marido talvez tenha exagerado também. Não sei se precisava chamar a polícia e muito menos ligar pros meus pais. Estou proibido de sair de casa até o Natal. Foi minha mãe que sugeriu (ordenou, na verdade) que eu escrevesse uma carta pra você, pedindo desculpas por tudo. É o que estou tentando fazer.

Espero que você tenha uma vida longa e seja feliz. Eu não vou ser feliz, pelo menos não agora. Espero que você me desculpe por tudo. No ano que vem me mudo pra São Paulo. Não vamos nos ver nunca mais. Que pena.

Beijos e adeus, seja feliz!

45

No dia mais quente do ano, ela abriu as folhas descascadas da janela do quarto e estendeu uma toalha de banho sobre o telhado do vizinho, que tapava boa parte da sua vista. Era sábado e queria se divertir, mas estava sem dinheiro. De biquíni e óculos escuros, deitou de costas na toalha — o rosto voltado pro apartamento, os braços pra cima formando um losango, as pernas abertas e apoiadas no parapeito. Passou a manhã ali, levantando às vezes pra ir até a cozinha beber água ou comer uma banana. Na sua espreguiçadeira improvisada, leu o último capítulo de um romance policial, pensou em ligar pro cara com quem saiu na quinta-feira mas desistiu, raspou os pelos das canelas com uma lâmina de barbear e ao meio-dia tomou uma das duas latas de cerveja que encontrou na geladeira. Quando a fome apertou, fez espaguete com tomate picado, pimenta-do-reino e azeite. Sentou no sofá pra ver televisão. Antes que terminasse de comer, veio um sono pesado. Então botou o prato no chão (o ex-marido tinha levado a mesinha de centro), ajeitou a cabeça na almofada e dormiu a tarde inteira.

OS TROVADORES

choveu a noite inteira
acordei várias vezes com a chuva
e fiquei ouvindo o barulho
grosso da água nas costelas-
-de-adão no corredor do hotel
agora na estrada
vejo os cavalos molhados e o capim
escuro atrás dos óculos e do insulfilm
dias ensolarados com uma trupe
de músicos performáticos em Birigui
a capital do calçado infantil
a cidade é plana
caminhei no cemitério
passamos a manhã de sábado
tomando cerveja em volta da piscina
depois do show fomos ao bar
Mané Simpatia mesas de plástico
azuis e vermelhas
e panelões abertos
de mocotó dobradinha vaca
atolada e caldo de jegue
que é mais ou menos uma canja
de galinha com linguiça e bacon
três quilômetros a pé até o Pérola Verde conversando e tirando fotos
das casas baixas e dos letreiros

ingênuos ou cínicos
em cinco horas estaremos em São Paulo
vou me trancar em casa e trabalhar
num livro de crônicas dar aulas batucar
no balcão da padaria
e tudo bem
eu me divirto de qualquer jeito
mas já sinto saudades
dos violões das vozes dos chapéus
dessas figuras doce-amargas cheias
de ideias e olhos plenos de relâmpagos

47

Uma mulher canta os números com nostalgia de aeroporto. A água das cervejas tiradas do balde pinga sobre as cartelas incompletas. A batata frita é ótima. O pastel mais ou menos. Um uísque é um uísque é um uísque, mesmo nos universos paralelos. Do meu lado esquerdo Pitonisa de Óculos marca com X. Do meu lado direito Shelley Rediviva marca com círculos. Mas nenhum de nós — aqui sou o Querubim da Guerra — consegue fazer uma linha e gritar LÊÊÊNHA. Diambeira Amuada se cansa depressa — seu rosto toscano é uma estátua no exílio. Skatista da Roça e Charreteira Plácida riem alto. O garçom pede silêncio. Pagamos a conta e saímos — não sem antes espiar o baile da terceira idade, debruçados no corrimão da escada. De volta ao amarelo das calçadas, o pintor Queijos Finos sugere uma saideira, mas como o Champanhe no Gelo está fechado, Moranguete Três Meias conduz a tropa pro Dores da Alvorada. É primavera e meu sofrimento neste mundo terminou. Que os anos passem lentamente. Que haja outras rodas engraçadas como esta. Que nossos poemas sejam como as pedras que Aladim colheu num pomar subterrâneo e não como a lâmpada que lhe deu tudo menos um sábado à noite no bingo do Clube Piratininga.

O CHAMADO

Desci do metrô na estação Consolação. Eu poderia ter descido na estação Mackenzie, mais perto de casa, mas quase nunca fazia isso. Depois de dar uma aula de três horas do outro lado da cidade, era bom andar pela Augusta, por volta da meia-noite, e ver o movimento dos bares.

A essa hora, às segundas, terças e quartas (era uma terça), eles estavam sempre vazios. Às vezes eu parava num deles. Às vezes comprava duas ou três latas na loja de conveniência do posto e levava pra beber diante da tevê. Dependia do estado de espírito. Nessa noite eu estava em paz com os meus problemas e fui caminhando pela ladeira da Augusta, sentido centro, esperando ouvir o chamado. O chamado do bar certo na hora certa.

Já estava quase chegando na última rua em que dava pra virar à esquerda sem que depois tivesse que subir tudo de novo (pulemos a explicação maçante da geografia do bairro), quando ouvi o som dos violões e as vozes dos cantores. Sem pensar duas vezes, entrei no boteco de onde a música fluía, uma música sertaneja, antiga como as estradas do Paraguai, que eu conhecia da encadernação passada e que não tinha nada a ver com a trilha sonora rotineira do Baixo Augusta, que podia ser qualquer coisa, menos música caipira.

Pedi um conhaque e uma cerveja e sentei numa mesa próxima à dos violeiros, que cantavam pra ninguém. Atrás do balcão o dono do bar lavava a louça, pensando em qualquer coisa, menos em música. Os violeiros eram dois barrigudos na faixa dos sessenta anos, um branco e um preto. O preto tinha um bigode branco e usava um chapéu de feltro com a aba rasgada. No branco faltava um canino. Os dois vestiam camisas com golas muito gastas e malhas de lã por cima das camisas. Quando a música parou, aplaudi e disse "muito bom". Eles agradeceram e sugeriram que eu sentasse na mesa deles.

— Que que cês tão bebendo? — perguntei.

O branco respondeu com um gesto de mão que significava tanto faz.

— Pode ser conhaque?

— Opa.

Pedi três conhaques pro dono do bar.

Os violeiros tocaram várias modas que eu já tinha ouvido meu pai e os amigos dele tocarem diante da churrasqueira em sítios do interior paulista. Cantei os versos que lembrava. Entre uma moda e outra fiquei sabendo que o preto chamava Jorge e o branco Alfeu. Moravam há mais de trinta anos na Zona Leste, mas tinham crescido em Barra Bonita.

O frio apertou e eu parei com a cerveja gelada — fiquei só no conhaque. Uma hora o Alfeu levantou pra ir ao banheiro e o Jorge me ofereceu o violão do parceiro. Eu sabia tocar uma única música no violão. Toquei. Mal. Jorge deu risada.

— Não sei por que eu insisto — me justifiquei. — Essa merda de mão direita não me obedece.

— É só treinar — disse o Jorge.

Comprei um cigarro avulso e fui fumar na calçada. A rua estava praticamente deserta, a não ser por um grupo de putas, com as pernas de fora mas com as costas protegidas por jaquetas, em frente ao Balneário, o puteiro que avistava da janela do meu quarto. Uma delas veio falar comigo.

— Vamos fazer um programinha pra espantar o frio?

— Obrigado, hoje não dá. Mas se você quiser podemos dividir esse cigarro.

Ela disse que não fumava mas aceitava um drinque. Fiz sinal pro dono do bar servir mais um conhaque. Peguei o copo de cima do balcão e entreguei pra ela. Seu nome era Solange. Adoro esse nome, Solange. É denso, lento, sexy. Ficamos conversando sobre o movimento da Augusta. Ela me perguntou se eu tinha filhos. Eu disse que não. Então ela me contou que morava com a filha e com a irmã. A irmã cuidava da menina quando ela ia pra Augusta. Sustentava as três. A irmã tinha câncer. Solange tinha planos de abrir uma pizzaria. O cigarro apagou e o papo morreu. Convidei Solange pra entrar no bar. Ela agradeceu mas tinha que trabalhar.

Voltei pra mesa dos violeiros. O Alfeu parecia cansado. Disse "mais uma e vamos embora, o Jackson (estranhei o nome estrangeiro) não vai vim não". O Jorge disse "calma, toma mais um trago e espera um pouco, ele falou que vinha, se a gente sai e ele chega fica chato". O Alfeu pediu uma água e puxou outra moda. Mas cantou sem vontade. O clima de fim de festa durou mais meia hora. Eu já estava quase pagando a conta quando um homem alto (mais de um e noventa), negro, de blazer preto de lã, camisa mostarda de linho, calça clara de linho, relógio grande e dourado no pulso esquerdo e sapatos novos ou recém-engraxados apareceu na porta, abriu os braços e soltou um "cheguei" misturado a uma gargalhada. O Jackson. Atrás dele, meio tímida, vinha uma mulher jovem e magra, muito branca, de jaqueta de couro, cabelo pintado de verde e tatuagens no pescoço bem no estilo Baixo Augusta. Os músicos se abraçaram, riram alto.

— A gente pensou que você não ia vim.

— Como assim, dei minha palavra, um homem tem que honrar sua palavra. Essa é a Jéssica.

— Oi, Jéssica.

— Esse é o nosso amigo Público, porque é o único público de hoje.

O Jackson pediu um uísque doze anos pra ele e uma cerveja pra Jéssica. Jackson e Jéssica, engraçado. A Jéssica quase não falava, o Jackson, além de grande, tinha uma personalidade espaçosa — parecia se espalhar pra além dos braços e da voz. Dominou a roda falando pelos cotovelos, num português engessado mas compreensível. Mais tarde eu soube que o Jackson era de New Jersey, tinha um apartamento em São Paulo e outro em Hong Kong. Advogado, trabalhava numa multinacional envolvida com alguma coisa que ele não quis que eu entendesse muito bem. Vivia viajando pela Ásia e pela América do Sul. Já tinha morado em Belo Horizonte, mas há dez anos tinha decidido voltar pros Estados Unidos.

O Alfeu passou o violão pro Jackson, que afastou a cadeira da mesa quase até o balcão, abriu bem as pernas e ficou afinando o instrumento. Se tem uma coisa bonita nesse mundo é ver alguém afinar um violão, pensei. Durante a infância tinha visto meu pai fazer isso milhares de vezes. Parecia mágica. Como ele conseguia pôr os sons — invisíveis — em harmonia, controlar os timbres com as tarraxas peroladas?

Peguei mais um conhaque no balcão. O dono do bar, Raimundo, estava claramente irritado.

— Cê fecha que horas?

— A hora que o último vagabundo for embora.

Sentei e relaxei, ou pelo menos tentei relaxar. O Jackson ainda não tinha começado a tocar, estava só arranhando as cordas e contando um caso pros outros violeiros. De repente disse "chega de papo furado" e, com uma energia incomum pra aquela hora da noite, mandou uma salsa porto-riquenha em ritmo lento, numa profusão de acordes dedilhados, sem palheta — uma música enigmática, um labirinto rendilhado, dourada como o relógio do Jackson, que encheu o espaço e subiu até o teto e estremeceu todas as teias de aranha. A letra falava de uma mulher que tinha levado os lençóis embora, os lençóis e toda a alegria do cantor. Imaginei lençóis bordados em vermelho, verde, amarelo, azul e roxo. Depois o Jackson arriscou uma composição dele, que não tinha muita graça. Aí devolveu o violão pro Jorge e foi fumar na calçada.

Comprei um maço de Marlboro e fui atrás do Jackson. Eu queria entender melhor aquele personagem tarantinesco. Foi aí que ele me contou a coisa da multinacional, Belo Horizonte, New Jersey. Jéssica surgiu ao lado dele e o abraçou. Ela era de Campinas, tinha vindo pra São Paulo há um ano e era artista plástica. Conversei com ela sobre uma exposição de carrancas do rio São Francisco que tanto ela como eu tínhamos visto na Pinacoteca.

E assim a noite seguiu, com música dentro do bar e cigarros ao ar livre. Numa dessas idas pra fora, apareceu um bêbado todo escangalhado, desses que ninguém sabe dizer se é morador de rua ou não. Implorou por uma cachaça. Quando o Jackson se virou pra pedir a cachaça, o dono do bar, segurando um pedaço de pau com um prego na ponta, quase o atropelou e foi pra cima do bêbado.

— Seu safado, cê ainda tem coragem de aparecer aqui? Eu tô sabendo o que cê falou pro Alemão. Cê num é hômi não. Hômi num faz uma coisa dessa. Some daqui, seu corno, senão eu te arrebento a cabeça.

Ele mantinha o pedaço de pau no ar enquanto gritava. Por fim, antes que o sangue corresse, o bêbado se afastou, dobrou a esquina e desapareceu depois de jurar algumas vezes que não tinha falado nada pro Alemão.

Paguei minha conta, apertei a mão de cada um dos três violeiros, agradeci pela cantoria, dei um beijo na Jéssica e caí fora.

Na esquina de casa vi um homem deitado no chão, em posição fetal. Um fio brilhante, grosso e escuro escorria na calçada, na altura da cabeça. Me aproximei pra ver melhor. O sangue pingava dos olhos e se acumulava embaixo da bochecha. Está morto, pensei. Toquei no seu ombro e disse "amigo, amigo, ei, ei". Ele não se mexeu. Insisti, mas ele continuava imóvel. Liguei pro Corpo de Bombeiros. Disseram que isso era assunto da polícia. Liguei pra polícia e o cara que me atendeu (não tenho certeza se ele me levou a sério) disse que mandaria uma viatura pro local. Senti falta dele dizer "imediatamente pro local", mas talvez esse fosse apenas um problema literário. Desliguei o telefone, olhei mais uma vez pro homem morto e acordei deprimido.

49

Na vila, depois de encher o tanque, compramos meio queijo minas curado e um pedaço grande de gruyère. Na casa com chaminé e janelas azuis sem cortinas, os queijos ficaram em cima de uma tábua de madeira com um canivete aberto ao lado. O minas mantivemos enrolado em papel filme; o gruyère, não sei por quê, ficou sem proteção, exposto ao ar. O termômetro da varanda marcou entre 17 e 20 graus todos os dias. À noite a temperatura cai muito. Eu levantava às quatro pra escrever e tinha que vestir casaco e gorro de lã. Bebemos pouco e lemos bem. Acho que foi dessa vez que encaramos *O morro dos ventos uivantes*. Eu lia em voz alta, sentado numa cadeira de praia, ela ouvia deitada no sofá, fazendo tricô ou jogando alguma coisa no celular. Eu tinha acabado de fazer quarenta anos e estava apavorado com a impossibilidade de voltar atrás. Alguns episódios que eu imaginava em aberto tinham virado passado de repente. Eu olhava pras araucárias cobertas de musgo e pros sanhaços que pousavam no prato de banana e exclamava "que araucária", "que sanhaço". No último dia joguei a casca dura do gruyère na lixeira e fechei o saco de lixo. Fui dirigindo devagar pela estrada de terra até a lixeira coletiva. Ao fazer a curva, avistei dois cavalos, um preto e um malhado, galopando na minha direção. Pisei no freio. Quando chegaram perto diminuíram a velocidade. Aproveitei pra olhar direto nos olhos de um deles. Ele se assustou, deu um pinote e saiu em disparada.

UM CONTO GREGO

Por mais que eu me esforce, não consigo lembrar da sua voz. O cabelo era ruivo-cacheado. A pele branca, sem sardas. Os olhos eram cinza, ou cinza-verdes. Sorria o tempo todo, o sorriso cansado e consciente de alguém que já sofreu ou fez sofrer bastante e agora está tentando, na medida do possível, não ferrar de novo com a própria dignidade. Gostei dela logo de cara. Em outras circunstâncias eu faria de tudo pra que ela gostasse de mim. Mas ela se mudaria pra São Francisco com o marido no fim do mês. Seu nome era Isabel ou Isabela, e tínhamos uma amiga em comum, a Lara.

A Lara morava em Atenas e estava passando um mês em São Paulo. Nos conhecíamos desde criança, mas durante a infância nos víamos pouco, a família dela morava em Belo Horizonte e a nossa no interior. Assim que se formou em Cinema a Lara foi morar em Istambul. Trabalhou numa ONG que ajudava crianças em situação de vulnerabilidade social. Istambul, Beirute, Atenas. Sempre que vinha a São Paulo a gente saía pra tomar cerveja no Bixiga, bairro em que morei por alguns anos. Eu adorava conversar com ela.

Dessa vez a Lara estava hospedada a duas ou três quadras do meu apartamento. Uma noite ela me ligou e perguntou se estava tarde pra uma visita. Era quase meia-noite, e nessa época, a essa hora, ou eu estava dormindo ou estava bêbado. Se atendi é porque já tinha tomado umas. "Vou levar uma amiga", disse. "Isabel." Não: Isabela, sem dúvida.

Elas chegaram com uma torta de frango pela metade e uma sacola de cervejas. Acho que comi um pedaço da torta.

Sou incapaz de recusar comida. Ou era. Tudo mudou demais nos últimos vinte anos. Entre outras coisas, a Lara morreu esfaqueada numa briga em frente a um ex-puteiro transformado em casa noturna no centro de São Paulo, aos 27 anos.

Depois de guardar as cervejas na geladeira da sala, a Lara tirou as botas e as meias e sentou num canto do sofá. A Isabela fez o mesmo, sentando no outro canto. Sempre me impressiono com a capacidade que certas pessoas têm de ficar à vontade. Não relaxo nem quando estou sozinho, quanto mais na casa dos outros. Por um instante, invejei as duas. Primeiro uma, depois a outra.

Entramos num papo sobre o Bixiga. A Isabela conhecia os botecos onde eu bebia, mas a recíproca não era verdadeira: eu nem tinha ouvido falar nos lugares que ela frequentava. Me indicou um restaurante secreto e subterrâneo na Liberdade, e eu anotei a dica num guardanapo. A Lara contou um pouco da sua vida na Grécia. Os amigos de vários cantos do mundo, os prédios com toldos na sacada, a praça Sintaxe (!), pertinho da escola em que estudava grego. Acabamos falando de mitologia greco-romana. Ou melhor, elas falaram. Eu só escutava. Não sei nada do assunto. A Lara e a Isabela destrincharam as diferenças entre Dionísio e sua versão romana, Baco. De Baco-Dionísio pularam pro Teatro Oficina, do Oficina pra Exu, de Exu pra Eros. A Lara disse que Eros não tinha nada a ver com esses anjinhos barrocos bochechudos que inspiram ternura. Pelo contrário, era um deus que impunha respeito, que os gregos temiam. "Eros não é algo que nós temos", disse, "Eros é quem nos tem." Acho que ouvimos algumas faixas de Míkis Theodorákis, mas posso estar exagerando.

Eu estava sentado numa cadeira de frente pro sofá, mais perto da Isabela que da Lara. Então a Isabela olhou pra mim e perguntou, quase sem fazer charme:

— Por que você não tira essas botinas e põe os pés no meu colo?

Tirei as botinas, as meias, puxei a barra da calça até a altura do joelho e coloquei os dois pés no colo dela. Ela tinha mãos pequenas, magras e fortes e massageou as solas dos meus pés durante alguns minutos. Aí, do nada, sem nenhuma ironia, meteu a boca no dedão do meu pé direito. Depois engoliu todos os dedos desse pé, de uma vez. Depois foi engolindo os dedos de ambos os pés, de dois em dois ou de três em três. Ela engolia os dedos e os sugava.

Tudo aconteceu de maneira tão natural que a gente nem parou de conversar. Agora comentávamos os filmes de Almodóvar. A Isabela era fã. Tinha visto até um curta-metragem dele que eu nem sabia que existia. Narrou a cena pra gente. Parecia hilária. Uma mulher dormindo com a cabeça na mesa da cozinha e outra, na sua frente, cheirando cocaína e comendo flan. Com uma colher de café pegava o pó despejado na mesa e com uma colher de sopa pedaços do flan direto da travessa. Entre uma colherada e outra confessava suas taras sexuais.

Assim que terminou de falar, a Isabela voltou a chupar meus pés. Fiquei com vontade de chupar os dela também. Puxei sua perna esquerda por entre as minhas e acomodei seu pé rosado no meu colo — sua saia escorregou pra perto do quadril. Beijei seu tornozelo como se beijasse sua orelha ou seu pescoço, depois chupei os dedos do seu pé usando a mesma técnica com que ela chupava os meus. Ela fechou os olhos e sorriu. Às vezes dava uns gemidos. Devo ter dado umas risadas de tesão. Quando eu queria falar alguma coisa tinha, antes, que parar de chupar. Caso contrário, seria como falar de boca cheia.

Ficamos chupando os pés um do outro por um bom tempo. A Lara não estava de forma alguma surpresa ou constrangida. Ela simplesmente estava lá. Às três da manhã elas levantaram pra ir embora. Eu abracei a Isabela e nos beijamos, e no seu ouvido pedi pra ela ficar. "Não posso", ela disse. "Já tivemos o nosso momento."

No fim do ano (essa história é do início de 2004 ou 2005) ela deixou um presente na portaria do meu prédio. Mandei um e-mail agradecendo, ela me respondeu com uma frase feita e não nos falamos mais.

51

Certos anjos do Aleijadinho lembram velhos banqueiros bêbados, libidinosos e glutões, com suas bochechas e papadas absurdas. Neles porém não há cinismo. Pelo contrário, parecem aliviados por terem sido salvos de si mesmos pelo artista generoso. São todos gratos a ele. E um pelo menos é feliz.

POEMA DO PLANO DE SAÚDE

o nome da fisioterapeuta era Lia S. Mori
a clínica ficava na Liberdade
em frente ao supermercado Marukai

depois de cada sessão eu atravessava a rua
e comprava um rolo de hossomaki
que engolia sem shoyu a caminho do metrô

às vezes não estava com fome de sushi
e passava no Kintarô pra comer as esfirras
que dona Líria encomendava de um velho japonês

no último dia fui andando até o Bixiga
entrei no sacolão da rua Jaceguai
e bebi a tarde inteira com a Mara Rasmussen

53

É preciso estar sempre bêbado. De cachaça, de uísque ou de cerveja. É preciso ter algum trabalho pra poder estar sempre bêbado. É preciso não fazer merda no trabalho pra não perder tempo buscando outro trabalho pra poder estar sempre bêbado. É preciso estar sempre bêbado. De vodca, de vinho ou de rum. É preciso passar uns dias sóbrio pro fígado não explodir. É preciso tomar, durante o dia, muita água. É preciso lutar contra as indústrias poluentes pra que a água do mundo não acabe, nem fique mais cara que as bebidas interessantes. É preciso estar sempre bêbado. De tequila, de grappa ou de champanhe. É preciso ler uns livros e uns jornais pra ter o que conversar nos bares, senão você vai ter que ficar bêbado em casa, sozinho, ou, o que é pior, bêbado com pessoas que não têm nada a dizer. É preciso estar sempre bêbado. De Campari, de gim ou de fernet. É preciso ter sempre uma cartela de Novalgina 1G no armário do banheiro. É preciso estar sempre bêbado. De saquê, de conhaque ou de absinto. É preciso não dar ouvidos ao demônio da ressaca — mostrar quem manda. É preciso estar sempre bêbado.

BUINHA

um mês depois da sua morte
fomos ao cemitério
com três latas de cerveja
duas nós bebemos
escutando o silêncio
que as maritacas trincavam
a terceira entornamos
ao lado do seu túmulo
meu pai chorou
eu chorei junto
choramos muito
somos uns chorões

de noite acendemos o fogo
meu pai ficou animado
e pegou o violão
decidido a encarar
um samba
que eles tocavam
em dupla em todos os churrascos
mas antes mesmo do refrão
já estava chorando
eu chorei muito
choramos juntos
somos uns chorões

55

Fomos amigos na infância e na adolescência. Depois mudei de cidade e passamos a nos ver pouco. Faz anos que não nos vemos. E nunca nos vimos numa situação formal assim. Quando entro no seu consultório e ele me oferece uma cadeira pra sentar, começo a rir de nervoso. Sempre que fico tímido, rio de nervoso. Um riso idiota, que fica congelado no meu rosto até a destruição total das regras básicas de civilidade. Careca e de jaleco branco, ele está sério, e tenso também. Estamos parados um de frente pro outro, esperando que a intimidade entre pela janela. Mas a janela está fechada, e o ar-condicionado no talo me deixa ainda mais constrangido. Não gosto de ar-condicionado. Depois de olhar o pedido do exame, ele levanta e diz "vamos pra outra sala, por favor", apontando uma porta ao meu lado que eu nem tinha notado. A sala é escura. Seguindo suas instruções, tiro a camisa e deito na maca. Meu amigo de infância esfrega o ultrassom no meu abdômen e confirma que não tenho nada nos rins nem na bexiga. "Você já deve ter eliminado o cálculo pela urina", diz. Aproveito e peço pra ele dar uma olhada no meu fígado. Ele responde "lógico", como se já esperasse por isso. "Olha lá o bichão. Aquela mancha cinza-clara. O claro indica gordura, que a gente chama de esteatose. Mas é normal, todo mundo que bebe tem isso." Então ele pausa a imagem, levanta a camisa, diz "vamos ver quem é o mais cachaceiro" — e encosta o aparelho na própria barriga. No monitor, o fígado do meu amigo surge ao lado do meu. Ele ri, satisfeito. "Eu tinha certeza que ia dar empate."

ENTÃO ACIMA DA MÉDIA
ENTROU NA BORRACHARIA E DISSE

barriga cheia
nenhuma unha doendo
vereador

só falta comprar um cavalinho
e mandar amansar
pra eu andar montado

57

A ponte é a rua suspensa. A rua transfigurada. O ser humano procura a felicidade no tempo, a ponte é a felicidade do espaço. Uma vez pensei que a rua era prosa e a ponte, poesia. Indiferente ao submarino e tolerante com o avião, a ponte reina sobre o abismo de rios e depressões geográficas com seu esqueleto pleno, sua barriga de vento e sua alegria de viver. Há muitas pontes no mundo. Talvez mais pontes do que lugares aonde chegar.

58

Uma professora de Santa Bárbara do Oeste que já morou em Campinas, Santos e São Paulo, e agora vai pro trabalho a pé. Um fotógrafo de dois metros de altura com feições angelicais. Um poeta tropicalista recém-aposentado da faculdade. Um motorista que bebe cachaça aos golinhos cujo pai bebia numa golada só. Um aluno que parecia pensar coisas maravilhosas mas falava demais e nunca a frase certa.

*

Um bar com varanda suspensa sobre a praça onde comemos pastel de angu. Uma sacola com vidros de pimenta, água, bananas e meia garrafa de vinho tinto. Uma mulher que dirige como uma vereadora escandinava, sempre preocupada com os outros motoristas. Morros forrados de samambaias selvagens. Placas alertando a presença de andarilhos. Andarilhos. Um gavião pousado numa árvore solitária no meio do pasto que a estrada corta. Pão com linguiça. Pão com linguiça. Pão com linguiça.

59

Minha namorada ouve as instruções do recepcionista do hotel. Como não entendo francês, fico olhando os pardais no jardim da frente. Hoje vamos conhecer uma vila medieval com pouco mais de quarenta casas e amanhã continuamos a subir rumo a Paris. Percebo que a conversa vai longe. Saio pra rua como se fumasse e fosse acender um cigarro. Há uma pequena ponte de pedra no fim da quadra e, na outra margem, uma casa, também de pedra, com flores vermelhas nas janelas azuis. Se eu pudesse viver aqui, que tipo de livros escreveria? Com certeza romances policiais. Grito já volto pra minha namorada e caminho até a ponte. O rio, dourado de sol, está bem mais cheio do que eu supunha. Tento memorizar tudo o que vejo ao meu redor: gatos nos telhados, velhos jogando *pétanque*, a placa da pizzaria onde jantamos na noite anterior, uma porta violeta com aldrava dourada, uma adolescente levando um coelho (pro almoço ou de estimação?) na cesta da bicicleta. Penso no trabalho que deu pra construir esse mundo. No trabalho que dá pra construir qualquer coisa. Penso no estrago que uma única pessoa é capaz de fazer. Minha namorada buzina e, quando me viro na sua direção, ela coloca uma garrafa de vinho pra fora do carro e a faz oscilar como um pêndulo. Sou um cachorro hipnotizado por um bife. (O bom do amor são as piadas internas.) Vou de rabo abanando e feliz.

60

Saem do restaurante, entram no carro e se afastam do bairro de classe alta. Passam diante do hotel, concordam que não e seguem em frente — ouvindo música, meio bêbados, um pouco entediados, quase sem assunto. Pegam uma avenida com um canteiro central que é uma floresta. Cipós e folhagens pendendo sobre o capô, troncos de árvores sem nenhuma poda, coaxar de sapos, flores brancas, musgo no concreto corroído pela maresia. Casas com cercas baixas de metal e tufos de capim nas paredes ladeiam o asfalto. Chegam a uma praça deserta de frente pro mar e descem. Pérgulas de madeira e canteiros de margaridas. Dos postes cai a primeira luz amarela depois de muitos dias naquela cidade torturada por luz branca. Dois vira-latas latem e correm. Um parque de diversões descolorido espera pelas últimas crianças da Terra. Vão até os bares da beira da praia. Todos fechados. Do nada: três adolescentes de boné. Eles se aproximam. Pedem um cigarro. Ela pergunta se tem algum bar aberto por ali. Entram na trilha indicada. À direita surgem botes largados sobre toras de madeira, com a boca pra baixo, e em seguida um quiosque. É aniversário de uma das clientes. Uma banda de pagode toca clássicos dos anos 1990. Sentam numa mesinha afundada na areia e pedem cerveja. A aniversariante traz um prato cheio de carne de churrasco e diz pra ficarem à vontade. Ele olha pra cima e vê: galhos de uma amendoeira desfolhada contra o céu — como uma estampa japonesa. Moleques jogam bola na areia. Adultos contam piadas. A voz do cantor é desagradável. Pedem outra cerveja. Ele prova a carne, está boa. Conversam com a dona do quiosque, uma senhora simpática com um tique no olho que não os deixa pagar a terceira cerveja. Uma senhora verdadeiramente simpática. Falam em abandonar tudo e alugar uma casa ao pé do morro. Nunca mais voltam lá.

EVE BABITZ

rajadas repentinas de sentidos ocultos
eu amo L. A.
as pessoas se incomodam com a ideia
de se apaixonar por uma cidade
preferem que você se apaixone
por outra pessoa

*

quando sopra o siroco
só os fachos de luz dos holofotes
conseguem se manter em linha reta
conheço esse tipo de vento
como os esquimós a neve

*

Sausalito nome de petisco
choro muito
mas só lágrimas de tequila

*

biquínis de jacarandá
e bloody marys que alimentam
biquínis no chão
como flores magentas
e bloody marys que curam qualquer coisa

*

prazer é sedução
sua pele era tão saudável
que irradiava as próprias leis morais

*

trepamos a três
chovia lá fora
havia elegância por causa da chuva

*

ele escrevia melodias tão bonitas
que dava vontade de nadar nelas

UMA TARDE COM SHERLOCK HOLMES

O operador me perguntou o endereço e a data. Baker Street, 221B, Londres, qualquer dia do final da década de 1890. Num teclado, ele digitou o que eu falei. Quanto tempo quer passar por lá? Quatro horas, respondi. São quarenta mil dinheiros, ele disse. Paguei. Ele colocou a Máquina do Tempo Ficcional na minha cabeça.

Senti um baque no cérebro (não sei dizer de outro modo). Depois tudo ficou cor-de-rosa. Depois ficou vermelho. Depois ficou azul. Depois ficou transparente e, na transparência do ar do fim do século XIX, surgiram dois homens fumando cachimbos, sentados em poltronas de couro, numa sala vitoriana mais ou menos bagunçada. Eram Sherlock Holmes e seu companheiro de aventuras, o doutor Watson. Eu também estava sentado numa poltrona confortável. Respirei fundo e relaxei, como se tirasse férias dos meus problemas. Mas logo comecei a engasgar com a fumaça do cachimbo de Holmes. Sem perguntar se podia (eu ainda não tinha certeza se eles me viam), levantei e abri uma janela. Holmes me encarou com vaga curiosidade. Nenhum de nós disse nada. E ele continuou a conversar com Watson. Olhei lá embaixo e vi a rua. Chapéus-coco, sombrinhas, cavalos. Só rindo.

Sentei de novo e prestei atenção na conversa deles. Rememoravam alguns casos da dupla, enigmas revelados pelo famoso método dedutivo de Sherlock Holmes. Reconheci algumas histórias. Outras, eram inéditas — não tinham sido escritas por Conan Doyle. Então Watson reparou em mim.

— Quem é você? — perguntou.

— Um mero observador. Não se preocupe comigo.

— Mas como entrou aqui? O que deseja? Precisa de ajuda na solução de algum problema?

— Não. Tá tudo bem. Só preciso de um gole desse conhaque que está na mesinha atrás do senhor. Se não for pedir muito...

Watson pegou um copo e me serviu uma dose, desconfiado.

— De que ano o senhor vem? E de que lugar? — perguntou Holmes, entrando na conversa.

— Da década de 2070. Brasil. São Paulo, pra ser mais exato. Como o senhor sabe que vim do futuro?

— Você não é o primeiro a aparecer por aqui. E essas suas roupas... — Eu vestia calça jeans e tênis de corrida. — Como estão as coisas por lá?

— Bom, já devem ter te contado que o império inglês acabou. E que depois veio o império americano, norte-americano, que já acabou também. Agora estamos vivendo sob o domínio sino-polonês. Dizem que em breve vamos viver sob o domínio paraguaio.

— Interessante. Mas me diga algo mais específico. Como são as carruagens da sua época?

— As carruagens se transformaram em carros, motos, caminhões, aviões, helicópteros, carros voadores, sapatos voadores. Se bem que agora ninguém sai muito de casa. Falta oxigênio nas ruas. Em casa, cada um tem o seu próprio reservatório de ar. Sem contar a violência.

— Compreendo. E Londres? Conte um pouco de Londres.

Pensei um instante.

— Este prédio onde estamos. Vai ser explodido por um ataque francês. França e Inglaterra vão entrar em guerra, de novo, na década de 2060. A Baker Street 221B vai ser reduzida a escombros. Sinto muito.

— Que tragédia, que tragédia! — Watson parecia transtornado.

— Vão destruir apenas o prédio, doutor. As histórias de vocês vão continuar a acontecer na imaginação dos leitores. O senhor vai ter uma vida longa, muito mais longa que a da maioria dos mortais. É verdade que já existem pessoas que chegam aos cento e quarenta anos, mas mesmo assim...

— 140 anos... Impressionante! — disse Holmes. — O que comem essas pessoas?

— Honestamente, não sei. Acho que só legumes. Legumes e comprimidos. Parei de prestar atenção nas recomendações alimentares dos nutricionistas. Simplesmente não aguentava mais ouvir falar em comida e vida saudável. Antes eu era um glutão. Adorava comer. Mas fui pegando nojo de comida, de tanto que se falou nisso em jargão cientificista durante as décadas de 2010, 2020, 2030. Enquanto metade da população da Terra passava fome, claro. Aí houve o Primeiro Colapso Global etc. etc. Agora só como o suficiente pra trabalhar e ler.

— Com o que o senhor trabalha?

— Sou garçom num restaurante.

— É garçom e tem nojo de comida?

— O ser humano suporta qualquer coisa pra sobreviver.

— Sábias palavras — disse Holmes, com ironia bonachona.

— Um tanto óbvias — disse Watson.

Holmes, que agora andava pela sala como que a meditar sobre o futuro da humanidade, abriu a gaveta de um armário e tirou de lá uma seringa e um potinho prateado. Abriu o potinho e me mostrou seu conteúdo.

— Aceita?

Era a famosa cocaína literária de Sherlock Holmes. Se era literária, não devia fazer tão mal.

— Aceito. Obrigado.

Holmes procurou com o dedão da mão direita a veia do

meu braço esquerdo e me aplicou uma dose... pequena, segundo ele. Bateu na hora. Fiquei feliz, e eu não me sentia feliz há muitos anos. Fui até a janela e observei mais uma vez a rua. Mulheres vestidas de preto. Homens de bigode e cartola. Cavalos, cavalos, cavalos. Como se fosse a coisa mais natural do mundo. Então me virei e olhei pros dois ingleses. Eles pareciam tão ingênuos. Ou então o ingênuo era eu. Holmes falava sem parar, gesticulando e mexendo as sobrancelhas como um maníaco, ou como qualquer cocainômano do Baixo Augusta da década de 2010.

— Tá doidão, senhor Holmes?

— Como? Não escutei o que o senhor disse.

— Nada. Eu tava brincando. O senhor tem cerveja aí?

— Não tenho. Mas podemos ir ao pub da esquina. O que acha?

— Ótimo!

— Estamos esperando o conde Von Kramm, da Boêmia — disse Watson, em tom de reprimenda.

— Ora, deixamos um bilhete com a empregada pedindo que ele nos encontre no pub — disse Holmes.

— Ele pode pensar que não somos sérios — insistiu Watson.

— Que pense — disse Holmes. — O amigo brasileiro tem razão. Uma cerveja vai cair deliciosamente bem! — Pôs o chapéu e o sobretudo. Foi até a porta e girou a chave. — Vamos?

Watson nos seguia pela rua bufando de irritação.

Tomei a melhor cerveja das últimas décadas. Ou dos últimos séculos, tanto faz. No futuro, os bares seriam substituídos pelas varandas públicas, pequenos estabelecimentos ao ar livre (cada mesa com um balão de oxigênio à disposição dos fregueses) onde se bebia sucos e, com sorte, uma dose de *permitida*, a única bebida alcóolica permitida. Eu andava com muita saudade de uma boa caneca de cerveja espumante.

Lembrei de um poema de Borges sobre Sherlock Holmes. Cutuquei o próprio e disse:

— Um poeta argentino fez um poema em sua homenagem. Nele, diz que você vive de um modo cômodo: em terceira pessoa.

Ele deu uma gargalhada.

— Engenhoso, mas falso. Só vivo em terceira pessoa pra ele, que me vê de fora. Do meu ponto de vista, vivo exclusivamente na primeira pessoa. Sempre!

— Claro. A terceira pessoa não existe. É um truque literário.

— Elementar, meu caro!

Enchemos a cara de cerveja e uísque. As horas voavam. Olhei no relógio da parede: me sobravam dez minutos naquela Londres feita de palavras. Pedi uma saideira. Ou melhor, pedi duas saideiras. A primeira virei em dois ou três goles. A segunda tomei devagar.

— Vou ter que ir embora já já — eu disse.

— Não gostaria de nos acompanhar na decifração do escândalo na Boêmia?

— Não posso. Além do mais, desculpe a franqueza, não tenho grande interesse nesse tipo de trama.

— Por que escolheu nos visitar, então? — perguntou Watson, visivelmente de saco cheio de mim.

— Não sei direito. Acho que eu só queria escapar um pouco das minhas preocupações. Pensei em ir pra Grécia de Homero, mas depois seria terrível demais voltar à realidade. E eu lembrava que o senhor Holmes era chegado num pó. No futuro não existe cocaína.

— Não? — perguntou Holmes.

— Não. Enfim, pensei que poderia ter uma tarde agradável.

— E teve? — perguntou Holmes.

— Sem dúvida.

— Venha nos visitar outras vezes. Será sempre bem-vindo.

— Infelizmente, não se pode viajar mais que uma vez na Máquina do Tempo Ficcional pro mesmo tempo e lugar.

— Então não nos veremos mais.

— Não. Quer dizer, eu ainda posso encontrar vocês nos livros. O contrário é que é impossível.

Holmes gargalhou outra vez.

— Verdade.

— Obrigado por tudo.

— Nós é que agradecemos — disse Holmes.

— Boa viagem — rosnou Watson.

63

Caminhei dez quilômetros, entre as seis e as oito da manhã, por bairros que não conheço bem. Barracas de moradores de rua, prédios déco caindo aos pedaços, trabalhadores na saída do metrô comendo um bolo chamado depressinha. Pensei em coisas deprimentes durante todo o trajeto. Comprei um vidro de aliche pro meu pai. A maioria dos poemas nascem velhos. Qualquer panela dura oitenta anos. Witold Gombrowicz é um mala do caralho. Todo mundo é mala. Eu sou o maior dos malas. Chega por hoje.

COCKTAIL

Numa sexta-feira, uma da manhã, o Calanguinho volta pra casa, pega escondido o carro do pai e, com o Lelê, o Esquilo e o Frango, vamos até Presidente Prudente, a trinta quilômetros de Santo Anastácio. Nenhum de nós tem dezoito anos e chegar a Prudente pela Raposo Tavares já é uma aventura. Quando deixamos pra trás o último posto policial, gritamos "polícia filha da puta", acendemos um baseado e matamos a garrafa de vodca.

Trolados, entramos no Cocktail, a boate da região, após subornar o segurança. Fico horas diante do palco ouvindo uma banda cover, bebendo cerveja em lata e fumando. Tento engatar conversa com uma desconhecida, mas sou tímido demais e logo o papo esfria. Acabo dormindo num canto, encostado na parede. Sou acordado pelo Esquilo. Ele me explica que o Calanguinho mexeu com a namorada de um prudentino. Agora, na calçada da boate, tem uma dúzia de lutadores de taekwondo esperando o Calanguinho pra moer ossos dele na porrada. O plano é o seguinte: o Calanguinho fica, a gente sai e traz o carro pra porta da boate. Aí o Calanguinho entra a mil e a gente se manda.

Enquanto entregamos as comandas pro segurança, conferimos com o rabo do olho o semicírculo de psicopatas na calçada, todos com mais de vinte anos, mexendo as pernas de um jeito nervoso, com aquele brilho sádico no rosto que presenciei vir à tona dezenas de vezes nas brigas de gangue do interior. Vamos até a esquina, discutimos em voz baixa e decidimos: se um de nós vai se foder, os outros têm que se foder junto. O Calanguinho bota a cabeça pra fora, olha pros caras, olha pra nós, hesita um instante e sai correndo pro outro lado. Os caras correm atrás dele e nós corremos atrás dos caras. Uma, duas, três quadras. O Calanguinho desaparece. Os caras procuram debaixo dos carros, nos jardins, nas garagens, nos terrenos baldios. Também procuramos, mas com medo de encontrá-lo e entregá-lo ao inimigo. Um deles convence, sem muita dificuldade, metade do grupo a se virar contra nós. Se não podem surrar o Calanguinho, pelo menos dá pra descarregar a raiva nos amigos dele. Impossível fugir, eles estão perto demais. O Esquilo toma a dianteira e, com a lábia do comerciante que ele sempre foi, tenta acalmar os ânimos.

A paz dura pouco.

Por uma troca de frases entre eles, entendemos que optaram pela solução mais catártica. Disparamos na direção do carro. Eles percebem que não vão nos alcançar. Fechamos as portas — urramos de medo e fazemos os pneus cantarem. De repente: duas caminhonetes na nossa cola. Alguém põe o braço pra fora de uma delas e dá um tiro pra cima. Logo estamos no trevo, mas do lado errado. Não temos alternativa: entramos na Raposo na contramão, num trecho com duas pistas que vão pro leste e duas pro oeste, divididas por um canteiro central. O Frango é quem dirige e estamos a 150 km/h. Uma das caminhonetes desiste. A outra nos acossa e tenta a ultrapassagem. São quatro da manhã. Como se fosse a própria morte, surge um caminhão na linha do horizonte. Nos mantemos na faixa da esquerda, próxima ao acostamento, e rezamos pra ele não sair da faixa da direita. Passa jogando luz alta e buzinando sem parar. Mais um. E outros. Depois de três quilômetros a caminhonete para, manobra e retorna a Prudente. Avançamos ainda um bom trecho antes de encontrar um posto de gasolina. Abastecemos e compramos quatro garrafas de cerveja, que bebemos no gargalo. O Esquilo quebra no chão o fundo do casco vazio, nós o imitamos.

    Armados, pegamos a estrada de novo, dessa vez na mão certa, e chegamos ao Cocktail com os faróis apagados. Silêncio nos arredores da boate fechada. Acendemos os faróis, buzinamos e chamamos várias vezes pelo Calanguinho. Ele surge das trevas com um sorriso amarelo. Tinha se escondido no telhado de zinco de uma loja de ferragens. Diz que ficou tão bem acomodado que dormiu. Ninguém acredita nem acha graça. Atiramos nossas garrafas contra o muro do cemitério gritando "prudentinos filhos de uma égua" e abandonamos a cidade.

65

Janelas com papelão no lugar do vidro quebrado. Duas linhas de ônibus — nenhuma outra forma de transporte público. Se um ladrão é pego em flagrante, é linchado até a morte. Nos hospitais, pacientes são costurados com linha de pesca. Nos muros pichados, A VITÓRIA É CERTA. Todos os dias, depois da aula, meninas de uniforme fazem um concurso de dança no beco atrás da escola.

Promete voltar dois dias depois e volta. Vem com uma sacola cheia de coisas. Tira de lá tomates, cheiro verde, linguiça calabresa, bacon e uma pilha de postas brancas. Explica que são tendões da pata traseira da vaca. Tem gente que chama de tendão, tem gente que chama de garrão. Sabe que gosto de experimentar coisas estranhas. Acende o fogão a lenha, que fica numa área sombreada por mangueiras, atrás da casa. Entro na casa e preparo uma salada, que deixo coberta em cima de uma das mesas de fora. Volto pra dentro e frito os lambaris que pesquei de manhã. Logo chegam meus pais, minha irmã, meu cunhado e minha sobrinha com um colega da escola. As crianças vão brincar no curral. Minha irmã liga o som e abre duas garrafas de cerveja. Minha mãe só bebe vinho, e pouco. Meu pai pergunta se tem pinga, tem. Tomamos uma dose cada um, com exceção da minha irmã, que não bebe destilado, e do meu cunhado, que não bebe álcool. Abrimos mais duas garrafas, bebemos. Abrimos mais duas, e o ritmo diminui. Agora, quem vai pegar cerveja pega só uma garrafa, e não duas, pra não esquentar. Pergunto se alguém sabe por que o vento vem sempre do leste, sempre do lado dos quartos, mas ninguém responde. Depois de um tempo meu amigo diz que a chuva vem geralmente do oeste, do lado contrário. Pergunto por quê, mas ele não responde. Está concentrado fazendo o molho do garrão numa panela de barro, enquanto os tendões cozinham numa panela de pressão, que vaza uma baba espessa em cima da chapa de ferro.

Minha mãe já lavou a louça que vamos usar. Minha sobrinha e o colega aparecem e desaparecem. Perguntam se eu vi mais alguma seriema esses dias. Digo que sim, o que é verdade. E hoje de manhã vi uma lebre enorme, toda descabelada, correndo. Minha irmã fala em botox, clareamento dentário e comida saudável. Diz que agora só bebe de quinta a sábado. Minha mãe pergunta se alguém quer croquete da Dona Lindinha (sogra dela, minha avó). Todo mundo diz que não precisa, mas quinze minutos depois minha mãe surge com uma bandeja na mão, cheia de croquetes, que desaparecem em instantes. Meu pai pergunta se quero que ele asse um pedaço do cupim que ele vai fazer amanhã, no churrasco de encerramento da minha temporada no sítio — um churrasco de agradecimento ao meu tio, por ter me emprestado o sítio, e também pra gente se curtir um pouco, já que eu não quis festa durante a semana, pra poder escrever em paz. Digo que dá pra esperar até o dia seguinte, mas fique à vontade. Ele acende o fogo, pega o celular e vai atrás das crianças pra tirar foto. Volta com um filminho que minha mãe elogia. Um trator entra na sede. É o irmão do meu amigo. Cumprimenta todo mundo e vai pra trás da churrasqueira, onde conversa em voz baixa com o irmão. O garrão está quase pronto. Minha mãe oferece uma torta de frango. Meu pai diz "pra que tanta comida". Minha mãe come um pedaço e guarda o resto na geladeira. Amanhã eu como a torta de almoço. Minha sobrinha e o colega perguntam se podem ir pra cidade na caçamba da caminhonete do meu pai. Meu cunhado diz que podem. Eles sobem na caçamba e não saem mais de lá. Escurece. O garrão fica pronto e é servido. Como três porções. Meu cunhado já conhecia e come uma porção. Meu pai come cinco porções. Minha irmã prefere comer só o molho com pão. Minha mãe demora pra provar, mas quando prova vai lá dentro, pega um prato e come meia porção. Meu amigo pergunta três vezes se gostei mesmo. Digo que sim várias vezes. Já tomamos uma caixa de cerveja e um litro de pinga. (Quando eu era pequeno ouvia falar em "litro de pinga", não em "garrafa de cachaça"; ninguém mais fala em litro de pinga.) Amanhã quero acordar às quatro pra escrever, mas com certeza vou estar de ressaca. Bebo meio litro de água e tomo um analgésico. Recolho o lixo e a louça, que minha mãe e eu lavamos enquanto meu pai guarda os espetos sujos na caminhonete. Minha sobrinha está impaciente. Minha irmã me promete pudim de leite amanhã no churrasco. A gente se abraça e se emociona. O vento continua tombando o capim do leste pro oeste. Meu cunhado faz uma piada. Meu pai ri, minha mãe diz "seus bestas". Em tom solene meu amigo conta uma história bíblica, mas ninguém presta atenção. Meus pais vão embora, levam as crianças, que gritam "tchaaau" pros adultos. Minha irmã e meu cunhado vão atrás, aproveitando as porteiras abertas. Meu amigo e o irmão dele ficam mais uma hora. Falamos sobre cavalo, gado, amigos mortos. Eles me perguntam sobre São Paulo. Vejo dois faróis na estrada, se aproximando. Quem a essa hora? Meu amigo diz "fica tranquilo". Mas não estou com medo, só um pouco. Descem do carro um amigo do meu pai, também dentista e também violeiro, e um amigo do meu primo, com quem já enchi a cara uma vez em Prudente. Vêm com uma sacola cheia de cervejas. Meu amigo e o irmão dele vão embora, de moto. Deixam o trator no meio do pomar. O amigo do meu pai pega o violão. Só vou dormir às sete da manhã.

67

Seu pai biológico é Hemingway, mas Tchekhov foi quem a criou. Carver é o irmão deprimido. Clareza, precisão, frases simples e verdadeiras (Hemingway). Um coração generoso, isto é, desiludido, que não abre mão da liberdade nem do amor (Tchekhov). No mais, tudo é imprevisível. Trágica e divertida. Quase malandra. A beleza é inegociável, a dor é inegociável, o humor é inegociável e a aventura não tem fim. A linguagem às vezes se adensa pra fixar certas cores. De um período pro outro, a psicologia pode torcer o pé. A poesia está em toda parte, inclusive nos livros de poesia (Borges). Poesia é o que sobra dos seus melhores contos, depois que a memória apaga a trama. Destruída, mas nunca derrotada. Remendada numa varanda do Texas. Linda como uma ruína em cada uma das etapas de sua arruinação. Vermelho-méxico. Almodóvar beatnik, com e sem bolero. "Por que me casei com esses homens calados, se o que mais amo na vida é conversar?", suas personagens se perguntam o tempo todo. Um dia se perde no Louvre, feito um isqueiro no universo. Somos pequenos, sim, mas nosso desejo nos excede, e o mar de Zihuatanejo é verde-esmeralda de manhã. Sejamos adultos: os primeiros! Magnânimos e sensuais. Com exceção do horror e da avareza, tudo é belo neste mundo. Seu cabelo tem cheiro de lenha queimada.

VISITA A FERREIRA GULLAR

Eu tinha 24 anos e estava desesperado. Sempre fui meio dramático, mas naquela época a coisa ficou feia de verdade. Eu tinha me separado e só pensava em suicídio. E tinha jurado a mim mesmo nunca mais pôr os pés no Rio de Janeiro.

Ela era carioca. Meus heróis eram todos cariocas. De nascimento ou por adoção. Agora, a ideia de ouvir uma roda de samba me dava arrepios. Eu temia o Carnaval como um grande monstro de milhões de cabeças. A alegria alheia me humilhava.

Meus heróis eram todos cariocas? Exagero. Mas é verdade que quem me tirou do interior de São Paulo, onde nasci e cresci, foi a música brasileira e a literatura universal. Principalmente a música. Eu ouvia bossa nova, os tropicalistas, Chico, Novos Baianos, samba antigo — o pacote completo. E as letras quase sempre falavam do Rio como um lugar mítico. Eu queria morar lá. Queria ser poeta e levar a vida que aquelas pessoas levavam. Cruzar com o fantasma de Manuel Bandeira na Lapa, coisas assim.

Acabei indo estudar em São Paulo. Mas aquilo era só um desvio de rota, um adiamento do destino. No ano seguinte fui sozinho pular Carnaval no Rio. A Mangueira homenageava o Chico Buarque. Chico Buarque era o alquimista número um das palavras, um deus vivo, uma mistura de Hermes, Apolo e Dionísio. O cara que tinha o endereço da quitinete de Afrodite. Poupei dinheiro (eu trabalhava meio período numa editora) e fui pra Sapucaí. Desfilar foi muito estranho: você só podia ir pra frente, não dava pra voltar atrás. Passou muito rápido. Mas ok. E a Mangueira foi campeã. Eu estava hospedado em Copacabana. Ainda lembro de duas mulheres de biquíni com quem peguei o elevador do hotel. Elas eram grandes e oniricamente gostosas. Uma de biquíni azul, a outra de biquíni verde. Às vezes penso nelas.

Em São Paulo conheci uma carioca. Ela era diferente de todas as mulheres por quem eu já tinha me interessado, livre e intensa, me ensinou tudo, me fez sofrer o diabo. Namoramos alguns anos, terminamos, ela voltou pro Rio, reatamos, ela continuou no Rio, eu passei a frequentar o Rio — e o Rio era ainda melhor do que na minha imaginação. Amei a cidade, minha namorada e eu fizemos o que foi possível fazer e por fim nos separamos. Fiquei manco, manco de histeria, por mais de seis meses, e melancólico por dois anos. Até que nos revimos no casamento de uma amiga em comum. Tentamos trepar no banheiro. Não deu certo, já éramos outros.

O que vou contar aconteceu durante esse período esquisito, antes da trepada malsucedida no banheiro, em que eu não queria mais escrever nem ler, embora lesse Cortázar ("Encontraria a Maga?") e escrevesse um diário (páginas gosmentas) de madrugada, quando voltava de um restaurante onde era garçom. Também não queria namorar. Ou talvez quisesse. Só sei que conheci uma garota sensacional, divertida e encantadora, com quem eu poderia ter passado muitos anos, mas como já insinuei eu estava estrafegado por dentro, meio brocha e, suponho, entediante como uma sala de espera.

Ela, repito, era sensacional. E um dia me perguntou "se você ama tanto o Ferreira Gullar, por que não vai lá conversar com ele?". Ferreira Gullar era um dos meus poetas preferidos. Continua sendo. Mesmo depois de ele ter publicado quilômetros e quilômetros de crônicas reacionárias na *Folha de S. Paulo* nos últimos anos de vida, leio a maior parte dos seus poemas com espanto e prazer. A boa poesia resiste a tudo, até à momentânea estupidez de seus criadores. Assim como a lua, que resiste a todos os sonetos, segundo Rubem Braga.

"Se você ama tanto o Gullar, por que não vai pro Rio falar com ele?", ela insistiu. Porque nunca tinha me passado pela cabeça que o autor do *Poema sujo* era um ser humano de carne e osso. Pra mim, ele fazia parte da turma espectral de Vinicius, Cartola, Noel e Drummond, todos mortos há décadas. Claro que eu sabia que ele estava vivo, eu tinha inclusive assistido a uma palestra dele na USP, anos antes, mas isso não alterava em nada a essência sagrada do seu ser. Como assim falar com ele? Olha o respeito, mano.

Mas ela era sensacional (acho que já disse isso) e me convenceu e descobriu o número do Gullar numa lista telefônica e ligou pra ele às onze da noite de uma terça-feira e quando ele disse alô com aquele sotaque inconfundível e confirmou que era o próprio, "Gullar pois não", ela desligou na cara dele e rimos de nervoso e ela se virou pra mim e disse séria:

— Corre pra rodoviária e resolve isso.

Resolve isso. O quanto será que ela sabia que eu não tinha vontade nem coragem de ir ao Rio? Não sei. Mas segui seu conselho. Enchi uma mochila com um moletom e todos os livros do Ferreira Gullar e fui, juro que fui, pro Rio de Janeiro.

Eram cinco da manhã quando cheguei em Copacabana. Fiquei sentado num dos bancos no calçadão da praia olhando o mar e as palmeiras e o cartão-postal completo com indiferença, com desprezo, sem dúvida com inveja daquelas poucas pessoas que passavam correndo ou caminhando e não tinham problemas com o Rio. Mas, também, quem tem problemas com uma cidade inteira? Um prefeito corrupto, talvez. O chefe do tráfico. Um ator assassino. Eu estava louco?

Um pouco. Não muito. Não me arrependo de nada e, mesmo que escrever este texto esteja me dando certa náusea, sei que faria tudo de novo.

Uma hora olhando o mar, as palmeiras, o calçadão. Frio na barriga e vontade de chorar.

Às seis e quinze entrei na rua Duvivier e toquei o interfone do prédio de Ferreira Gullar. Ele atendeu com voz de sono. Eu disse que era um leitor da sua poesia, tinha vindo de São Paulo, voltaria pra lá hoje mesmo, ele toparia conversar comigo um minuto? Entre emburrado e solidário, ele disse preciso ir à feira, volta daqui a uma hora e meia.

Encontrei um botequim numa rua perpendicular à Duvivier e sentei a uma mesa de onde podia ver a esquina da casa do poeta. Pedi um café, abri o *Muitas vozes* e tentei reler alguns poemas. Mas meus olhos corriam pelas páginas com tal velocidade que eu não consegui ler um verso sequer. Pescava apenas algumas palavras. Em todo caso, eu sabia de cor a maioria daqueles poemas, e podia reconstruí-los mentalmente a partir desses cacos. Ele era mesmo um grande poeta. Um grande poeta. Bateu um pânico: que merda eu tinha ido fazer ali? Ele ia me achar ridículo, ainda mais quando eu lhe desse meu primeiro livro de poemas, que tinha saído há um ano ou dois. O primeiro poema conversava com um poema dele sobre bananas. Troquei bananas por caquis e mandei bala. Agora me sentia um simples ladrão. Eu ia ser desmascarado. Ia entender que eu não era um grande poeta, não era nem mesmo um bom poeta. E isso seria o fim. Minhas alegrias se mostrariam ocas como ovos sem gema. Eu devia ir embora dali e meter uma bala no peito ou na testa. No peito. Não, na testa. No peito. Não, eu não ia me matar. Eu ia escrever, trabalhar o quanto fosse preciso, até provar a mim mesmo e ao mundo que eu era um poeta. Grande ou pequeno. Não importa. Do tamanho que os deuses desejassem.

Toquei o interfone e ele me recebeu. Foi muito simpático, muito paciente, muito generoso. Serei sempre grato a ele por aquela hora e meia que passei no seu apartamento, observando Gatinho, o famoso gato do poeta, ir e vir em cima da mesa. Falamos sobre poesia, sobre perdas e sobre a estupidez que era se matar. Ele assinou seus livros pra mim "com amizade", me deu seu e-mail, sugeriu que eu lhe escrevesse.

O que me surpreendeu foi encontrar apenas um Gullar, o atual, com 73, 74 anos. Com certeza eu esperava encontrar um Gullar de cada fase da sua poesia, que eu conhecia tão bem por fotos: o Gullar de 23 anos de *A luta corporal*, o Gullar de quarenta e tantos de *Dentro da noite veloz*, o Gullar cinquentão de *Barulhos* e assim por diante. Mas em vez disso deparei com o único Gullar que existia naquele instante, e ele era um velho maneiro.

No ônibus de volta pra São Paulo me senti aliviado. Pensei com ternura na minha ex-namorada, a raiva passou, eu queria o bem dela e, com sorte, um dia ela também ia querer o meu. Eu faria minha vida em São Paulo ou em qualquer outro lugar. O Rio tinha ficado pra trás, e o mundo era um mundo outra vez. Eu estava livre. Nasci pra ser livre. Sou bom em ser livre, por incrível que pareça.

No dia seguinte, em casa, mandei um e-mail pro Rio:

Oi, Gullar, tudo bem?
Sou aquele jovem poeta idiota que ontem de manhã bateu na sua porta pedindo socorro. Obrigado por tudo, você foi tão grande quanto a sua poesia. Fui aí pra te matar (simbolicamente, fique tranquilo), isto é, matar meu último herói carioca. Pretendo nunca mais pisar no Rio, e se o fizer será de outra maneira, sem expectativas delirantes. Também não vou mais te escrever, espero que não me leve a mal.
Um abraço e adeus.

AI MARMI

em oito dias fomos três vezes
massa fina à romana
com molho de tomate mussarela
fiori di zucca e aliche pouco
acompanhada da Peroni
de garrafa verde
não somos do tipo que viaja
e todo dia vai ao mesmo restaurante
por medo do desconhecido
ou tédio de viver sem viver
seja em Madri ou São José dos Campos
perambulamos pelas ruas
de peito aberto em busca de tesouros
ocultos ou manifestos
e nunca voltamos pra casa
sem pelo menos um *Moisés* do Michelangelo
Ai Marmi porém
tinha um ímã de respeito
e quando menos esperávamos
estávamos lá de novo
parlando com Marco um garçom
simpático e ligeiro
que respondia em inglês perfeito
ao meu espanhol italianado
em Roma aprendi que algumas cores
são à prova de fotos

que o Tibre é um rio verde-dourado
que nem a natureza nem a cultura
devem ser domesticadas
e que o instante ri à toa
nos bairros da eternidade
ainda assim receio que o passar dos anos
reduza minhas memórias de viagem
àquela pizzaria do Trastevere

70

Roubando paisagens de filmes idiotas. Espaços desperdiçados por detetives e caubóis. Rios de Montana. Praias caribenhas. Bares escuros com balcões de prata. Que misturo à frustração e aos ansiolíticos. Antes de me deitar, cheio de planos.

CHURRASQUEIRA 3

tenho sete culpas e uma churrasqueira
chamada Kublai Khan
oito latas de cerveja
na geladeira e quatro
no congelador
barriga de porco em fatias
cebola e tomate em rodelas
molho agridoce
do mercado japonês
amanhã terei sete culpas
o resto do molho
e a churrasqueira suja

MARCELLO

Não sou bonito... Não sou nem mesmo corajoso... Meus interesses não são importantes... Sou mesquinho e perdulário... Não me preocupo com o futuro...

Fumo setenta cigarros por dia... Bebo como uma esponja... Isso me ajuda a encarar a realidade... Me embota os sentidos, me torna pesado... Não gosto de estar completamente sóbrio...

Quando fiz quarenta anos comprei um iate de 45 pés... Mas eu não velejava com ele... Eu só o usava pra comer espaguete... Uma única vez, com amigos e amigas, nos aventuramos pelo Mediterrâneo... Não foi uma boa ideia... Acabou a bebida e tivemos que voltar...

Tchekhov é o maior... Gosto daqueles semitons dos seus contos... Pequenas histórias de gente pequena que não grita...

Uma noite me vi numa floresta escura, como Dante Alighieri... Então avistei uma casinha à distância... Uma luz muito forte, como que me indicando o caminho... Pensei: minha mãe está lá dentro... Em seguida acordei... Nunca mais esqueci aquela visão...

Meu pai era carpinteiro, mamãe era dona de casa... Mesmo depois de eu ter filmado com Fellini, com Antonioni, minha mãe não acreditava no meu talento... Dizia pra todo mundo que bom mesmo era o meu irmão... Uma vez levei a Sophia pra comer na nossa velha casa... Antes de servir o macarrão, ela me chamou num canto e disse, perplexa:

— Marcello, como você, que não é ninguém, ficou amigo da Sophia Loren?...

Comecei a atuar por puro prazer, e pra ganhar um dinheirinho... Sou um diletante... Não tenho registro dos meus trabalhos... Sinto que não acumulei experiência...

Não entendo os atores que dizem levar o personagem pra casa... Atuar, pra mim, é uma brincadeira... Quando uma filmagem termina, a primeira coisa que me vem à cabeça é: qual será o melhor restaurante das redondezas?...

Depois de filmar a primeira cena com Fellini, a sequência inicial de *La Dolce Vita*, saímos pra beber, só nós dois... Tomamos um porre... Às quatro da manhã Fellini teimou que queria dar uma volta de helicóptero, o helicóptero no qual havíamos filmado horas antes... Dizia "o piloto é meu fã, ele vai gostar de me fazer um favor"... Fomos até o heliporto e, depois de alguma confusão, Fellini conseguiu falar com o piloto, que prontamente nos levou pra dar uma volta pelos subúrbios de Roma... Vimos a cidade amanhecer lá do alto... Foi muito bonito...

Tive a sorte de sempre ter sido abandonado pelas mulheres que amei... Caso contrário não sei como me arranjaria... Eram mulheres sábias...

A vida foi generosa comigo... Adoro estar vivo... Adoro mesmo...

Eu gostaria de interpretar um velho Tarzan...

PERAMBULE

*pra Paula Corsaletti Rapchan,
minha irmã*

PATERSON

Acordei antes do despertador tocar, beijei minha namorada na testa, lavei o rosto, me vesti, passei pela cozinha, peguei uma banana, guardei no bolso do casaco, abri a porta da sala, chutei o jornal pra dentro, chamei o elevador, cumprimentei o porteiro, atravessei a rua e vim pra casa a pé.
Ainda não eram sete da manhã e a avenida Pacaembu já estava com trânsito pesado. Buzinas, música alta, gente gritando. Passei na frente do estádio. Como é bonito, pensei. Não só o prédio em si, mas também o lugar onde ele foi erguido, no meio de um vale.
Lembrei de uma reportagem lida dias antes numa revista sobre um café recém-aberto ali na entrada. Imaginei mesas espalhadas entre as colunas, debaixo da laje, e em cima delas xícaras, cadernos, óculos, velas, laptops, copos de conhaque. Tirei o celular do bolso e me mandei um e-mail com o assunto "ir café pacaembu logo". Depois subi sem pressa a ladeira da Faap.
Sempre que eu caminhava naquele trecho me chamava a atenção uma janela enferrujada quase encoberta por um galho de goiabeira. De alguma forma, ela era o centro da paisagem. Ou o último fragmento de um mundo em extinção? Estudantes de mochila nas costas cruzavam o portão da faculdade. A luz caía fora dos relógios, nas cabeleiras das meninas atrasadas.
Quase parei na padaria da praça Vilaboim, mas fiquei com preguiça de falar com as pessoas. Um senhor de boina

veio na minha direção com um cachorro de raça. Onde foram parar os vira-latas do Brasil? No vão das pernas dos mendigos, sem dúvida.

Na semana anterior o caixa de uma papelaria tinha me contado uma história louca sobre os filhos dele. Demorei pra entender que não eram crianças mas cachorros. Aí eu disse que também não tinha filhos e, assim como ele, adorava animais. Juro: achei que ele fosse me enfiar um lápis no olho. Por sorte, apenas me chamou de fascista. Peguei meu troco e saí. Vivemos numa época estranha. O cara trata bicho como gente e gente como bicho, mas no fundo se considera uma pessoa boa. Quando se torna prefeito de São Paulo, sua primeira atitude é se deixar fotografar com um coala de estimação. No dia seguinte toca fogo nos índios da Cracolândia.

Em vez de seguir em frente pelo parque Buenos Aires e tomar o caminho mais curto, peguei à direita e subi na direção da Paulista, entrei na Angélica, virei na rua do Sujinho e fiquei rodando pelo bairro. A maioria das lojas estava fechada. Nos botecos, operários de uniforme e botina tomavam café no balcão e trabalhadores em roupas sociais compravam pães de queijo pra comer no escritório.

Um dia vou abrir um bar, o Bar do Corsaletti. Vou chamar meu amigo Formiga pra comandar a grelha e o som. Vou ganhar dinheiro e olhar pro mapa-múndi como se fosse um cardápio. Vou parar de escrever e arrumar um monte de problemas. Vou beber o dobro e ter que parar de beber. Melhor não abrir bar nenhum. E além do mais tenho três livros pra terminar.

Sobrou pouco espaço pra falar de *Paterson*, o novo filme de Jim Jarmusch. Mas concordo: os melhores poemas são escritos no ar, motoristas de ônibus vão salvar o planeta, a serenidade é cheia de fósforos.

JAPÃO

Hoje é dono de uma oficina mecânica e vive bem. Tem moto, carro, sítio, os filhos estudam em colégio particular e nos finais de semana reúne os amigos pra comer picanha no alho ao redor da churrasqueira, enquanto as mulheres tomam sol à beira da piscina do sobrado que ele mesmo desenhou e construiu.

Há vinte anos estava no Japão, recém-casado com uma nissei, com quem vive até hoje, e trabalhava quinze horas por dia. Sente saudades de lá. Gostava dos japoneses. Gostava especialmente de, na época das maçãs, sair de casa bem cedo e caminhar debaixo das macieiras carregadas de frutas maduras. As macieiras na calçada. A cada dez metros um galho cheio de maçãs vermelhinhas ao alcance da mão. "Se fosse no Brasil a gente pegava", diz. "Dava vontade de pegar. Mas ninguém pegava nenhuma." E ele também não pegava.

CARNAVAL

Não lembro se fiz mais alguma coisa naquele Carnaval de 1996 além de ficar parado diante do palco do Nosso Clube, ardendo e babando de amor pela backing vocal da banda.

Era linda, mas acima de tudo diferente. Parecia estar e não estar ali, como uma trapezista que conseguisse rir de uma piada idiota, ouvida na noite anterior, enquanto viaja de ponta-cabeça sobre o abismo.

Eu tinha perdido completamente a vontade de dançar e com sorte sair com alguma amiga da minha irmã, que ela teria me ajudado a convencer. Ficava parado no meio do salão ou num canto perto do banheiro, tomando uísque com guaraná — a boca seca de anfetamina que um amigo farmacêutico arrumava pra gente.

Eu tinha uma tia que só bebia durante o Carnaval e quando ficava bêbada só falava em castelhano. Não era espanhola nem nada, mas tinha essa mania. Meu tio, que era um tremendo cachaceiro, passava esses cinco dias do ano à base de água e Coca-Cola, a fim de cuidar da esposa como um bom enfermeiro.

Na madrugada da terça-feira, vestida de chacrete, essa tia anunciou ao marido que precisava ir embora imediatamente — "*estoy muy borracha, tesoro*" —, e em seguida vomitou na frente de todo mundo, o que, diga-se em defesa de titia, era uma prática bastante comum na sacada onde os dois tomavam ar. Eu estava por perto e meu tio me pediu ajuda pra levá-la pra casa.

Na volta devo ter parado pra comer um lanche ou algo assim. Quando entrei no salão, o baile já tinha acabado. Senti uma tristeza absurda. Eu era louco por Carnaval e nunca tinha sentido aquilo antes. Ficava triste boa parte do ano, mas no Carnaval era insanamente feliz. Ainda não falava em espanhol, mas chegaria lá.

Os músicos recolhiam os instrumentos. Meus amigos, semimortos, estavam esparramados pelo chão. Sem pensar muito, fui até o palco, toquei no seu ombro, ela virou a cabeça e eu me apresentei. Seu nome era Carla e as maçãs do seu rosto estavam cheias de glitter. Perguntei se queria dar uma volta pela cidade. Ela disse que sim.

Saí do clube carregando duas caixas de som pesadas. Meus amigos só faltaram atirar pedras em mim, mas não dei importância. Eu já estava a milhares de quilômetros dali.

Na frente do hotel, ela disse "vou subir pra trocar de roupa e já volto". Sentei na calçada e olhei a praça vazia. O sol começava a aparecer atrás do consultório dos meus pais. Soprava uma brisa fria — que arrastava folhas e copos de plástico. No ano seguinte eu iria embora. Olhei pra tudo de dentro e de fora e tentei guardar aquela imagem comigo.

Ela apareceu de chinelo e camiseta e com uma lata de cerveja em cada mão. Encostou o braço no meu braço e a perna na minha perna e ficamos juntos até as nove da manhã. Não foi, sob nenhum aspecto, uma conversa entre desconhecidos — me fez entender o que eu andava procurando. Jurei que nunca deixaria de procurar.

PERAMBULE

    Caminhei muitas vezes em Santo Anastácio, de trevo a trevo e nas estradas de terra, com meus pais ou com amigos. Com minha namorada caminho aos sábados no parque da Água Branca. Em 2001 caminhei na serra da Canastra, apavorado, pensando que algo terrível aconteceria, e aconteceu. Uma vez, ao sair de uma festa, fui do largo da Batata à Vila Mariana caminhando. Quando morei em Buenos Aires praticamente só bebi e caminhei. (Em Paris não foram caminhadas, porque eu estava gripado, querendo apenas chegar logo aos lugares — e ver.) Em Amsterdã, confundindo os canais, levei quase três horas pra reencontrar o caminho do hotel. De madrugada, em San Pedro de Atacama, caminhei sozinho sob a lua cheia, com falta de ar e me sentindo morto.
    Às vezes, depois de fechar um poema, vou até a padaria como se desse a volta ao mundo.
    Houve uma época em que me chamavam de Manco.

DIETA

Por recomendação médica (não vou dizer o motivo, intimidade com o leitor tem limite) tive que me submeter a uma dieta rigorosa durante cinquenta dias. Nada de álcool (digamos que eu bebia bem), cafeína (um litro de café antes das três da tarde), gordura (viva o torresmo!), comidas ácidas (adeus, tomate) e doces (acho que posso viver sem quindim). Carboidrato apenas no almoço e em pequenas quantidades — meu macarrão com linguiça, eu juro que voltarei!

Foi osso. Mas foi bom. Me senti leve como há muito tempo não me sentia. Não só fisicamente — emagreci sete quilos —, mas também espiritualmente. Eu ria à toa, e o riso vinha fácil. Os músculos da face estavam soltos, relaxados, o que me levou a pensar que em geral eles funcionam como um escudo pro meu rosto, como uma máscara balofa.

Trabalhei o dobro do que costumo trabalhar e sem grande esforço realizava as tarefas mais chatas: ir ao banco, ao pilates, reuniões. Escrever também ficou moleza (trabalhar pra mim é dar aulas, revisar livros etc.; escrever é outra coisa): as palavras saíam como que dos meus dedos, e não da fornalha do diabo em que normalmente se transforma a minha cabeça quando o troço empaca. Eu pensava uma ideia e a escrevia; ou a escrevia antes de pensar e depois dizia comigo: é isso mesmo. Dias gloriosos. Ou melhor: manhãs. Porque eu acordava com o céu ainda escuro e fazia tudo isso até o meio-dia.

Mas então chegava a tarde e todo o equilíbrio ia pro brejo.

Sempre detestei a tarde. É um período melancólico. E a melancolia parece vir de fora pra dentro; somos invadidos por essa luz azeda, rançosa, gasta. O bom humor das pessoas está nas últimas. Surgem as tretas no trabalho, explodem as brigas, um motorista fecha um motoboy e grita pela janela — e no fundo adoraria reduzi-lo a uma pasta gelatinosa da cor do crepúsculo. Se a vida fosse uma sequência infinita de tardes, eu preferia não participar desse filme.

Aí vem a noite e a coisa só piora. É um estupro mental. Você não teve a chance de se preparar com um negroni ou algumas latas, há estrelas demais e um barulho de grilos e sirenes — e de repente os amigos te chamam pra ir pra Mercearia, sua namorada anuncia que quer dançar feito louca, as revistas te esfregam na cara hambúrgueres de dois andares, coquetéis de seis cores, e a rua Augusta brilha lá embaixo como os olhos da Medusa.

Um banho! Você toma um banho. Janta, continua com fome e liga a tevê. Não é mais uma impressão, é verdade: agora você se identifica com Dexter, o serial killer que se sente — e isso é tudo o que ele sente — apartado do mundo por não ter sentimentos. O mundo dos homens e das mulheres. Das crianças. Dos animais. Dos vegetais (com pouco sal). Dos minerais.

Sou uma pedra. Uma pedra sem graça diante de um quadrado luminoso trancada num quarto vazio. Sem esperanças de que essa eternidade acabe e eu possa — sem gelo! — voltar a viver.

ROMANCE

Vende, em Paris, ostras da Bretanha. Trabalha sozinha numa venda que de noite é restaurante — paredes azuis, cinco mesas, pôsteres do litoral francês, alguns rótulos de vinho branco e um velho aparelho de som com uma pilha de CDs em cima. Com um abridor de ostras atrás de um balcão que cheira a fundo de mar, trabalha como uma heroína de romance do século XIX — se o século XIX pudesse ser o século XXI, e ela fosse livre pra sorrir sinceramente enquanto diz "que bom que gostaram", e em seguida contar com humor uma história mais ou menos terrível, enxugando as mãos na blusa gasta de lã cor de tomate, sem que isso seja de forma alguma repugnante, pelo contrário, mas sem que isso seja de forma alguma sensual. Se o romance fosse bom e se chamasse *A vendedora de ostras da rua de Chabrol*.

SEQUESTRO

O telefone do Vitor tocou quando eu tentava abrir uma garrafa de vinho, depois de constatar que não tinha sobrado uma única lata de cerveja no tanque com gelo. Era sábado, estávamos bebendo desde as duas na casa da minha namorada — coisa de três ou quatro casais —, e a essa altura já tinha anoitecido. O Vitor levantou, nervoso.

— O Nelsinho foi sequestrado. Tô indo lá ficar com a Ciça.

Ciça é a filha do Nelsinho. Tem quinze anos e lê romances de aventura. Perdeu a mãe há oito meses. Agora o pai era sequestrado.

O Picanha saiu atrás do Vitor. Peguei o vinho e corri pro elevador. Mas antes que a porta se fechasse minha namorada tirou a garrafa de mim.

— Tá louco? Isso é coisa séria!

Eu ia argumentar, mas não encontrei argumentos e fiquei quieto. Assim como eu, o Picanha e o Vitor estavam vestindo camisas nigerianas. Pura coincidência, que tinha rendido algumas piadas durante a tarde. De repente elas me pareceram alegres demais. Pensei em sugerir que a gente subisse e trocasse de roupa, mas achei melhor continuar calado.

A Ciça estava amparada por duas grandes amigas da mãe dela, a Lucília e a Renata. E não só: tinha umas quinze pessoas no apartamento. Entre elas a síndica, que contou o que sabia. Ela e a Ciça tinham ido tomar um suco na padaria da esquina (pelo jeito elas eram próximas) e na volta viram dois caras, um deles com um revólver, renderem o Nelsinho, que estacionava na frente do prédio.

Os policiais acreditavam se tratar de um sequestro-relâmpago, pra sacar dinheiro em caixas eletrônicos. Em uma hora e meia no máximo eles liberavam o Nelsinho com uns reais a menos no bolso, disseram. Por outro lado, ninguém podia dar certeza de nada.

Ainda bêbado, eu vasculhava com o Vitor o apartamento à procura de qualquer documento no qual pudesse haver dados bancários do Nelsinho, pra avisar o banco etc., quando, no armário do escritório, topamos com um embrulho dourado com uma etiqueta onde se lia "Vitor". Era um presente que a Helô, mãe da Ciça e melhor amiga do Vitor, tinha esquecido de lhe entregar. Foi um momento emocionante e nonsense.

Então o Nelsinho ligou e disse que estava tudo bem. A Ciça rejuvenesceu três décadas e voltou a ser a adolescente comum e especial que ela é. Todo mundo relaxou. A Renata acionou o disque-cerveja:

— Manda sessenta latas o mais rápido possível! — como se chamasse uma ambulância ou o Corpo de Bombeiros.

As cervejas chegaram enquanto o Nelsinho, na calçada, dava um depoimento pra polícia. Alguém acendeu um baseado. A Lucília botou um Jorge Ben Jor no som da cozinha e aquele bando de cinquentões malucos começou a dançar. Lembro da síndica, também dançando, pedir pra abaixarem um pouco o volume e ser vaiada e abraçada e beijada. Tenho a vaga memória de um cheiro bom de pizza.

Saímos de lá às duas e meia da manhã — com a sensação de que um pote de fel tinha sido entornado num buraco bem fundo. Sobre ele fizemos uma fogueira e esperamos. Levou muitas horas pra queimar até o fim.

POTE

O que eu queria mesmo era botar num poema o pote de manteiga onde o chapeiro da padaria da esquina enfia sua colher-espátula pra tirar um naco amarelo-cremoso que ele espalha no miolo do pão francês cortado ao meio antes de virar as duas metades em cima da chapa quente. Aquele pote imenso de manteiga.

INVENÇÃO

Se dependesse de pessoas acomodadas como eu, a humanidade ainda estaria se locomovendo em lombo de burro, ou pior: os burros é que estariam andando em cima da gente. Mas, graças ao caos, não há um ser humano igual a outro neste mundo — e já faz um bom tempo que a sociedade se deu conta de que a diferença é legal, meu. Então não vou pedir desculpas.

E nem teria por que fazer isso, pois desde a semana passada me juntei, por obra do acaso (se se pode chamar de acaso o fato de uma maçã ter caído na cabeça de Newton...), a essa diminuta parcela da população conhecida como Clã dos Inventores. (Se Augusto de Campos jamais pensou em me chamar de inventor, segundo a velha classificação de Ezra Pound, que dividia os poetas em inventores, mestres e diluidores, doravante o augusto Augusto vai ter que me chamar assim, se um dia me chamar de alguma coisa, claro.)

É que tive uma ideia genial — modéstia, aparte-se! Aviso aos invejosos de plantão (como tem invejoso por aí, é impressionante) que ela já foi devidamente registrada em cartório e recebeu o selo de "patente especial AA" — pra quem não sabe, AA corresponde ao A+ escolar, ou A com estrelinha, a depender da escola e do professor.

Ei-la, minha pepita: chama-se *rocambole de churros*, e tenho que admitir que o nome é um pouco confuso. Mas e daí? O povo se acostuma. Não existe palavra mais estranha que *gentrificação*, e no entanto todo mundo sabe o que ela quer dizer — é um liquidificador de gente, oras.

O rocambole de churros é, como o nome diz, um churro em forma de rocambole, isto é, um longo churro enrolado feito uma mangueira de molhar o jardim ou, melhor, feito um pirulito colorido de criança, daqueles bitelões. Não sei se me faço entender: o *rocachurro* (é só uma hipótese de abreviação; aceitamos sugestões) é composto de um único churro comprido enrolado sobre si mesmo, como — finalmente uma imagem iluminadora! — um espeto de linguiça calabresa das churrascarias tradicionais.

Agora, o golpe de mestre: o *churrobole* (outra opção) será recheado com doce de leite argentino e/ou Nutella. E o "e/ou", aqui, não é uma afetação de estilo: o consumidor pode escolher se quer o seu *rocanchu* (mais uma) só com doce de leite por dentro e nada por fora (além do clássico açúcar e da opcional canela), com doce de leite por dentro e Nutella por fora (mamilos de doçura respingados ao léu na circular iguaria), só com Nutella por dentro (como os olhos da mulher amada, quando amada), ou com Nutella por dentro e doce de leite (argentino!) por fora.

Não sei se vai ser fácil preparar o rocambole de churros — como injetar o doce de leite ou a Nutella dentro do tubo sinuoso constitui um mistério —, nem sei muito bem como deve ser servido, se num saquinho de papel, como pipoca, ou se num prato com garfo e faca. Mas boto fé que o pessoal do *MasterChef*, ou algum cozinheiro do quilo da esquina, vai dar um jeito.

Se eu não ficar famoso agora, não fico mais. Mas pelo menos nóis se diverte. Ou, como diz o ditado sexista, todos sonham com a Glória, mas a Martinha também bate um bolão.

PROFISSÕES

pro Fabiano Calixto
e pro Marcelo Montenegro

Manobrista. Açougueiro. Porteiro.
Camelô. Sapateiro. Bicheiro.
Gandula. Chapeleiro. Pedreiro.
Garçom. Pasteleiro. Faxineiro.
Motoboy. Jardineiro. Lixeiro.
Dublador. Marceneiro. Coveiro.
Chapeiro! Chapeiro! Chapeiro!

DUZÃO

1

Enquanto arma a tenda branca zero bala na calçada da sua casa, que finalmente fui conhecer, explica pra mim e pro meu pai que seu público-alvo são os estudantes da faculdade de Prudente. Depois monta uma mesa dobrável de acampamento, também nova, debaixo da tenda. Meu pai senta, eu fico em pé. Diz que ainda não começou a trabalhar no campus, mas já assinou a papelada e na segunda que vem leva a tralha toda pra lá. Pergunto se conseguiu achar um nome — semanas antes ele tinha me consultado por WhatsApp sobre a maneira correta de usar o apóstrofo — e ele carrega no sotaque caipira pra contar que acabou chegando em Espetinho Du Bão. Acende o fogo e põe os espetos pra assar. Meu pai abre uma cerveja e depois outra. Vou marcando o que consumimos num caderno que ele deixa em cima do isopor. A cafta está ótima, o coração de frango também. Mas ele quer saber minha opinião sincera, porque dali a alguns dias não vão ser os amigos que vão julgar seu trabalho. Digo que está tudo uma delícia e lhe desejo boa sorte. E essa foi a última vez que o encontrei vivo sobre a terra.

2

Na época da escola ele era muito gordo, mas tinha um sorriso lindo e fácil que quase freava o desejo de bullying dos magrelos. Ia mal em todas as matérias. Fora da sala de aula, porém, era o cérebro mais rápido do Oeste Paulista — amigo de meio mundo e vizinho do meu melhor amigo. Mas foi só depois dos vinte que a nossa amizade engrenou.

3

Antes de ir passar um tempo em Buenos Aires, fiquei três meses na casa dos meus pais esperando o casamento da minha irmã. De manhã escrevia e à tarde jogava sinuca no Bar do Serginho. À noite ia pra casa dele tomar tereré na varanda escura e fresca. Ele perguntava bastante sobre São Paulo, fazia planos de um dia me visitar e conhecer a rua Augusta, e contava histórias surpreendentes, que me deixavam a estranha sensação de ser um forasteiro na cidade em que nasci. Era como se eu nunca tivesse morado lá.

4

Às vezes a gente saía de carro pra fumar maconha nas estradas de terra ao som de algum rock pré-histórico. Era bom olhar os pastos sob a lua e mijar a céu aberto.

5

Uma vez ouvi meu pai falando a seu respeito: "Gosto dele. É um cara gentil. E olha nos olhos da gente enquanto fala". Desde então procuro olhar nos olhos das pessoas quando falo (nem sempre consigo).

6

Pensar na churrasqueira quase sem uso que ele comprou pra finalmente ganhar a vida é de foder.

7

Ele morreu na Curva da Morte numa batida de moto à meia-noite na volta do trabalho. Eu estava num bar da Vila Madalena, às três da madrugada, tomando a saideira depois do lançamento do livro de um amigo, quando minha irmã ligou. No táxi, a voz do meu primo me transportou pra dentro daquela realidade e por instantes não fez nenhum sentido morar tão longe.

ESQUERDA

Temos a mesma idade, no recreio ela come a mesma merenda que eu, mas escreve com a mão esquerda e isso muda tudo. Se escreve com a outra mão, deve escrever coisas diferentes. Às vezes espio seu caderno pra ver se encontro algo estranho, especial. Mas nada.

Um dia, depois do ditado, a professora vai de carteira em carteira conferindo o que anotamos. Fica parada um tempão ao lado dela. Penso: pronto, agora o mistério vai ser esclarecido. No entanto, ela diz apenas:

— Mais um "televisão" com Z, "pomba" com N e "rato" com U e vou falar pra sua mãe te dar uma carroça de aniversário.

Julgo a professora uma escrota e passo a vida fascinado por canhoteiras.

MÉXICO

Passaram quinze dias na Cidade do México, contam, enquanto encho de uísque um copo com gelo na cozinha da casa da nossa amiga que hoje faz quarenta anos. Foram a museus, vernissages, cinemas, livrarias e a um concerto de música clássica. Mas de todo o relato que me fazem — as comidas, as bebidas, os casais gays se abraçando e beijando num clima de grande liberdade — o que mais me impressiona (o certo seria dizer "o que mais me comove", mas ninguém vai a festas pra se comover, só se for louco, solteiro ou pai da noiva) é essa fala do Ivan:

— Muitas vezes, de tarde, sob um sol forte, já bastante cansados, caminhando pelas ruas do centro no meio daquela confusão sonora e visual, a gente passava na frente de um bar e lá de dentro vinha alguma canção de mariachi ou coisa parecida, não manjo do assunto, de todo modo uma música vibrante, calorosa, labiríntica, uma música absurdamente brega, mas mesmo assim, ou por isso mesmo, uma música de cortar o coração de qualquer um. E eu não conseguia esquecer essa música ouvida na rua por acaso. Um trecho da melodia ou da letra ficava comigo o dia inteiro e me acompanhava a todos os lugares e até a manhã seguinte. Eu não tinha nenhum interesse por música popular mexicana, nenhum preconceito, mas nenhum interesse, e no entanto essa música inesperada e gratuita, absorvida aos pedaços, talvez tenha sido a minha lembrança inesquecível do México.

Depois discutimos Nelson Rodrigues, chegam mais convidados, a sala enche, a festa acontece, vou pegar um chope e, no caminho, converso com outros amigos. Ou melhor, tento conversar, porque as ideias não vêm, só digo obviedades sobre política e literatura e de repente o papo descamba pra reuniões de condomínio.

(Não sei mais como me comportar em festas, se é que um dia soube. Fico encanado com as pessoas passando atrás de mim, não presto atenção nas pessoas paradas na minha frente etc. etc. Prefiro bar, mesa, cadeira, poucos amigos, cada um com a sua loucura, protegidos por uma barricada de garrafas.)

À uma da manhã saio sem me despedir, mando um WhatsApp pra aniversariante refazendo nosso pacto de ternura infinita e volto pra casa a pé, escolhendo as ruas mais silenciosas. E quando respiro fundo e me concentro, ou na fração de segundo em que desisto de me concentrar, como se aquela memória fosse minha, ouço a música alegre, alegre e trágica, dos mariachis.

FUMAÇA

Eu e minha irmã gostávamos de cheirar fumaça de caminhão. Não sei de onde tiramos essa ideia. Não era moda entre a molecada do bairro. O fato é que se um dos dois ouvia o barulho de um caminhão subindo a rua, gritava "caminhão, caminhão!", e imediatamente corríamos pra varanda e, de mãos dadas, esperávamos. Quando o caminhão passava em frente de casa, íamos pro meio da rua, atrás do caminhão, diante do escapamento, e cheirávamos com vontade — até a esquina pulando e rindo feito loucos — a nuvem de fumaça preta. Nunca contamos isso pra ninguém. Tínhamos vergonha desse prazer meio nojento. Hoje acho que fomos corajosos. Que foi graças àquela fumaça no sangue que suportamos o que viria depois.

DRONEIRO

Meu pai me pede que eu o acompanhe. Não sei pra onde ele vai, mas topo ir junto. Dou um beijo na minha mãe, que está lendo no quarto, e vou pra garagem. Mas meu pai já está no meio da rua com o carro ligado.

Duas quadras depois, ele saca um boné do bolso da jaqueta e diz solenemente:

— Filho, você sabe que existe o Paulinho Corsaletti dentista, um profissional sério, que nunca deixa um cliente na mão. Esse não usa boné. (Olho pra sua careca.) Mas também existe o Paulinho Corsaletti violeiro, que não recusa uma festa ou um botequim. Esse está sempre de boné. (Ele coloca o boné na cabeça.) Hoje você vai conhecer o Paulinho droneiro. Esse usa o boné assim. (Ele tira o boné e o coloca de novo, com a aba virada pra trás.)

Paramos numa curva de uma estrada de terra, debaixo de uma árvore, e meu pai monta o drone. Tenta me explicar a função de cada peça, mas de repente paro de acompanhar o raciocínio. Não me interesso muito por tecnologia. Meu pai sabe disso e diz que o melhor está por vir.

Feito uma mosca gigante de ficção científica, logo o drone está sobrevoando os pastos. Na tela do smartphone acoplado ao controle, vemos o vale do Sapo, o rio da Âncora, o rebanho de vacas e alguns cavalos do Matsuda. O zunido do aparelho assusta os animais. Eles correm, em miniatura, como corriam na minha imaginação quando eu brincava com meu Forte Apache.

Então meu pai conduz o drone em direção à cidade. A estação de trem, as casas velhas — alguns meninos soltando pipa. A praça Ataliba Leonel, com sua fonte em forma de vitória-régia. E no alto do morro a igreja amarela e branca, idêntica a uma peça de maquete. A vida toda é desse tamaínho. Meu pai se anima:

— Vamos fazer uma visita pra Paula.

Ele baixa o drone em cima da casa da minha irmã, ao mesmo tempo em que telefona pra ela. "Sai aí no quintal." E lá está ela! Em seguida surgem minha sobrinha e meu cunhado. Eles acenam pra câmera e voltam pra dentro. (Mais tarde me contam que dias antes deram um churrasco pra uns amigos e não convidaram meus pais. Minha mãe não se importou, imagina. Mas meu pai fez o drone descer a uns dois ou três metros da piscina com um cartaz: ESTOU DE OLHO EM VOCÊS, TRAIDORES.)

Depois meu pai liga pro Buinha. "Cadê você, viado?" Está no Bar do Serginho, com Betinho e Aguinaldo. Vamos lá também. Na calçada, rindo e pulando com um taco de sinuca nas mãos, o Buinha ameaça arrebentar o drone.

Revejo os pátios das duas escolas onde estudei, os quintais dos amigos, os escombros do supermercado que pegou fogo.

Um carcará pousa numa cerca não muito longe de nós e sinto vontade de tomar cerveja. Meu pai concorda que já deu e guarda a tralha toda numa caixa de isopor.

De carro, presos mais uma vez em nossos corpos grandes e pesados, meu pai me pergunta como vão as coisas em São Paulo.

DOIS

Começo a frequentar um bar na Liberdade. Descubro que a dona é de Presidente Prudente, onde estudei na adolescência, e que Milton Ohata, um editor amigo meu, também é freguês do lugar. Mais tarde fico sabendo que existe um outro Milton Ohata neste mundo e vive em Presidente Prudente. Minha relação com o boteco se torna mais forte e ao mesmo tempo mais estranha, como se acreditasse estar lendo um conto de Hemingway e de repente percebesse que lia um romance de Cortázar. Como se essas coincidências, que afinal não significam quase nada, significassem muito. Ao longo dos anos encontro Milton Ohata centenas de vezes, vale sempre a pena. Mas ele nunca mais deixa de ser o homem que tem um duplo a trinta quilômetros da casa dos meus pais, em Santo Anastácio. Um louco talvez perigoso. Que à noite cruza os pastos com uma foice de prata na mão.

LISTA

Medo e delírio em Las Vegas, de Hunter Thompson. *Mãos de Cavalo*, de Daniel Galera. *O colosso de Marússia*, de Henry Miller. *A ditadura da moda*, de Nina Lemos. *Um ano na Provence*, de Peter Mayle. *Paris é uma festa*, de Ernest Hemingway. *O flâneur*, de Edmund White. *Pornopopeia*, de Reinaldo Moraes. *Leite derramado*, de Chico Buarque. *Cozinha confidencial*, de Anthony Bourdain. *Em busca do prato perfeito*, de Anthony Bourdain. *Na pior em Paris e em Londres*, de George Orwell. *O imperador*, de Ryszard Kapuściński. *O único final feliz para uma história de amor é um acidente*, de João Paulo Cuenca. *Do fundo do poço se vê a lua*, de Joca Reiners Terron. *A árvore dos desejos*, de William Faulkner. *A dama do cachorrinho*, de Anton Tchekhov. *Iniciantes*, de Raymond Carver. *Big Sur*, de Jack Kerouac. *O faroeste*, de Claude Follen. *Os detetives selvagens*, de Roberto Bolaño. *Noturno do Chile*, de Roberto Bolaño. *Estrela distante*, de Roberto Bolaño. *As aventuras de Huckleberry Finn*, de Mark Twain. *Hell's Angels*, de Hunter Thompson. *O tempo dos assassinos*, de Henry Miller. *A dama do lago*, de Raymond Chandler. *A balada de Bob Dylan*, de Daniel Mark Epstein. *Notre-Dame de Paris*, de Victor Hugo. *Mar morto*, de Jorge Amado. *Vinho & guerra*, de Don e Petie Kladstrup. *Retratos parisienses*, de Rubem Braga. *Contos reunidos*, de João Antônio. *A vida de Joana D'Arc*, de Erico Verissimo. *A espuma dos dias*, de Boris Vian. *Ao sul de lugar nenhum*, de Charles Bukowski. *Mulheres*, de Charles Bukowski. *Holly-*

wood, de Charles Bukowski. *Factótum*, de Charles Bukowski. *A paz conjugal*, de Honoré de Balzac. *Grande sonho do céu*, de Sam Shepard. *O irmão alemão*, de Chico Buarque. *O cheirinho do amor*, de Reinaldo Moraes. *Macário*, de B. Traven. *Três contos*, de Gustave Flaubert. *Águas-fortes portenhas*, de Roberto Arlt. *A neve estava suja*, de Georges Simenon. *Bola de Sebo e outros contos e novelas*, de Guy de Maupassant. *A autobiografia de Alice B. Toklas*, de Gertrude Stein. *O sol também se levanta*, de Ernest Hemingway. *200 crônicas escolhidas*, de Rubem Braga. *O Paraíso das Damas*, de Émile Zola. *Írisz: as orquídeas*, de Noemi Jaffe. *Grandes esperanças*, de Charles Dickens. *Se liga no som*, de Ricardo Teperman. *Crônicas — Vol. 1*, de Bob Dylan. *Minha luta 1 — A morte do pai*, de Karl Ove Knausgård. *O coração é um caçador solitário*, de Carson McCullers. *A balada do café triste*, de Carson McCullers. *Trinta e poucos*, de Antonio Prata. *Walkscapes — O caminhar como prática estética*, de Francesco Careri.

E poemas de Maiakóvski, Baudelaire, Chacal, Dylan Thomas, Rimbaud, Alberto Martins, Angélica Freitas, Fabiano Calixto, Marília Garcia, García Lorca, Eduardo Sterzi, Eucanaã Ferraz, Cecília Meireles, Antonio Cisneros e Waly Salomão.

Eis a lista do que leram juntos nos últimos dez anos, nas manhãs de sábado e de domingo, ela deitada com o iPad no colo — se distraindo pra se concentrar —, ele sentado perto da janela com o livro aberto onde cai a luz.

De vez em quando um avião. De vez em quando os urubus.

SORTE

Namoramos há poucas semanas, ainda estamos nos conhecendo. Num jantar em casa de amigos, estão todos inspirados, alegres, engraçados. A cada dez minutos alguém tem um ataque de riso. As histórias são hilárias. Fazia tempo que algo assim não acontecia. É uma noite de sorte.
Na calçada, esperando o táxi, ela diz:
— Se você falar mais uma vez essa palavra, vou fazer xixi na calça.
Há uma criança em mim com uma varinha mágica na ponta da língua e um sádico em êxtase vindo do fundo das trevas pra triunfar.
Ela me olha, quer saber que tipo de homem eu sou. Se abrir a boca, perco a namorada. Ou a transformo numa prima. Respiro fundo. Não digo nada.
Passo dias me sentindo esquisito, melhor.

PAULISTA

Não é fácil amar São Paulo, mas não há nada mais fácil do que gostar da Paulista — foi o que pensei outro dia, enquanto caminhava em frente ao Masp, em direção à livraria do Conjunto Nacional. Era como se eu estivesse dentro de um desses romances franceses do século XIX sobre o surgimento da metrópole moderna: tarde de outono, multidão ruidosa!

Olhei pra cima e entendi: a avenida Paulista é um longo túnel destampado; uma larga faixa plana ladeada por prédios espelhados sob um céu com nuvens que de noite é roxo, rosa, laranja — que nunca escurece de verdade — e torres de tevê iluminadas.

Há no seu ar uma estranha sensação de liberdade, e é sempre um prazer (ia dizer um alívio) pisar nas amplas calçadas sem buracos vindo de qualquer um dos bairros tortos e tristes da cidade. Na Paulista o paulistano se sente um pouco estrangeiro e o estrangeiro se sente um pouco em casa. Por não ser de ninguém, a Paulista é de todos.

Do hippie sentado aos pés do banco Safra, do executivo de terno e da executiva de tailleur, do chapeiro que leva três horas pra chegar ao trabalho, dos alunos dos colégios próximos que matam aula pra fumar, dos músicos de rua, do ciclista careca que parece ter nascido junto com a ciclofaixa (e dá a ilusão de que a ciclofaixa tem sessenta anos), do casal com criança e skate aos domingos, do pai solteiro com bebê no cangote, do gringo louco por água de coco, da velha que aguarda no canteiro central, da modelo supermaquiada e do fotógrafo sem banho, das pernas que inspiram mais que aeroportos, das feministas, do Elvis Presley pirata, dos corpos sem cabeça atrás dos guarda-chuvas, dos espancadores de homossexuais, dos gays que se beijam didaticamente, dos que parecem estar em outro lugar, das travestis que andam em dupla, dos cinéfilos que lembram vampiros, do motoboy revistado pelo policial, do barbudo com pizza no sovaco, da magricela com a mochila cheia, do vendedor de milho e pamonha, dos donos das bancas de jornal, dos manifestantes contra, dos manifestantes a favor, dos golpistas, dos fascistas, dos analfabetos, dos que entregam folhetos que ninguém lê, dos que pedem um minuto da sua atenção, dos que tiveram seus filhos mortos pela polícia, dos balconistas de Alagoas, dos haitianos do Glicério e do Chile, dos desempregados que calçam tênis novos, da vendedora de óculos piratas, dos faxineiros que limpam vidraças pendurados em cordas, dos suicidas, dos apaixonados, dos funcionários do metrô, dos que ainda não perderam a esperança.

À Paulista só falta uma coisa: um grande bar. Um lindo bar fosco de sonho, com balcão de prata e paredes de vidro à beira de um jardim com filetes de água se rasgando na luz. No topo de um edifício ou no lugar de um deles. Um bar com comida e bebida de graça — onde se possa ficar em silêncio alguma vez.

LUGARES

rio Flexal/ rio Abobral/ rio Caracol/ rio Preto da Eva/ rio Reis Magos/ rio Tartarugalzinho/ rio dos Corvos/ rio Corda/ rio Combate/ córrego Fundo/ rio Anil/ rio Urubu/ rio Jangada/ rio Perdido/ rio Trombetas/ rio Brígida/ rio Canhoto/ rio Camevou/ rio Orobó/ rio Botas/ rio Bengalas/ rio Piabinha/ rio Capim/ rio dos Cavalos/ rio Parnaso/ rio Rolante/ rio Soturno/ rio da Telha/ rio da Âncora/ arroio das Caneleiras/ rio Camisas/ rio da Dúvida/ arroio dos Quilombos/ rio Pimenta/ rio Palha/ rio Ribeirão/ rio Trincheira/ rio Valha-me Deus/ rio Cauamé/ rio Ailã/ rio Alalaú/ ribeirão do Abrigo/ rio Diana/ rio Donana/ rio do Sono/ ribeirão Feijão/ rio Las Viegas/ ribeirão Laranja Doce/ rio Joana/ rio Vidoca/ rio Real/ rio Capela/ rio dos Sinos/ córrego Estrelinha

MÁRIO

Pra espantar um banzo de vários dias, levantei da cama assim que abri os olhos, tomei um banho como quem recebe um passe, virei uma jarra de café com leite e chamei um Uber. Destino: rua Lopes Chaves, 546, Barra Funda, São Paulo, onde de 1921 a 1945 — ano da sua morte — viveu o poeta Mário de Andrade.

O sobrado foi restaurado e é hoje (na verdade, desde os anos 1990) a Oficina Cultural Casa Mário de Andrade, que oferece cursos, palestras e outras atividades, além de ser um museu em homenagem ao autor de *Macunaíma*.

Eu nunca tinha ido lá. Fui e me surpreendi. É tudo muito bem cuidado. Zero mofo e zero naftalina. Nenhum cartaz pendurado torto. Luz natural no assoalho polido. Um guia simpático que fez a lição de casa e tem prazer em conversar a respeito.

Na entrada há um armário com fotos, cartas e documentos de Mário. Um longo bilhete destinado à mãe, com quem morava, chama a atenção. Nele, o grande intérprete do Brasil dá triviais porém minuciosas instruções sobre a maneira como seus ternos e camisas devem ser passados. Seria cômico se não fosse comovente por ser tão neuroticamente humano.

Na sala ao lado, no alto das paredes brancas, uma faixa de trinta centímetros de reboco escavado permite ver o cor-de-rosa adornado com flores — um costume da época, segundo o guia — da pintura original. Isso me fez lembrar que uma vez bebi num bar do Cambuci com o mesmo tipo de enfeite; nesse caso o pintor não era anônimo, mas Alfredo Volpi, o gênio das bandeirinhas de São João.

O piano no qual Mário dava as aulas que lhe garantiam o sustento também está lá. Mas confesso que sempre acho estranho topar com um instrumento musical num museu. Não que eu seja contra museus de música. Mas sensações são sensações (seja lá o que isso signifique), e sinto que um instrumento musical é algo vivo, algo que não merece ser confinado. Basta observar um violão por um instante pra perceber que ele só precisa de alguém que saiba tocá-lo. Ao contrário de nós, um violão só pensa em ser feliz.

Diante do piano de Mário de Andrade essa ideia se tornou ainda mais forte. Ou o seu dono ressuscitava dos mortos ou então era melhor chamar o Arrigo Barnabé pra cantar Lupicínio.

O ponto alto da visita foi sem dúvida poder entrar no escritório de um dos heróis dos meus vinte anos, um cômodo no andar de cima com duas janelas azuis abertas pra rua. Então foi aqui, pensei, enquanto repassava mentalmente a última estrofe do poema de abertura da *Lira paulistana*: "Minha viola quebrada,/ Raiva, anseios, lutas, vida,/ Miséria, tudo passou-se/ Em São Paulo". E foi apenas aqui: na solidão povoada que é a cabeça de todo escritor.

Agora o ar circula sem segredos. Incansável, o guia nos conta que a mesa, que a máquina de escrever, que ao lado do quarto da irmã ou da tia... Finjo que presto atenção. A falação termina. Agradeço e vou embora a pé, cruzando a cidade, "costureira de malditos", neste mundo velho sem Deus.

CINEMA

dói o dia, dói a vida
doer — meu único dom
não há cerveja que preste
nem há dose de bourbon
que anestesie os meus olhos
que ajuste da luz o tom
que leve pra longe as lágrimas
que encharcam meu moletom
só uma coisa me salva —
é ver Scarlett Johansson

o filme pode ser ruim
o filme pode ser bom
as fotos, sempre perfeitas
ainda que sem o som
da sua voz cobreada
dourada por um sol com
raios lunares — trançada —
voz da turma de Oberon
enfim, quando vejo e quando
ouço Scarlett Johansson

dormir com ela (divago)
debaixo de um edredom
depois de morrer um pouco
ressaca de Réveillon

acordá-la ronronante
na boca, nenhum batom
servir seu café na cama
e ovos, claro, com bacon
que talvez ela recuse
ela — Scarlett Johansson

a carne é pura alegria
minha bike é sem guidom
ninguém sabe o que é poesia
será Scarlett Johansson?

ZUMBIS

"Vamos no cinema hoje às 16h30 ver um filme coreano de zumbis (sério!)?", dizia o WhatsApp do meu amigo. Topei na hora. Não porque seja um grande fã de zumbis, pelo contrário, nunca penso neles, mas porque fazia tempo que eu não via esse amigo e em geral das 17h às 19h estou de saco cheio de tudo, já trabalhei o que tinha que trabalhar, não consigo mais ler nem cozinhar nem resolver aquelas pequenas encrencas domésticas — malditas roldanas do varal, quebradas há meses. Um filme coreano de zumbis! "Depois tomamos umas cervejas", continuava a mensagem. Encarei o convite como uma libertação.

Dentro da sala quase vazia, eu falava com meu amigo, que também é escritor, sobre o novo (e ótimo) livro do Matthew Shirts, *A feijoada completa*, quando vi um rosto conhecido subindo a escada. Eu disse:

— Cara, olha quem tá aí!

Era a terceira cronista de jornal naquela sessão da tarde, e tinha escolhido uma poltrona na mesma fileira que a nossa. Sentou do meu lado e nos ofereceu pipoca orgânica. Rimos da coincidência.

Houve uma rápida discussão em tom avacalhado sobre se devíamos: 1) manter em segredo o programa adolescente quando voltássemos pra rua, a fim de não manchar a reputação de ninguém, ou 2) escrever cada um uma crônica a respeito, já que nenhum de nós tinha qualquer reputação a perder. Então nossa amiga tirou o smartphone da bolsa e fez uma selfie, que postou no Facebook (não tenho Facebook mas me contaram), encerrando a conversa.

O filme de Yeon Sang-ho era um pesadelo persecutório: milhares de zumbis perseguindo uns poucos sobreviventes dentro e fora de um trem pra Busan, a única cidade do país (a Coreia do Sul) ainda não arrasada pela epidemia. Algumas cenas são de tirar o fôlego, aqui e ali dá pra levar um susto, mas não é um filme de terror e sim de ação. Gosto de filmes de ação e adorei *Invasão zumbi*.

Depois, num bar da Augusta, listamos as diferenças entre zumbis e seus primos distantes, os vampiros. Concordamos que vampiros são mais sofisticados, não andam em bando, são freudianamente melancólicos e romanticamente sensuais — poetas do século XIX batalhando por virgens de sangue fresco. Zumbis, por sua vez, não têm individualidade (um zumbi é um zumbi é um zumbi), se orientam por sons e parecem morcegos com catarata — não passam de máquinas de devorar carne humana. Chegamos à conclusão de que vampiros são mais interessantes, mas que de vez em quando só mesmo uma boa catarse com zumbis pra exorcizar o baixo-astral.

A noite caiu e nossa amiga foi encontrar o marido num restaurante; meu amigo e eu saímos atrás de um boteco barato. Acabamos no Pescador, a duas quadras de casa, onde o garçom ficou ofendido por eu ter perguntado pela milésima vez como ele se chamava. Cosimir! Claro: como esquecer um nome desses? Mas convenhamos: como lembrar?

Algumas horas mais tarde, já devidamente transformados, não em vampiros, quem me dera, mas em típicos zumbis do Baixo Augusta, cada um foi pro seu lado arrastando a promessa de na manhã seguinte escrever uma crônica sobre aquele dia engraçado e vagabundo. Com estas mal traçadas, cumpro a minha parte.

SHEPARDIANA

você diz que está angustiado porque não consegue escrever
e que não consegue escrever porque está angustiado

diz que esses tempos te tornaram cínico
e que só vai voltar a sentar a bunda
diante de uma folha em branco
quando entender o que aconteceu com a poesia brasileira
depois de 1994

vou te dar a real

prefiro jogar dominó num boteco do centro
a discutir política com você
prefiro cair de bêbado
no hall de entrada do meu prédio
a ouvir o seu blá-blá-blá autocomplacente

aprenda a consertar geladeira
faça um curso de primeiros socorros
qualquer coisa
mas não me encha o saco

DINHEIRO

pro Reinaldo Moraes

Adoro dinheiro, sei muito bem o que fazer com ele, gasto o que cair na minha mão sem o menor pudor e com grande prazer, mas infelizmente não tenho talento pra ganhá-lo. Deus dá asa pra quem não sabe voar. Ou Deus não dá asa pra cobra?

Ontem porém tive a minha segunda ideia pra ficar rico. Antes, vou contar a primeira, que tem mais de dez anos e que, como o leitor pode imaginar, foi um fracasso completo. Era o seguinte: levar um, dois, vários caminhões cheios daqueles limpadores de mesa pra Buenos Aires e transformar pra sempre os hábitos de higiene dos portenhos.

É que, em 2005, quando passei uma temporada longa na Argentina, nunca vi em casa nenhuma tal utensílio, que, acabei de ser informado pelo Google, leva os nomes de *minifeiticeira*, *escova de mesa* ou (coisa linda) *papa-migalhas*. Cheguei a encomendar um pra minha mãe; queria mostrar pros meus amigos hispanohablantes de que catzo eu estava falando; mas ela se recusou a pactuar com a minha "ideia de jerico".

Pra azar da nossa família, pois vejam como são as coisas: dali a um ou dois anos Buenos Aires foi invadida pelos papa-migalhas — e algum brasileiro mais esperto do que eu deve, nesse momento, tomar banho com champanhe francês, enquanto eu e minha mãe... Mas vamos deixar minha discreta progenitora neste quarto parágrafo e partir pro meu segundo insight no terreno das finanças.

O plano é desmontar minha biblioteca, que ocupa um dos dois quartos do apartamento onde moro, me desfazer de metade dos livros, guardar a metade restante na sala e no quarto de dormir, e encher o cômodo vazio dos objetos mais banais da nossa época: latas de refrigerante, prendedores de roupa, apontadores de lápis, cinzeiros, garfos, bolachas de chope, móveis das Casas Bahia, colheres de pau, escorredores de macarrão, copos americanos, escovas de dente, cabides, estatuetas de Iemanjá, sacolas plásticas de supermercado, sacos de papel da padaria, saca-rolhas polichinelo, celulares, preservativos, CDs, DVDs, cadernos, lâminas de barbear, Novalgina 1g, cortadores de pelo de nariz, rodinhos de pia etc. etc. etc.

Daqui a trinta anos essa tralha toda valerá uma fortuna, e eu hei de vendê-la pra algum milionário interessado no cotidiano do homem comum da primeira metade do século, que abrirá o Museu das Pequenas Coisas, visitado por milhões de turistas estupefatos.

Mas eles jamais saberão que a essa altura, próximo dos setenta e depois de passar por duas operações de safena, estarei vivendo com uma pintora e massagista japonesa na última praia deserta do Mediterrâneo, numa casinha de paredes caiadas a poucos metros do mar, aparelhada apenas com meia dúzia de livros de poesia, uma geladeira de cervejas, um galão de azeite, um pote de manteiga e dois pares de chinelo — um 43 e um 34.

Lá, entregues a um desejo simples e constante, a uma tristeza natural e suportável, a saudades sem mágoa e angústias sem culpa, nós te malediremos e te esqueceremos, vil metal.

AMY

o que matou Amy Winehouse não foi a vodca/ não foi o crack/ não foi o pó/ não foi a depressão/ não foi a solidão/ não foram os paparazzi/ não foi a fama/ não foi a monarquia inglesa/ não foi a inveja das outras cantoras/ não foi a infância triste/ não foi o pai mercenário/ não foi o marido interesseiro/ não foi a omissão dos amigos/ não foi a ausência de um analista/ não foi a falta de amor/ não foi a sina dos 27 anos/ não foi o acaso/ não foi o genocida da Noruega/ Amy Winehouse morreu porque não podia ser apenas uma voz

FRALDA

Ele queria livros emprestados. Tinha planos de começar a escrever. Mas principalmente queria ler boa literatura. "Nada de beatnik tomando pico de heroína no banheiro ou nego doido fazendo suruba no quarto da sogra. Disso eu já vi o suficiente. Também não tô com saco pra literatura brasileira. Me arruma uns desses gigantes aí, Dostoiévski, James Joyce."

Sem problemas. Entrei no escritório e olhei as estantes. Pra começar, *Matadouro 5*, de Kurt Vonnegut, *Franny & Zooey*, de J. D. Salinger, *Tanto faz*, de Reinaldo Moraes (resolvi arriscar um brasileiro), *Iniciantes*, de Raymond Carver, e *Amuleto*, de Roberto Bolaño. Devorou tudo em menos de dois meses.

Depois levou Philip Roth, Virginia Woolf e Kafka. Na sequência: Tchekhov, Poe, *Memórias de um sargento de milícias*, Dickens e Jane Austen.

Aí vieram Borges, Cortázar, Felisberto Hernández. Adorou Maupassant, Mark Twain e Italo Calvino. Quando leu Faulkner, disse que nunca mais queria ler Bolaño. Entrou de cabeça em Dostoiévski e ficou perturbado. Se encheu um pouco do *Ulysses* mas foi até o fim. Ouviu dizer que Proust é que era o cara e dedicou um semestre a *Em busca do tempo perdido*.

Então enchi uma sacola só com poetas: Fernando Pessoa, Drummond, João Cabral, Szymborska, Angélica Freitas, Matilde Campilho, Byron, cummings, Eliot, Baudelaire, Chacal, Nâzim Hikmet. Virou fã dos três últimos.

Da prosa brasileira contemporânea (a essa altura, não recusava nada), curtiu o *Diário da queda*, do Michel Laub, e *Budapeste*, do Chico Buarque, que ele chama de Chico Buraco.

Passou por Homero, Cervantes, Shakespeare e Voltaire. Voltou pros séculos XIX e XX. Se surpreendeu com Machado e Graciliano.

Nesse momento está lendo *Tarás Bulba*, do Gógol (anoto suas leituras num caderno). "Aqueles cossacos malucos", ele diz.

Quem vê o Fralda não acredita. Baixista de bandas punks (Ratos de Porão, Blind Pigs, Lobotomia), parece mais um líder dos Hells Angels do que um leitor compulsivo e vagamente aristocrático, que prefere Balzac a Hunter Thompson. Mora nos fundos de um estúdio de música de uns amigos e trabalha numa loja de vinis em Perdizes, onde faz a faxina e tira chope artesanal; tem quarenta anos e uma semi-barriga de cerveja; tatuou na testa a frase STONE DEAD FOREVER e usa mais pulseiras e colares que uma falsa baiana de acarajé de shopping.

Às vezes tenho a impressão de que trata o próprio corpo como se fosse uma galeria de arte — é uma performance ambulante. Minha mulher diz que ele tem uma noção forte de estilo. Mas acho que o Fralda (aliás, Christian Wilson, embora assine os e-mails como "tia Fralda") daria risada dessa conversa.

Na semana passada, veio me devolver *Os corumbas*, de Amando Fontes, e pegar uma nova leva. Fumando um cigarro enquanto esperava a chuva passar, contou de uma época em que dormia num "catre" na cozinha da casa da avó. E antes que eu demonstrasse qualquer estranhamento por aquela palavra tão pouco underground, ele interrompeu a história e perguntou rindo, orgulhoso:

— Gostou de "catre", animal?

MARQUESA

A marquesa saiu às cinco horas. O sr. Valéry saiu às 17h01. Às 17h12 estavam os dois no mesmo café. A marquesa sentou à mesa em que se encontravam a duquesa e a baronesa e, juntas, falaram mal da condessa, que estava feliz da vida com o novo amante, um jovem oficial da Marinha de bigode loiro. O sr. Valéry sentou sozinho, mas logo se fez acompanhar pelo fantasma de Mallarmé, a quem confessou alguns de seus problemas, como por exemplo o incômodo que os suspensórios lhe causavam — tinha sempre a impressão que uma alça era mais curta que a outra. Tentou falar também de filosofia, mas Mallarmé não embarcou na conversa; depois de morto tinha perdido o interesse por assuntos abstratos. Quando a marquesa foi ao banheiro, passou muito perto do sr. Valéry, que só conhecia de nome. "*Pas mal*", pensou, "melhor do que eu imaginava." O sr. Valéry não reparou na marquesa. (Ao contrário de Mallarmé, que babou feito um fauno à visão de seus braços rechonchudos.) Às 19h45 o sr. Valéry pediu a conta e foi embora, pois tinha o hábito de dormir cedo. Já a marquesa só chegou em casa às 8h21 da manhã seguinte, com uma baguete quentinha acomodada entre as alças da bolsa e um meio sorriso nos lábios desbotados.

FÉRIAS

Se moramos em São Paulo, nunca vamos poder passar férias na Liberdade, certo? Segundo a minha namorada, errado.

Foi ela quem inventou a viagem e as regras. Na sexta-feira, cada um levaria sua mala pro trabalho e, terminado o expediente, iria direto pro hotel Nikkey, em plena rua Galvão Bueno, de frente pro izakaya Bueno (que agora mudou pra alameda Santos). Até segunda-feira de manhã não poderíamos sair do bairro de jeito nenhum. A não ser em caso de emergência — bate na madeira. Os dois filhos dela ficariam com o pai.

Quando cheguei ela já estava no bar do lobby, tomando uísque e comendo castanhas. Por um instante não a reconheci. A partir daí, tudo o que aconteceu no fim de semana foi vivido em outro plano, em outra cidade, em outro país. Num Japão chinês-coreano imaginário, ou numa São Paulo menos dura e mais lírica.

Nosso quarto era enorme, a um só tempo aconchegante e esquisito. Tinha uma bancada de fórmica de fora a fora com uma sequência de cadeiras alinhadas — ideal pra quem sequestrou uma dúzia de alunos do ensino fundamental e quer obrigá-los a fazer a lição de casa. Na banca da esquina, compramos uma coleção de revistas sobre o Japão medieval, que lemos juntos com grande prazer. Levei meu livro de haicais de Bashô:

> *partamos em viagem*
> *contemplemos a lua*
> *e durmamos ao ar livre!*

Samuel, o inesquecível sushiman do Nikkey, que infelizmente não está mais lá, nos deu ótimas dicas de bares e restaurantes. A gente entrava, experimentava um prato, matava uma dose de saquê e partia pro próximo. Nesses lugares, recebíamos novas recomendações — e eu enchi um caderno vermelho com notas sobre comida e bebida e com histórias que as pessoas me contaram.

Entramos em lojas (canecas, quimonos, hashis decorados), num templo budista (deitados no chão, recebemos uma espécie de passe), na livraria Sol (patas de aranha em cascata nas belas páginas indecifráveis).

No café da manhã imitávamos os hóspedes japoneses: gohan, sunomono, peixe grelhado, missoshiro e chá.

Na feira da praça encontramos por acaso uns conhecidos cariocas, e almoçamos com eles numa das seis opções do predinho da rua da Glória, 111, cuja fachada branca e discreta esconde dois restaurantes por andar.

No domingo à noite recebemos um convite pra despedida de uma amiga que ia morar na Austrália. Agradecemos, pedimos desculpas, mandamos beijos, mas dissemos que não podíamos — estávamos presos na Liberdade. A princípio ela não acreditou, em seguida ficou brava e então teve a ideia de transferir a festa de uma casa noturna de Pinheiros pra Chopperia Liberdade, o famoso karaokê, Las Vegas nipônica que serve churrasco e temaki, cerveja e shochu, e onde se pode tanto cantar como jogar sinuca.

Voltando pra casa de metrô, minha namorada e eu nos prometemos viajar mais vezes dentro de São Paulo. Bom Retiro, Mooca, Bixiga, Barra Funda. Desbravar todos os bairros! Mas não cumprimos a promessa. Só fomos mesmo ao bairro oriental. Deve ser por conta do nome. É sempre agradável pensar nisso.

CARIOCA

brisa, me faça um favor
finja que é nossa bandeira
enquanto de carro vamos
pro bairro de Laranjeiras

MALLMANN

Não gosto de falar do que não entendo e, como não entendo nada de comida, os chefs e os críticos de gastronomia que eventualmente lerem esta coluna podem ficar sossegados ao reconhecer no título o nome do chef patagônico. Não vou tratar de sua cozinha premiada. Só quero não deixar passar em branco a impressão que sua figura provocou em mim. (Também não entendo nada de seres humanos, mas às vezes fico louco por alguns exemplares da espécie e, quando isso ocorre, sinto uma vontade incontrolável de escrever a respeito.)

Foi um amigo que me deu a dica: "Assiste o documentário sobre o Francis Mallmann na Netflix. Você vai pirar".

Ele estava certo.

Francis Mallmann, de quem até então, na minha cada vez mais vasta ignorância, nunca tinha ouvido falar, é mais poeta que muita gente que anda publicando poesia por aí. Ele viveu; ele não duvida que está vivo; seu discurso é apaixonado e dele transborda uma sabedoria muito particular.

Não aquela coisa chata de dizer pros mais jovens (morrendo de inveja da sua juventude): a vida é cruel, seus sonhos são ingênuos, eu também tive sonhos assim e eles foram massacrados. Com Mallmann esse papo não rola. Você vê a coragem e a franqueza com que ele faz suas escolhas — seus erros e acertos, sua capacidade de arriscar — e você fatalmente se pergunta se ainda está no caminho verdadeiro ou é mais um que se acomodou.

Aos 59 anos, só não parece estar no auge de sua existência porque é uma dessas pessoas que estão sempre dispostas a realizar o próximo gesto, talvez decisivo; que desejam o futuro porque amam o presente e aceitam o passado porque ele também já foi o agora.

Há como que uma liberdade flutuante em torno desse homem de cabelos brancos desgrenhados que não tira o chapéu dandino de *gaucho* que morou em Paris e adora rock'n' roll.

Seus cordeiros abertos em espetos à beira de um fogo aceso na neve, suas trutas cobertas de argila e assadas na brasa de um forno a lenha, seus legumes enterrados em covas seguindo uma antiga tradição dos Andes são como as grandes imagens dos grandes poemas e, pela crueza e sofisticação — ou melhor, pela crueza consciente, espécie de quinta-essência de uma arte desenvolvida ao longo de meio século —, lembram os últimos discos de Bob Dylan, em que o genial letrista gane seus versos feito o espantalho em chamas de um milharal metafísico. Se Dylan cozinhasse, faria coisas assim.

A certa altura do documentário ele diz:

— Sou um cozinheiro que quer transmitir um estilo de vida. Sempre cozinho em lugares selvagens, desertos, com fogueiras. Então minha mensagem é esta: levante da cadeira, do sofá, do escritório e vá conhecer o mundo!

Por que não — hipócrita leitor, meu igual, meu irmão?

BALDINHO

Aonde quer que fosse, levava um balde de alumínio, desses de deixar sobre a mesa com gelo e cervejas. Dele tirava, quando necessário: carteira, óculos escuros, analgésicos, livros, CDs, chave, smartphone, cartões com dicas de restaurantes, maçã, baralho, guarda-chuva, moletom. Pelas costas, começaram a chamá-lo de Baldinho. Quando, numa sexta-feira, soube do apelido, se sentiu esquisito e passou o fim de semana como que de luto. Na segunda-feira doou o balde pro porteiro do prédio onde vivia com a mãe e comprou numa loja do centro uma mochila preta, a mais discreta e comum. Fez questão de rever os amigos e os colegas de trabalho. Queria marcar o fim de uma era de inquietação e liberdade traduzidas em extravagância, e o início de uma vida sem confrontos com a moral e os costumes de seu tempo. Mas continuaram a chamá-lo de Baldinho.

VEXAME

1

Essa vai ser difícil de contar, mas coragem:

Era segunda-feira, quatro da tarde, eu estava desde cedo escrevendo e lendo e cozinhando e não aguentava mais ficar em casa. Tirei uma nota de cinquenta reais da carteira, peguei a prova de um romance russo que eu tinha que revisar pra semana seguinte e fui pro Charm, um boteco inteiramente desprovido de charme na esquina da Augusta com a Antônio Carlos. O plano era voltar em duas horas no máximo.

Pedi uma cerveja, a cerveja me animou, parei de trabalhar e mandei mensagens pra alguns amigos que moram na região. Um deles, também escritor, estava à toa e chegou rápido. Tomamos cerveja, ele comeu um sanduíche, eu não comi nada porque tinha almoçado e quando vi já estava bêbado, num outro boteco, bebendo cachaça e falando bobagem.

Mas meu amigo tinha um jantar com um editor às oito. Era quase isso. Ele me convidou pra ir junto. Eu disse "sem chance". Ele teve uma ideia: eu iria pro bar de um amigo nosso, que fica próximo ao restaurante onde ele encontraria o editor, e me sentaria na mesa de algum conhecido. O jantar duraria uma hora e meia, garantiu. Assim que terminasse, ele correria do restaurante pro bar e a gente beberia até amanhecer.

Ele me emprestou uma grana, pegamos um táxi, eu desci e ele seguiu em frente.

Na porta do bar, me dei conta de que não conhecia ninguém lá dentro. Fiquei na calçada, bebendo em pé. Minhas pernas estavam bambas. Eu estava exausto. E onde, vida lazarenta, tinha ido parar a prova do Dostoiévski? Ainda não era, mas parecia o fundo do poço.

Foi aí que reparei nas lanternas japonesas. Dois balõezinhos vermelhos flutuando do outro lado da rua, quase em frente ao bar. Como que saídos do sonho. Como que chamando por mim. Eu adorava aquele lugar. Era minúsculo, lindo e aconchegante, com peixes fresquíssimos e um sushiman fantástico — um sushiman que, se fosse barbeiro, eu deixaria sem medo que me barbeasse durante um terremoto.

A essa altura eu tinha menos de trinta reais no bolso.

Atravessei a rua como quem sobe do Inferno pro Paraíso, mas sem a permissão de Deus nem o auxílio do Diabo. Sentei no canto do balcão e disse a mim mesmo: o certo era você ir embora agora, de táxi. Se não for, peça uma cerveja ou uma dupla de sushis e encare uma caminhada até o metrô. Essas são as duas únicas opções.

Quando o garçom se aproximou, eu disse:

— Quero um combinado especial, um temaki de polvo, uma cerveja grande e uma dose de saquê.

Depois pensei: essa pode ser minha última refeição em liberdade. É melhor aproveitar. Comi sem pressa e sem esperança: aquilo não tinha como acabar bem. Em todo caso, não custava tentar. Estudei o ir e vir do garçom e, no momento em que ele entrou de novo na cozinha, eu abaixei o boné, levantei devagar, dei boa-noite pro segurança e pulei pra dentro de um táxi.

Com a cabeça já no travesseiro, tentei me convencer de que não tinha motivos pra acordar culpado no dia seguinte:

— Tá tudo bem. Acontece. Os sushis estavam maravilhosos.

2

— Oi, boa noite. Eu gostaria de falar com o dono do restaurante, por favor.
— Quem fala?
— Prefiro não me identificar. Mas é importante. E do interesse dele.
— Alô?
— Olha, desculpa, eu não quero me identificar, mas aconteceu o seguinte: ontem à noite eu fui aí no seu restaurante, vi que tava sem a carteira e saí sem pagar.
— Como?
— Eu sou cliente de vocês. Adoro o restaurante. Mas ontem eu tava numa festa aí perto. Minha mulher foi embora antes de mim. Minha carteira tava na bolsa dela. Eu fiquei bêbado. Saí da festa não lembro como. Comi um combinado... umas cervejas... Na hora de pagar que eu vi o problema. Eu tava bêbado demais pra tentar explicar o que tinha acontecido. Fiquei apavorado e fui embora sem pagar. Tô morrendo de vergonha. Queria que o senhor me passasse o número da sua conta pra eu depositar o que devo. Foi um combina...
— Pode repetir história?
Repeti.
— Nom precisa pagar. Dessa vez sushi de graça. Se veio aqui em restaurante bêbado, é porque gosta de restaurante. Se ligou pra contar, é porque boa pessoa.
— Acho que o senhor tá enganado...
— Nom, nom. Aqui como casa de cliente.
— Senhor, acredite, eu fiz todo um cálculo pra conseguir fugir sem o garçom me pegar. Não sou boa pessoa, não. Me passe os dados da sua conta, por favor.
— Nom tá entendendo? Hoje nom paga. Próxima vez que nom tem carteira fala comigo. Aí nom precisa correr, né?

— Acho que vou sair mais humilhado dessa conversa do que do seu restaurante.
— Como?
— O senhor é que é uma boa pessoa.
— Conversa ruim: boa pessoa, má pessoa... Má pessoa quem mata outra pessoa.
— Ah, meu Deus... Bom, obrigado. Obrigado mesmo! Juro que vou voltar aí em breve.
— Traz carteira, hihihi.
— Pode deixar.
— Cliente bem-vindo.
— Muito obrigado. Uma boa noite pro senhor! Bom trabalho.
— Arigatô!

IDEIA

A amiga de trabalho com quem eu voltava a pé pra casa teve uma ideia: "E se a gente parar em todos os bares do caminho até o ponto em que cada um vai pro seu lado?". Isso significava beber em boa parte da Faria Lima e de ponta a ponta na rua dos Pinheiros. A segunda opção era seguir um pouco mais pela Faria Lima e subir a Teodoro Sampaio. Tanto num caso como no outro seríamos obrigados a encarar também as ruas perpendiculares, coalhadas de botecos. Era trabalho pra mais ou menos dois anos, segundo nossos cálculos. Nunca fiquei tão eufórico pra começar a trabalhar. Durante semanas, tudo funcionou à perfeição. Mas então minha amiga teve um problema de saúde e precisou fazer repouso. Quando se recuperou, eu saí de férias e, na volta, soube que ela estava grávida. Meses depois eu pedi demissão.

Dos muitos planos frustrados da minha vida, esse é um dos que mais lamento.

TORCICOLO

Naquele dia cheguei na editora com um torcicolo tão forte que ganhei o apelido de Torre de Pisa.

Na cozinha em que a equipe se reunia pra tomar café, não faltou quem me desse conselhos pra sarar logo. (O pior de ficar doente é ter que ouvir conselhos de parentes, amigos e conhecidos. Sem falar nos chatos melancólicos, que te acolhem como se finalmente você tivesse entrado pro time deles, dos que não querem mais viver.)

Às cinco da tarde, não aguentando mais de dor, perguntei se alguém conhecia um(a) massagista. Conheciam, mas eram massagistas de madame, e após um mês de férias em Chicago eu estava sem dinheiro.

A solução foi apelar pros classificados do jornal. Por experiências próprias em madrugadas solitárias, eu sabia que massagistas de jornal não oferecem exatamente os serviços que anunciam. Mesmo assim, pensei, será que não havia uma única massagista de verdade, recém-formada e barateira, perdida ali no meio do pessoal festivo?

Puxei a cadeira pra perto do telefone decidido a encontrar essa salvadora. Depois de muito "oi, gato, faço completinha", atendeu uma garota de voz doce e comum (parecia ter no colo um pacote de bolachas). Cheguei a perguntar "você é massagista mesmo?", ao que ela respondeu "claaaro".

Quando abriu a porta (jovem, branca, bochechas vermelhas, gordinha — uma heroína de Dostoiévski), achei tudo normal: tevê ligada, chinelo no tapete, gato no sofá.

Passamos pela cozinha, onde uma mulher mais velha comia feijão com macarrão. Sem parar de comer, ela me cumprimentou erguendo o garfo com a mão esquerda.

A sala de massagens era um quarto minúsculo, com uma cama com buraco pra enfiar a cabeça (invenção genial) e uma mesinha com óleos e cremes (ok, massagistas também usam). Só estranhei a luz roxa.

Ela avisou que ia buscar uma toalha e enquanto isso eu podia ir tirando a roupa. Expliquei que não tinha short — tudo bem ficar de cueca? "Fica pelado", respondeu, e riu de um jeito que queria ser sexy.

Sorri de volta, lembrei da minha namorada (a gente tinha acabado de se conhecer) e disse:

— Olha, não me leve a mal, você é linda, em outras circunstâncias... Mas não vim atrás de programa.

Ela ficou sem graça e saiu. Culpado, tirei a roupa e deitei. Ela reapareceu de biquíni. Começou a massagear meus pés. De repente parou e se afastou da cama, encostando na parede. Levantei a cabeça — o que aconteceu? Ela respirou fundo e explodiu:

— Eu não entendo as pessoas! Quando eu não fazia programa, os caras tentavam de tudo comigo. Agora que eu me conformei, agora que faço tudo sem pensar muito no que tô fazendo, aparece um louco como você e me rejeita.

Depois, mais calma, jurou que tinha feito faculdade de Educação Física em Londrina e vários cursos de massagem por aí. Acreditei e disse que acreditava. Paguei o que devia e me vesti.

No elevador, ainda a ouvi comentar com a amiga:

— O ser humano é foda! Cê não acredita o que aconteceu. Escuta essa.

RUA

acho que vou me apaixonar por uma rua/ quatro quadras de vida banal fervilhante/ tem luz verde-escura — prédios de médio porte/ uma vitrine de perucas e uma balança centenária/ um pixo vermelho onde se lê DESDÊMONA/ mais ou menos uns cinco pê-efes decentes/ dois cafés berlinenses e uma galeria de arte/ de tarde estudantes bebendo cerveja/ talvez o melhor acarajé do Sudeste/ velhos mafiosos que lembram Nápoles e Buenos Aires/ uma velha que ainda faz a conta no lápis/ peões de botina e designers viajados/ um restaurante italiano com uma janela grande e alta/ o que me excita no verão são essas nuvens dilatadas/ esse túnel de vento bem no meio do inferno/ acho que vou me apaixonar por uma rua/ e passar alguns meses ouvindo só Bola de Nieve

SICÍLIAS

Às vezes, quando estou cansado ou deprimido, depois de um dia de trabalho ruim ou depois de ler um e-mail irritante, entro no Google Earth e viajo sem mala e sem dinheiro pelo mundo.

Me arrasto por vielas de Tóquio cheias de bares minúsculos com letreiros ilegíveis; plano pela ilha verde e despovoada onde o escritor norueguês Karl Ove passou a infância (e que é o pano de fundo do terceiro volume da sua série autobiográfica); paro no centro de uma praça de Paris onde há jovens e velhos jogando *pétanque*, a bocha francesa, com bolas reluzentes de metal; confiro as samambaias que pendem das sacadas de ferro rendilhado em New Orleans; visito meu bairro preferido em Buenos Aires; revejo (imagino, porque a imagem não é tão boa) a luz amarela da Bahia; desço até o litoral de São Paulo e prometo a mim mesmo que até o fim do mês vou pra lá de verdade, de ônibus, pra não esquecer que sempre há uma saída, nem que seja pro mar; atravesso os campos da Mongólia, com seus cavalinhos peludos e desengonçados; desço em Moscou (claro!, por que nunca pensei em ir pra Moscou?); fico um bom tempo observando uma ponte vermelha na Irlanda que uma mulher de rosto borrado e meias-calças pretas atravessa com a luz neon de um pub ao fundo.

Depois a Itália — abro um vinho, Veneza, faço anotações repetitivas e sem qualquer censura: "pele de afresco", "olhos de afresco florentino", "olhos de afresco" etc. Mas na Sicília me dou conta de que estou bêbado e com sono. Levo a garrafa vazia pra cozinha, desligo tudo e vou dormir.

E já que falei em Sicília, transcrevo abaixo um trecho do romance siciliano O *Leopardo*, de Lampedusa, na tradução de Maurício Santana Dias, que li nas férias com grande prazer. Nele, o protagonista de meia-idade, ainda viril mas insatisfeito com o rumo que sua vida erótica está tomando, contempla uma fonte sensual em seu palácio de verão. (Aqui aconselho o leitor a mudar sua chave de leitura do *estilo vira-lata* pro *estilo chique*, que a prosa de Lampedusa é chique mesmo.)

"Sopradas pelos búzios dos Tritões, pelas conchas das Náiades, pelas narinas dos monstros marinhos, as águas irrompiam em filamentos sutis, martelavam com pungente rumor a superfície esverdeada da bacia, produziam saltos, bolhas, espumas, ondulações, frêmitos, remoinhos risonhos; de toda a fonte, das águas tépidas, das pedras revestidas de musgos aveludados emanava a promessa de um prazer que jamais poderia se transformar em dor. Sobre uma ilhota no centro da bacia redonda, modelado por um cinzel inábil mas sensual, um Netuno rude e sorridente agarrava uma Anfitrite libidinosa; o umbigo dela brilhava ao sol encharcado pelos jatos, ninho, em breve, de beijos secretos na penumbra subaquática. Dom Fabrizio parou, olhou, recordou, lamentou. Permaneceu ali por um bom tempo."

FEIRA

Quatro ou cinco vezes por semana, às seis e pouco da manhã, pego um táxi na esquina da casa da minha namorada e volto pro meu apartamento. Uma vez por mês ou a cada quinze dias, às sextas, perto das oito horas — grogue de sono e/ou de ressaca —, desço duas quadras antes, na esquina da feira, pra comer pastel e tomar caldo de cana. Sempre como um de carne, em pé, com vinagrete e molho de pimenta. Deixo metade do copo pra matar numa golada depois da última mordida.

Na barraca ao lado fica um amolador de facas. Gosto de observá-lo trabalhando. Gosto de ver a lâmina faiscar. Gosto até mesmo do barulho infernal que o esmeril produz. Mas se reparo melhor surpreendo seu rosto numa expressão de ódio. Parece um mágico arrependido de ser um farsante ou um vampiro de saco cheio da eternidade — e de algum modo misterioso parece descender do saltimbanco de Baudelaire, o "velho homem de letras que sobreviveu à geração a quem divertiu brilhantemente" e agora é vítima da ingratidão pública. Admiro esse senhor amargo e algumas vezes pensei em ouvir sua história. Mas tenho medo de conversar com ele e descobrir que é só mais um fascista.

Amo demais pastel com garapa pra correr esse risco.

CONFISSÃO

Dias antes de entrar na sala de cirurgia, meu avô pediu pra chamarem um padre, pois queria se confessar. Anos depois minha avó me contou, com embaraço, que a confissão se resumiu a isso:

— Padre, eu fiz de tudo. Só não matei.

Sei que nesse "fiz de tudo" cabem as maiores maldades, mas meu avô devia saber o que estava dizendo. Não o imagino inflacionando seus pecados, se martirizando na hora fatal (aos que lhe desejavam boa sorte, dizia, sem drama, que não sobreviveria a essa segunda operação). Passou boa parte da vida longe dos santos da igreja e mantinha uma distância segura dos santos da sociedade. Era violento e lírico, e dava a impressão de carregar um bom fardo de culpa pra onde quer que fosse.

Quando fiquei próximo dele, isto é, quando cansou de rodar o interior do Mato Grosso e do Pará e parou de me enviar cocares, arcos e flechas de presente, ele já era velho pros meus padrões da época — um velho loiro e forte —, e eu tinha nove, dez anos no máximo. A gente sentava um de frente pro outro em cadeiras de ferro na varanda da casa dele, meu avô acendia um cigarro, depois outro, e me contava histórias da sua infância e adolescência — tocando boiada, correndo a cavalo e apanhando de chicote. Era cego de um olho por ter caído de um burro chucro ou por ter pulado de cabeça na piscina vazia de um hotel, ninguém sabia. Eu achava as duas versões igualmente terríveis e nunca pensei em lhe pedir explicações.

Pelo menos uma vez por semana, durante três ou quatro anos, íamos juntos pra fazenda que ele administrava. Ele passava em casa às cinco horas com um jipe vermelho; eu o esperava na porta; minha mãe perguntava se ele queria entrar pra tomar café, ele agradecia; eu sentava no banco do carona, ele dizia "pronto, peão?" e acelerava. O caminho era de terra, o sol nascia atrás das árvores, as vacas comiam capim fresco, os urubus planavam lá no alto — e não há amanhecer que não me traga de volta um pouco daquelas viagens alegres, sem nostalgia nem arrependimento, cheias de medo e o dobro de coragem.

Minha admiração por ele era tão grande que eu tinha vergonha de viver na cidade, de ser bom aluno, de querer estudar medicina. Me afastar dele pra sair com os amigos no sábado à noite pra beber cerveja e arrumar namorada foi um troço difícil, parecia traição. Estranhamente, quando comecei a ler poesia voltei a me sentir conectado com esse avô antiliterário, que acima de tudo era um homem gentil, pelo menos comigo e com a minha mãe, sua nora.

Foi só depois da sua morte que consegui escrever do meu jeito. Não quero fazer psicanálise de boteco, mas lembro que acreditava, e de certa forma ainda acredito, que essa perda estava por trás dos primeiros poemas que tive vontade de publicar.

Um lugar-comum ligado à escrita faz pensar que se escreve pra resgatar o que se perdeu, como quem procura joias no leito de um rio ou retira corpos do fundo do mar. É verdade. Mas o contrário não é mentira: também se escreve pra enterrar os que amamos e seguir em frente — mesmo sabendo que eles não estarão lá.

FIGURA

Adora o prato do dia dos botecos. Segunda, virado à paulista. Terça, dobradinha. Quarta, feijoada. Quinta, macarrão com frango. Sexta, peixe. Sábado, feijoada de novo. (No domingo sofre, trancado no quarto, lendo jornal.) Não que sobreviva à base dessa dieta. Em geral almoça em casa. Mas gosta de saber que ela existe. Que ao meio-dia de uma segunda-feira, por exemplo, milhares de bistecas acompanhadas de arroz, couve, tutu, torresmo e ovo são devoradas pela cidade. Diz que lhe dá uma sensação de ordem, de segurança, de que bem ou mal a coisa toda funciona, de que estamos juntos e no caminho certo.

BOLA

No lindo gramado diante do mar, a pousada tinha duas pequenas traves de PVC com rede e tudo, mas não tinha bola. Não jogo futebol há vinte anos, mas quando vi os golzinhos de bobeira fiquei com vontade de dar uns chutes. Pensei em comprar uma bola qualquer no centro da cidade. Depois lembrei de amigos com tornozelos e joelhos destroçados em peladas de fim de semana e desisti.

Certa manhã, ao lado da espreguiçadeira onde eu lia um romance deprimente, um pai e o filho de oito ou nove anos tratavam com excessiva delicadeza uma bola colorida. Pelo sotaque, eram argentinos. Quase levantei pra puxar conversa, contar que morei em Buenos Aires — com sorte me convidavam pra jogar. Mas tive pudor de atrapalhar aquele momento de intimidade entre pai e filho.

À tarde, porém, voltando de uma das praias do outro lado da ilha, topei por acaso com um saco de bolas em frente a uma papelaria. Pedi pro amigo que dirigia parar. Escolhi a mais firme, preta e branca, de borracha — um clássico —, e ao entrar no carro não era mais o mesmo.

Com aquela bola simples e perfeita sobre as pernas, senti todo o peso de ser um homem responsável (há quem duvide que eu tenha chegado a tanto) se evaporar no ar salgado e indiferente. Mudo, sem prestar atenção no papo dos três adultos que me acompanhavam, eu só queria saber dos gols que faria dali a pouco — numa alegria paralela à das ondas. Meus doze anos renasciam das cinzas. Meu corpo pesado estava tinindo de novo.

Na pousada, deixei a mochila com a minha namorada e corri pro campinho com a bola embaixo do braço.

O menino portenho estava lá, perdido, procurando alguma coisa atrás do gol. Eram caracóis, que ele dispunha numa longa fila em cima da cerca de madeira que separava o gramado da praia. Perguntei se queria jogar. Não respondeu. Chutei a bola pra ele e ele chutou de volta pra mim.

Combinamos as regras: gol só dentro da grande área e defesa com as mãos só dentro da pequena área — marcamos as linhas com chinelos e camisetas. Cinco vira, dez acaba.

O moleque era melhor do que eu imaginava e em poucos minutos estava 3 a 1 pra ele. Mas eu não estava ali pra brincadeiras. Fiz, não me orgulho, algumas faltas quase graves. E não consegui evitar uma gargalhada abjeta após lhe dar um chapéu e marcar mais um. Placar final: 10 a 3 pra mim.

Então seus olhos se encheram de lágrimas. Foi até a cerca examinar os caracóis e na volta me desafiou a encarar outra partida. Disse que um dia seria jogador da seleção e que nunca perdia pros amigos do pai, velhos e barrigudos como eu. Devia ser verdade, pois dessa vez ganhou de 10 a 0.

Um dos meus melhores chutes ele defendeu com um salto de tigre digno de um Neuer, o goleiro alemão. Ao ficar em pé, disse:

— *Piensan que soy arquero, pero soy jugador!*

Esse momento de excessiva vaidade quase me fez reativar o modo agressivo-demente de antes. Mas agora o encanto estava quebrado e eu era apenas um tiozão à beira de um infarto brincando com um menino corajoso nas férias de verão. Sua mãe apareceu, nos apresentamos, fiquei sabendo que o meu amigo se chamava Bautista. Um bom nome de jogador.

COPO

Meu avô deixava o copo de geleia em que tomava café no canto da pia, ao lado da garrafa térmica. Bebia café das cinco da manhã às três da tarde em pequenas goladas de um dedo. Usava o mesmo copo de segunda a segunda, passando uma água nele depois de cada dose. Uma vez por semana lavava com bucha e sabão. Meu avô era um homem revoltado. Sei que não dá pra perceber. As pessoas também não percebiam.

EXCURSÃO

Eu já disse em algum lugar que o Kintarô, na Liberdade, é o melhor boteco do mundo. Logo, é o melhor boteco de São Paulo. Mas o melhor boteco do Brasil fica no Rio de Janeiro e se chama Adega Pérola.

Estou organizando uma excursão pra lá. Ainda há vagas. Os(as) interessados(as) por favor me escrevam.

O plano é alugar uma van pra dez pessoas, sair daqui às três da madrugada e chegar ao Rio às nove, dez da manhã. (Alguns amigos já confirmaram presença e a prima carioca da minha namorada gostou tanto da ideia que, em vez de nos encontrar por lá, vai vir do Rio pra São Paulo só pra cumprir todo o ritual.) Também pretendemos alugar uma quitinete no prédio vizinho à Adega, pra quem quiser tirar um cochilo, usar o banheiro, tomar uma ducha, praticar o amor livre e/ou proibido — antes, durante ou depois da esbórnia.

Às onze faremos, os mais atletas, uma corrida pelo calçadão de Copacabana (a Adega Pérola fica a cinco quadras do mar). Eliminadas as impurezas no suor da maratona, de banho tomado, com roupas limpas e chinelos confortáveis, ao meio-dia entraremos nesse templo do chope gelado e dos frutos do mar fresquíssimos com a fome e a sede dos arqueiros de Genghis Khan após muitos dias a cavalo pelas desconfortáveis estepes mongóis.

Como as mesas da Adega são retangulares, pequenas e fixas, com um dos lados menores do retângulo chumbado na parede e três bancos diante de cada um dos lados maiores chumbados no chão, precisaremos de duas. À nossa volta, os garrafões de vinho tinto nas prateleiras que vão até o teto e, ao alcance de um passo, o balcão à portuguesa dos petiscos divinos: camarões, vieiras, sardinhas, morcilhas, berinjelas, polvos... A variedade é impressionante; como se paga por peso, é possível provar boa parte deles.

— Cem gramas de rollmops (enrolados de sardinha crua), cem de alho (um alho de outro planeta, que não queima nem dá mau hálito), cem de salada pérola do mar, ó pá!

Dizem que o botequim quase fechou em 2010, mas três clientes, talvez de porre na própria Adega Pérola, fizeram uma vaquinha e a salvaram da extinção. No entanto, ao contrário do que acontece com 99,9% dos bebuns, no dia seguinte não devem ter sentido nenhuma ressaca moral, pois tinham feito um puta negócio. Pelo menos pra nós, hedonistas insatisfeitos sem muitas opções de bares sem tevê, sem hostess nem segurança na entrada, sem grade antimendigo na calçada, sem catraca na porta nem comanda (no bolso? na bolsa de alguém? debaixo da mesa? na janela do banheiro? onde foi que enfiei essa porcaria de comanda?) — quando o prazer de quem frequenta bar é justamente perder o comando da vida e esquecer por algumas horas as grandes chatices e as pequenas tragédias que em geral a acompanham e tantas vezes a estorvam.

Às dez da noite, depois de muito papo furado, quarenta chopes e não sei mais quantas cachaças, pegaremos a inútil van de volta pra São Paulo — radicalmente satisfeitos, merecidamente exaustos e inevitavelmente melancólicos.

Sugiro um sábado de sol. Porque o domingo vai ser brabo.

VINGANÇA

Mora num sobrado cujos fundos dão pra uma churrascaria. Tem trinta anos e vive sozinha, com um gato tigrado. É domingo por volta das seis da tarde e a churrascaria já fechou. Normalmente não fecha tão cedo, mas hoje é a missa de sétimo dia da mãe de um dos sócios, dona Fernanda. A moradora do sobrado também se chama Fernanda. Está sentada a cavalo na mureta da lavanderia, fumando um Marlboro e acariciando o gato. De repente o isqueiro escapa da mão, ela tenta alcançá-lo, perde o equilíbrio e cai em cima do telhado da churrascaria. As telhas se partem e ela dá de cara no chão. Apaga por uns segundos. Acorda sangrando, com dores no corpo inteiro. Não consegue levantar nem gritar alto. Pede socorro como pode. Ninguém escuta. Passa a noite com medo de ficar paraplégica. De manhã um empregado vai abrir a porta, mas ouve barulho e pergunta quem é. Fernanda responde com voz de fantasma. O empregado, que é espírita, lembra da mãe do patrão e vai embora assustado. Só três horas depois aparece outro empregado. Fernanda demora pra se recuperar. Quando fica boa, descobre o endereço do primeiro empregado e passa dias observando a casa. Enfim se decide: ovos. Compra uma bandeja. Espera a cidade dormir, para o carro no meio da rua (fica em dúvida se deve ou não desligar o motor e acha melhor deixar ligado), amarra um lenço sobre o rosto, desce jurando que nunca mais se mete em roubadas e atira ovo por ovo na porta do imbecil.

ESCURA

É uma loja grande e escura no centro da cidade, uma quadra abaixo da estação de trem. Quando visito a família, entre um churrasco e outro vou até lá pra olhar as gôndolas atulhadas de baldes, bacias, chaves de fenda, garfos, colheres, facas "de folha", afiadores de vários modelos, pedras de amolar, parafusos, porcas, pregos, chapéus de palha, borzeguins, rolos de corda, rolos de arame liso e farpado, mangueiras de borracha, churrasqueiras, copos, pratos, espetos, pegadores, canivetes, facões, balaios, enxadas, carriolas, rastelos, pás, moringas de barro (com adornos vermelhos), latões de lixo, sacos de cimento, samburás, anzóis e varas de pescar.

Às vezes volto pra casa dos meus pais com objetos que dificilmente vou conseguir usar em São Paulo, e que vão dar trabalho pra acomodar no ônibus. Mas em geral só compro mesmo um dos afiadores de faca, pra dar de presente a algum amigo cozinheiro, e uma das tais facas de folha, que enferrujam de maneira pouco higiênica, embora peguem rapidamente o melhor corte.

É uma loja grande e escura, eu dizia, no centro da cidade onde nasci, e dentro dela me sinto protegido, distante da neurose e dos problemas, sonhando com uma das vidas que não tive e me esquecendo da vida real em que me perco enquanto a atravesso e sou por ela atravessado.

Tem meia dúzia de atendentes, conheço dois ou três pelo nome, e o dono do lugar é sempre simpático comigo — já conversamos mais de uma vez sobre faroestes clássicos. Sabe que gosto do seu negócio, que se me mudasse de novo pra lá seria seu freguês. Mas também sei que me veem como um tipo que há vinte anos vive na capital, que a essa altura é mais metropolitano que interiorano, um cara talvez meio esquisito, ou apenas ridículo, que se interessa por coisas de que não precisa, coisas das quais não entende nada.

De vez em quando penso em largar tudo e virar sitiante. Me enfiar no meio do mato e ficar cavoucando. Passar o dia sem falar uma palavra e de noite ouvir música sem letra na varanda. Mandar e-mails, chorar um pouco, desejar morrer.

De vez em quando penso que no fundo o que eu queria era ser artista plástico. Ter um ateliê cheio de ripas de madeira, latas de tinta, pincéis, serrotes, martelos, goivas. Triturar, colar, secar, pendurar na parede. Compor no espaço — não no tempo.

Mas acho que estou exagerando um pouco.

Da última vez gastei uma eternidade olhando uma caneca de alumínio. Não a coloquei na cesta de compras. Pra ser sincero, mal consegui tocá-la. De repente minha existência pareceu absurda, e eu teria que trocar de roupa e de pele antes de usar aquela caneca industrial. Ou pelo menos pintar de outra cor as paredes da sala. Era trabalho demais, desisti.

Agora tenho uma caneca imaginária — que brilha na sombra quando bebo água.

LANCHONETE

Uma garota de classe média tomando vitamina e mordiscando um pão de queijo no mesmo espaço onde trinta operários da construção civil comem feijoada e falam alto. Os uniformes são azuis. Os fones de ouvido são laranja. Quase todos negros. Ela, muito branca.

ANIVERSÁRIO

Ouvi esta história de um casal de amigos. Se alguém duvidar de sua veracidade, que vá tirar satisfações com eles, pois juro que não inventei nada.

Bárbara, a filha deles, ia fazer três anos. Os pais mandaram convites pra todas as crianças do prédio. A mãe fez salgadinhos e um bolo de chocolate. O pai comprou refrigerantes e sucos. Juntos, eles encheram e penduraram as bexigas. Bárbara, louca de ansiedade, não parava de repetir os nomes dos convidados.

No dia e hora marcados, não apareceu ninguém. O pai achou estranho e interfonou pro apartamento do pai de uma das crianças, um sujeito largado e gente boa com quem tinha alguma intimidade. Soube então que naquela mesma tarde estavam dando uma outra festa no prédio vizinho, um condomínio de luxo no meio do bairro de classe média. Estava todo mundo lá. Que chato. Pois é. Parabéns pra pequena.

Meus amigos ficaram irritados. Bárbara sacou o clima e começou a chorar. O casal discutiu a respeito do que fazer, se é que havia alguma coisa a ser feita. Por fim tiveram uma ideia.

Pegaram o bolo, a vela, as línguas de sogra, os chapéus de funil, as bexigas, os salgados, as bebidas, os copos, os pratos e os garfos de plástico, a isso acrescentaram uma garrafa de cachaça, e foram de táxi até o viaduto mais próximo, debaixo do qual vivia uma dúzia de mendigos.

Eles ouviram tudo com atenção e imediatamente se solidarizaram com a menina: puseram os chapéus na cabeça, assopraram as línguas de sogra, balançaram as bexigas no alto e cantaram três vezes o "Parabéns a Você". Bárbara pulava de alegria no colo da mãe e batia palmas, como se nada de ruim tivesse acontecido, ou como se a consciência da humilhação passada lhe desse forças pra lutar e, por vingança, ser feliz — mas não entendo muito de psicologia infantil.

Coxinhas e empadinhas desapareceram em segundos. O bolo foi destroçado sem garfos, só com bocas e mãos. A cachaça, no entanto, eles beberam devagar. "Como se tomassem um licor raro e precioso", disse meu amigo.

Minha amiga, por sua vez, contou das conversas que teve com alguns dos moradores do viaduto, enquanto a filha brincava sem grandes dificuldades com um menino um pouco mais velho do que ela.

Quando a aniversariante se cansou, o pai botou a filha no ombro, de cavalinho, e voltaram pra casa caminhando — os dois adultos se sentindo leves e revoltados, com a alma lavada numa água suja.

Nas semanas seguintes a Bárbara só falava na sua "festa diferente". O carro, o amiguinho, o colchão na calçada. Pela sua fala dava pra perceber que havia mais coisas, ela sabia disso, mas não conseguia exprimir com palavras. Depois de um tempo, parou de tocar no assunto.

BRASÍLIA

cinco milhões em propina
e ainda assim testemunha
como se não fosse réu —
só na Terra da Pupunha —
vampiro louco por prata
seu microfone tem unhas
seus óculos são pequenos
escudos da caramunha
que ele esconde, feito dólares
seu nome — Eduardo Alcunha

vai com a mulher pra Me Ame
pra bronzear as mamunhas
torra o dinheiro do Estado
num casaco de vicunha
mas com a bênção de Deus —
quem sabe o Deus da Mumunha
de fato lhe queira bem
pois não há ninguém que grunha
conspirando, vingativo
melhor que Eh Zoado Cúneo

o trem do país, na serra
desceu e parou na grunha
o Residente da Alcova
dos Reputados, que empunha

uma caneta perversa
com que apura garafunhas
de cafajestes — CANALHAS!
gritou Jean Île — e cunha
o novo Brazil antigo
sorri — "é do ar do cu"

viajar! tentar catar
a lua da Catalunha
com a mão — que, de ódio, escreve
errado Odiado Cunha

VIOLÊNCIA

Era uma dessas salas de cinema mais ou menos cult. Quando ela entrou, o filme já tinha começado. Fez a maior confusão pra encontrar seu lugar, por acaso a poltrona à minha frente. Uma senhora ao meu lado disse "chega atrasada e ainda atrapalha a sessão" e lá de trás uma voz masculina gritou "silêncio".

Ela ergueu os braços num losango e prendeu o cabelo num rabo de cavalo. Depois tentou desligar o celular, mas o botão travou. "Tomara que ninguém me ligue", disse pro homem de barba à sua esquerda, que respondeu com uma careta irritada.

Ficou tranquila por alguns minutos. Mas logo começou a olhar insistentemente pra direita, de onde vinha, é verdade, um cheiro maravilhoso de pipoca. A duas poltronas de distância, protegida apenas por um adolescente de óculos sentado entre as duas, a dona da pipoca olhou de volta pra ela, não sei se com raiva ou medo. Eu só conseguia enxergar melhor nos momentos em que a câmera saía da diligência escura e mostrava os campos do Wyoming cobertos de neve.

Então minha vizinha de frente se debruçou sobre o garoto e abriu o coração pra outra mulher:

— Cê vai me desculpar, querida, mas peguei um trânsito terrível, cheguei atrasada e não tive tempo de comprar pipoca, que eu amo. Tava aqui sentindo esse cheirinho e pensei: será que é muito chato pedir uma pipoquinha pra alguém que não conheço?

O que tinha exigido silêncio agora gritava "cala a boca, sua louca" — e teve início um linchamento verbal. O clima ficou mais tenso do que na hospedaria onde os caubóis se protegiam de uma nevasca.

Mas a que foi chamada de louca não pareceu se importar. Meteu a mão no balde de pipocas que a vizinha, atordoada, lhe oferecia. Quando acabou aquele punhado, estendeu o braço — sem mover o tronco nem virar a cabeça — e arrematou mais uma porção.

Tive um ataque de riso. A partir daí fiquei dividido entre prestar atenção no filme ou na plateia.

Após duas horas de falação infinita, o sangue jorrou no chão da Minnie's Haberdashery. Ela não deixou barato: fuçou na bolsa várias vezes, atendeu o telefone com um "oiiiii" animadíssimo, perguntou pro cara barbudo qual era mesmo o nome do ator negro.

Pra fechar a noite, quando as legendas estavam quase no fim (é preciso coragem pra sair do cinema), percebi que ela estava chorando. A essa altura eu já me sentia íntimo dela. Perguntei se podia ajudar de alguma forma.

— Eu nunca vi nada tão violento — respondeu.

— É que o Tarantino...

Ela me cortou:

— Vim porque um sobrinho me disse que era uma comédia. Mas acho que era uma piada, né?

Eu a acompanhei até a rua e tentei explicar que não valia a pena sofrer por aquilo. Que esse diretor explodia cabeças só por diversão. Sua linguagem não era realista e, num certo sentido, sua violência era leve. Ela me olhou muito assustada e se despediu com uma frase confusa sobre almas perversas e o remédio que é Deus. Depois desceu a Augusta depressa, como se um bando de cachorros invisíveis quisesse estraçalhar seus tornozelos.

TEMPORAL

quando começou a chover/ as duas amigas/ ou namoradas/ de pouco mais de vinte anos/ que estavam sentadas/ fora do toldo/ daquele boteco/ perto do cinema de arte/ não mudaram de assunto/ nem por um minuto/ tiraram depressa/ dois guarda-chuvas/ da bolsa da menina/ de cabelo tingido/ de branco e/ protegidas/ conhaque e cerveja/ e um sanduíche/ de carne com queijo/ continuaram a conversar/ sobre algum filme/ escocês/ genial

CICLO

Como sei que uma das coisas mais chatas do mundo é ouvir o relato dos sonhos alheios ("um carro passava em cima do meu corpo, mas meu corpo era o asfalto, então não tinha problema, eu levantava, corria atrás do carro, matava o motorista e chegava a tempo no trabalho"), vou pular os eventos extravagantes e dizer simplesmente que foi um sonho de lavar a alma, e a prova é que quando lavei o rosto de manhã acho que o fiz com certo remorso pois tive receio de que a água pudesse apagar as imagens. (Eu passaria a vida no interior de qualquer uma delas) Pensei em botar tudo num conto, mas escrever é outra forma de falar, e ninguém se interessa pelo prazer dos outros.

(Nunca esqueço a decepção que foi ler *O livro dos sonhos*, de Jack Kerouac. São textos que não levam a imaginação a lugar nenhum, ou melhor, que a levam sempre pra um lugar diferente daquele pro qual as frases apontam. Seu único mérito é despertar saudades de *On the road*, a obra-prima de Kerouac, este sim um verdadeiro sonho feito de palavras, que arrasta o leitor pelas cidades americanas como um ímã e o faz querer viajar e viver e se possível viver como quem viaja.)

Foda-se a literatura, pensei enquanto calçava os tênis, e fui caminhar no parque Buenos Aires. Perambulei entre os canteiros repassando as cenas. A grama clara sob a luz do sol. Bebês e babás e mães de trinta anos. Cachorros mais limpos que alguns dos meus amigos. Uma PM negra conversando com mulheres brancas. Eu ria por dentro e talvez um pouco por fora, e houve um momento em que uma senhora de viseira de tenista me fulminou com um olhar de censura.

Na volta passei na quitanda dos portugueses e comprei uma dúzia de laranjas. Em casa, joguei tudo em cima da pia, lavei uma por uma, deixei a mais bonita no escorredor e guardei o resto na fruteira. Com uma faca parti em quatro a laranja reservada e chupei os gomos com vontade. Adoro laranjas, mas em geral nem lembro que elas existem.

Depois tive que ir até uma agência bancária e encarar uma fila comprida. A atmosfera de frigorífico me deprimiu um pouco, mas quando voltei pra rua consegui engatar de novo no clima anterior. Desci a Augusta na direção do centro. O vale do Anhangabaú. Mendigos enrolados em cobertores e a multidão ralando por uns trocados. Deitado num banco de concreto com um chapéu de feltro fazendo as vezes de almofada, um vagabundo mazzaropiano coçava com a mão a sola do pé. Imaginei sua história, mas não cheguei a lhe dar um nome.

Às cinco da tarde parei num boteco da Liberdade e bebi shochu, a cachaça japonesa. Fiz dezenas de anotações em guardanapos que na hora me pareceram razoáveis mas que no dia seguinte foram direto pro lixo. O sonho, no entanto, levou mais alguns dias pra desaparecer.

CHICLETE

Vejo a vendedora de chicletes, de sete ou oito anos, negra, parar de mesa em mesa com seu vestido rosa-choque e um sorriso metade encenado, metade sincero. Eu também tenho mentido um pouco. Ela se aproxima e pergunta se quero comprar um chiclete. Não quero. Ela ri, me dá um tablete de presente e sai. Claro que vai voltar e insistir, penso. Não volta.

CAFÉ

Sonhei que estourava a Terceira Guerra Mundial, dessa vez o Brasil não era poupado, o sangue coalhava na avenida Paulista, mas eu tinha uma ideia genial pra resolver o problema da fome (minha, pelo menos): estocar Nhá Benta. Então eu comprava toda a Nhá Benta de uma farmácia antiga — altas prateleiras de madeira — e levava pra casa. Se não tem pão, coma Nhá Benta. No entanto só fui acordar muito depois, com a guilhotina implacável da manhã.

Agora uma história real.

De carro, meu amigo Betito me oferece carona pro trabalho. "Assim a gente conversa um pouco", ele diz. Aceito, claro. Uma das três melhores coisas de São Paulo é conversar com esse amigo. Ele diz "conheço um café no caminho, dentro de uma galeria de arte, dá tempo de fazer uma parada?" Acho que sim. Oba. Vamos lá.

O lugar é um armazém vermelho-ferrugem que lembra Berlim e se destaca entre as lojas cinza de letreiros banguelas diante das quais flanelinhas e noias circulam e caem. Um oásis de severidade e bom gosto no meio da... — ah, políticos brasileiros, desapareçam da minha cabeça. E vivam os tradutores de poesia, os professores do ensino fundamental e o doutor Drauzio Varella, que ajuda tanta gente a viver melhor.

Entramos sem bater; olhos conferem nossas caras brancas, nossas camisas seminovas, nossas barrigas dilatadas; passamos por uma sequência de salas escuras — algumas exibem telas abstratas; outras, vídeos sobre povos indígenas da

Amazônia. Mas o espaço coberto termina e saímos num pátio cheio de orquídeas, como dizer?, perturbadas. Em pé, duas figuras magras e lindas, um cara e uma mina, tomam café fumando Marlboro. "O café é por aqui?", meu amigo pergunta. Eles gaguejam de tédio, não chegam a nos conceder uma frase, o cara indica o caminho com um polegar pau molão — e vamos mais pro fundo do terreno.

Uma porta. Meu amigo abre. É uma cozinha. Mesa, quatro cadeiras, um balcão atolado de envelopes, uma pia com um prato e uma faca sujos e uma cafeteira elétrica ligada, ainda com um resto de café. Me pergunto se aquele é algum novo conceito de cafeteria; se a cafeteira elétrica, depois do café de coador, voltou à moda em Williamsburg e por isso está bombando na Zona Oeste paulistana. Meu amigo diz "que estranho, não lembro de ser assim". "Cê tem certeza que era aqui mesmo?"

Ele dá risada e enche duas xícaras. Sentamos e fingimos que estamos à vontade. Falamos da situação política. Qualquer outro assunto parece irrelevante.

Vem a empregada vestida de empregada — somos os senhores de escravos do futuro, o Brasil é um clichê diabólico etc. Ela diz "oi tudo bem tomando um cafezinho?". Eu digo "oi tudo bem de quem é o café?". "Cês são amigo do Marco? O Marco nunca chega antes das três."

Eu gostaria de pagar a conta e mudar hoje mesmo pra Montevidéu. Mas não tem conta pra pagar. Agradecemos à empregada, passamos de novo pelos clones de si mesmos e lá fora nosso carro foi roubado.

PERUANA

as montanhas são eternas
cachorros, universais
homens pertencem ao tempo
não sabem que são mortais
mil anos passam depressa
neve e lhamas são iguais
alpacas lembram ovelhas
vicunhas são sensuais
viajei pelo Peru
por razões profissionais

conheci muitas pessoas
vi as Cuevas de Sumbay
Violeta, rosto quéchua
piscinas brancas de sais
Gretel, que estava de luto
Ana, que ama os jornais
Pierre, francês e argentino
Christian, selfies geniais
fiz Cusco—Puno—Arequipa
num trem cheio de cristais

subi o Valle del Colca
quase não respirei mais
naveguei no Titicaca
dormi na beira do cais

comi, vixe, mil ceviches
tomei chichas radicais
chá de coca é bem gostoso
condor andino no gás
vulcões pontilhando a estrada
e as *cholas* nos milharais

pedras incas, balcões verdes
campos onde cultivais
todo tipo de batata
este adeus é um até mais

KARAOKÊ

Quem lê esta coluna já deve ter percebido que ela não é exatamente uma fonte inesgotável de informações inéditas, e duvido que alguém procure nela qualquer dica sobre qualquer coisa. Não, não me orgulho de escrever um antiguia gastro-sentimental contemporâneo. Mas também não me envergonho. Chega um tempo em que não importa estar ou não estar de bem consigo mesmo. Ter um ego ou uma égua, tanto faz. As pessoas são o que são, e você faz o que precisa fazer.

"Evite abacates", diz a doutora holística. "Me traga num saco de tergal orgânico", diz o orixá recém-chegado de Nova York. "Engula tudo", diz o novo ministro do Supremo. O mundo é chato e terrível. E eu acho que as feministas estão certas.

Mas eu falava (antes de começar a crônica) do karaokê da Nestor Pestana, na praça Roosevelt. Até o ano passado eu frequentava os karaokês da Liberdade. O problema é que estavam sempre cheios e só depois de esperar muitas horas é que um Frankenstein coreano te chamava ao palco pra você se humilhar ao som do playback de "Nuvem de Lágrimas". A essa altura minha voz já tinha sido embaralhada pela tequila com energético e minha memória tinha ido pro espaço. No telão eu lia a nota: um 4,5, um 5,6.

O Arte Pizza, porém, nunca está lotado durante a semana. O piso é coberto por um carpete vermelho-angústia e as paredes espelhadas multiplicam o foda-se geral. O bar tem uma boa variedade de destilados, cerveja gelada a preço médio e um balcão de granito falso que seria lindo se fosse de madeira. Pelo salão, em sofás confortáveis, hipsters de quarenta, estudantes de vinte e um sujeito de sessenta (já o encontrei mais de uma vez por lá) que lembra o personagem de Harry Dean Stanton em *Paris, Texas*, do Wim Wenders.

Se bem que Martin Scorsese seria o cara certo pra filmar ali. O lugar é todo norte-americano: artificial, auto-irônico, de plástico. Com a vantagem de ter o charme da miséria brasileira corroendo cada detalhe. (Que Marx, ou Michel Temer, me amaldiçoe por essa frase perversa.)

Às três da manhã Chico Mattoso e eu mandamos uma versão sincera de "O Último Romântico", do Lulu Santos (nos anos 90 conheci um anão que dizia que ainda sentiríamos saudade do Lulu Santos, mas eu não sinto saudade de nada), e a plateia foi ao delírio.

Depois uma garota alta, magra e de cabelo descolorido desfiado — era o Dia da Mulher — pegou o microfone e cantou "A Luz de Tieta". Todo mundo quer saber com quem você se deita, nada pode prosperar. Quando a música acabou, fez uma pausa dramática e perguntou:

— O que é ser mulher?

Os que estavam conversando ficaram quietos. Com a mão livre ela pegou no cavalo da calça e chacoalhou com força, à maneira dos *matchos*, e respondeu transbordando cinismo trans:

— É TER UMA PERERECA!

Virou imediatamente a heroína da noite.

Na rua, o ar fresco e livre me fez pensar naquele padre maluco que planejava passar vinte horas no céu, pendurado em balões de gás coloridos, mas que o vento arrastou na direção do Atlântico. Subi a pé a ladeira de casa. Nas ruínas do horizonte, o sol nascia devagar.

PAISAGEM

Um rio sujo. Sacos de lixo e copos de plástico na correnteza. Na margem direita, o mercado de peixes. Na margem esquerda, um posto de gasolina abandonado e uma casa de madeira, pintada de vermelho há muito tempo, prestes a desmoronar. Lá embaixo um barco de pesca sem ninguém dentro. O ar é úmido e pegajoso. O cheiro não é dos melhores. Um desses lugares desolados do Brasil, que fazem você se sentir podre por dentro. Quando uma garça pousa no corrimão da ponte — seu branco é vibrante, quase fosforescente —, a paisagem inteira parece querer se transformar. Mas essa ilusão dura menos que um susto. Penso na força que perdemos, que perdi.

AMSTERDÃ

1

Chegamos às duas da tarde, de trem. Ela fica no hotel pra descansar um pouco. Estou ansioso pra ver os canais e vou dar uma volta. Fujo de uma avenida cheia de bicicletas quebrando numa viela lírica com bares — resisto —, caminho cinco quadras, atravesso uma ponte verde que dá de cara pra uma porta vermelha, tiro fotos, vejo canecas gigantes de cerveja à beira do canal, não tem lugar, ando mais, entro num coffee shop e pergunto como funciona. Não sei enrolar baseados — sempre fumei com amigos. Compro uma tora do tamanho de um charuto, trago, é forte, minhas pernas tremem, encosto na parede, trago de novo, saio pra rua. Sento num banco de frente pro canal e de repente: uma gaivota num rasante, o peito branco e as asas abertas em todo o esplendor do seu voo tridimensional. Há quanto tempo não olho uma gaivota? Há quanto tempo não vejo qualquer pássaro? Rio sozinho e, seguindo o som de um acordeom, subo por uma ponte de ferro. Fico indo e vindo de um parapeito pro outro até encontrar a melhor posição pra ver a cidade: os tijolos pretos, marrons, cinza e vermelho-café dos prédios magros de Amsterdã — barcos sob os pés — enquanto o sol começa a cair.

Tomo uma cerveja grande e sinto que o melhor já passou.

Volto pro hotel rezando pro meu inconsciente não transformar Amsterdã num labirinto.

2

À noite: longo passeio com ela entre as luzes amarelas do bairro Jordaan. De novo e sempre: os prédios austeros, ou discretos, ou simplesmente magros, como os senhores e as senhoras que não são senhores nem senhoras mas cabelos brancos intratáveis ao vento das bicicletas e peles queimadas pelo sol do mundo inteiro — os altruístas holandeses viajantes, servindo jantares pros refugiados.

3

Feito o check out, almoçamos num restaurante meia-boca e numa disposição de espírito quase zero. Coisas de viagem.

Depois paramos pra um último café em frente ao bar indicado pelo garçom da noite anterior, que está fechado. Sentamos na calçada. Levanto pra ir ao banheiro, mas volto assim que abro a porta do salão.

— Você precisa ver isso aqui!

O bar mais lindo da Holanda (escondido atrás de uma fachada banal). Madeira preta descascada, quatro mesas coletivas, piano podre com livros, terra jogada no chão. Uma barwoman de dentes sujos e cabelo oxigenado que parece esconder na bota um punhal de quinhentos anos, e clientes saídos de um desenho do Crumb ou do Angeli: um velho descabelado com colete de fotógrafo lê jornal; outro, gordo e cabeludo, bebe chá e conversa com uma hippie de primeira geração, que mama uma sangria; um surdo (aparelhos auditivos) faz palavras cruzadas.

Hank Williams circulando no ar metafisicamente empoeirado. Luz do sol passando de leve pelas janelas delicadas. Garrafas de vinho cheias d'água com flores de verdade sobre as mesas.

Falamos muito e bebemos genebra. Pedimos cerveja e quase perdemos o trem. Na estação corremos e rimos, cheios de uma estranha fé no mundo e em nós. O nome do bar é Monumentje. Um desses cantos da História onde é possível se deixar viver.

SONÂMBULO

De madrugada liga na delegacia pra dizer que está triste. Atira o edredom pela janela e morre de frio pelo resto da noite. Arrasta os móveis da sala, os filhos reclamam. Uma vez, depois de dormir no sofá do amigo de um amigo, mijou dentro do revisteiro, enquanto os outros dois bebiam e jogavam futebol de botão na cozinha. Outra vez segurou a parede do quarto, achando que a casa fosse cair, e gritou pra mulher correr pro meio da rua. Foi surpreendido de pijama e mochila (cheia de batatas) no posto de gasolina mais próximo. Não se perdoa por ter dito a um colega de pescaria "você não passa de uma boneca arrombada". Acredita na manhã como um padeiro. E vive desconfiado como um criminoso.

CORTE

Eu não queria chegar ao Japão, eu só queria encontrar minhocas. Por isso cavava com uma enxada em miniatura atrás de um pé de goiaba — de costas pra festa —, no quintal dos nossos vizinhos Abrão e Linda Feres. Os filhos deles — Michel, Samir e Karime — brincavam com minha irmã e outros dois meninos em volta de um buraco de um metro e meio de profundidade por uns três de largura. Não sei o que estava sendo construído ali.

Também não lembro por que eu estava sozinho. Uma cratera do tamanho de um carro não era algo que eu desprezasse. Minha hipótese: fiquei excitado demais, perdi o controle, falei bobagem e fui expulso do grupo. E lá estava eu com a porcaria de uma enxadinha de cabo frouxo, sendo picado pelos mosquitos, enquanto meus pais e os amigos deles se divertiam em torno da churrasqueira e a Paula e os nossos amigos enlouqueciam escorregando pra dentro do buraco.

Em certo momento me desliguei de tudo e me concentrei no que, de fora (depois me disseram), parecia inveja: eu tentando abrir um buraco bem no dia em que eles tinham um buraco enorme, profissional. Não importa. O que pode ter começado como fingimento aos poucos foi se tornando legítimo, e aquele buraco pequeno e imperfeito agora era o centro do meu universo. Senti um orgulho desmedido quando encontrei a primeira minhoca — partida ao meio, sem querer, por um golpe da lâmina. Mesmo achando esquisito, guardei as duas metades no bolso do short.

Foi nessa hora que ouvi os gritos do meu pai. Virei a cabeça devagar, torcendo pra que não fosse nada grave, mas já era tarde: desesperado, meu pai atira o violão (vermelho-alaranjado, o tampo esfolado pela palheta) contra o muro e sai feito um louco pra socorrer minha irmã. Numa de suas descidas ao interior do buraco, um casco de garrafa quebrado tinha rasgado de fora a fora sua coxa direita. Nunca vou esquecer: meu pai correndo com a minha irmã no colo e na perna dela uma grande boca vermelha aberta. O sangue não escorria. (Até hoje, seja qual for o contexto, sempre que ouço a palavra *abismo* penso nesse corte.)

Minha mãe me levou pra casa, meu pai passou mal durante a operação, minha irmã voltou meio grogue da anestesia e eu fiz o que pude pra ser um irmão legal. Levava água pra ela, chocolate, brinquedos. Se eu ficava com raiva, me controlava e ia andar de bicicleta.

Me partia o coração ver minha mãe chegar do trabalho e encontrar minha irmã com a perna enfaixada. A expressão do meu pai também me comovia. Era como se eles tivessem usado máscaras esse tempo todo e de repente elas tivessem caído. Durante algumas semanas, eles deixaram de ser meu pai e minha mãe pra ser apenas pessoas comuns, especiais. Comecei a ter medo de que um de nós morresse.

— Doeu muito? — perguntei pra minha irmã quando ela sarou.

— Não sei. Não lembro direito.

Depois disso, como todo mundo, ela se deu mal algumas vezes, e raramente precisou de mim. Mas eu, eu sinto que ainda estou cavando um buraco e enfiando minhocas mortas nos bolsos, enquanto minha irmã corre perigo e meu pai estraçalha seu estimado violão.

CIDADE

dois poemas no bolso
e dinheiro pra cerveja
que alegria!

ELA ME DÁ CAPIM E EU ZURRO

MANHÃ

Levanto às cinco da manhã, lavo o rosto, tomo café, como uma torrada com manteiga e ligo o computador pra escrever. São 5h20 e o sol ainda não nasceu. Dormi cedo ontem, depois da novela. Portanto, não é nenhum sacrifício acordar a essa hora.

Pelo contrário, é um prazer. Um prazer real, táctil, como a madeira dessa mesa que comprei há alguns meses e que é, de longe, o bem material mais precioso que já tive. Feita de madeira de demolição, é grande, sólida, cheia de sulcos aparentes e de manchas — e traz pra dentro da minha casa um pedaço da floresta a que pertenceu. Não finge ser a porta de uma Ferrari nem o chapéu de um bombeiro irlandês. É uma mesa. Apenas uma mesa. Mas uma mesa de verdade. E sobre ela apoio meu laptop.

Abro um arquivo de Word intitulado *rascunho*, enquanto ouço o barulho de um ônibus subindo a Augusta. Nunca me incomodou barulho de ônibus. Pra ser sincero, até gosto. Talvez ele me dê a certeza de que estou na cidade, entre milhões de pessoas, de que não estou sozinho. Talvez ele me lembre um pouco, com sua constância e potência, essa mesa quieta e fiel.

Como escrevo devagar, no momento em que inicio este quarto parágrafo o dia já nasceu. Veem-se, pela janela, uma faixa de luz rósea e outra alaranjada atrás dos prédios. Não há nada mais bonito que o amanhecer, nem menos fake. Comparado a ele, o pôr do sol parece um suvenir da 25 de

Março. Mesmo o pôr do sol em Ipanema. Além disso, no pôr do sol não há leveza — àquela altura do dia o bom humor já se foi. Então o pôr do sol se torna um insulto. Quanto mais belo, mais insuportável.

De manhã, não. De manhã todo o drama se evapora, e o mundo se reinaugura. E enquanto o dia amanhece, eu amanheço com ele, sei o que as coisas são e que sou entre elas — indo entre o que vive, como no poema "O cão sem plumas", de João Cabral de Melo Neto.

Alguém (minha analista) me disse que o romancista italiano Alberto Moravia afirmou certa vez que tinha cinco minutos de lucidez por dia, e era a esses cinco minutos que ele se agarrava. Concluo daí que sou um cara de sorte, pois disponho em geral de duas horas e meia — das 5h30 às 8h — de uma total debandada da neurose, e graças à descompressão que ocorre nesse intervalo consigo fazer meu trabalho e seguir em frente.

Depois o texto vai acabando, e tenho sede. Na cozinha, aproveito e faço outro café. Lembro que esqueci de tomar meu remédio de asma e vou até o quarto, aspiro a bombinha. Volto pra sala e, num momento de fraqueza, abro a caixa de e-mail. Devo, entre outras chatices, enviar urgentemente os dados da minha empresa pra uma ONG franco-espanhola que me convidou a dar um depoimento sobre as relações entre literatura surrealista e o processo de conscientização do eleitorado brasileiro no sentido de uma neopecuária-sustentável pós-Mensalão e bombardeios na Síria. Claro. Mas cadê a pasta com meus dados? Quando consigo encontrá-la, o telefone toca. É da TIM.

Fim.

MEU AMIGO ESQUIMÓ

Não vivo sozinho. Tenho um amigo esquimó. Meu amigo esquimó mora no freezer — um freezer horizontal —, que fica na sala, e não na cozinha, porque os barulhos da geladeira o incomodam e não o deixam dormir.

Na noite em que ele resolveu tirar o freezer da cozinha, tentei convencê-lo de que aquele trambolho ficaria feio e esquisito ao lado da tevê. Ele retrucou que eu teria razão se dentro do freezer guardasse filé de peixe ou nuggets de frango, mas sendo o freezer "a cama do seu amigo esquimó" tudo mudava de figura, e quem me visitasse ia entender e achar legal.

Como não me ocorreu nenhum contra-argumento à altura, o ajudei a arrastar o freezer até o vão entre a estante de livros e o rack da tevê, esforço que me rendeu um torcicolo no dia seguinte. Antes de me fechar no quarto, perguntei se ele precisava de mais alguma coisa. Disse que aceitava um copo de vodca e um travesseiro e, se não fosse pedir muito, meu pijama listrado. É meio folgado meu amigo esquimó.

Nos conhecemos em 2006, numa festa junina no morro do Querosene, apresentados pelo poeta Joca Reiners Terron, que tinha lhe dedicado um poema. Ele, o esquimó, estava no Brasil pra tentar reatar sua história com Marília O, zoóloga da Unicamp especialista em focas com quem ele viveu de março a abril de 2004. No entanto, terminada sua pesquisa sobre as propriedades medicinais e/ou alucinógenas dos bigodes dos mamíferos focídeos, a cientista brasileira foi obrigada a voltar pra Campinas. Durante meses, os amantes trocaram e-mails diários. Até que em agosto de 2005 Marília O se casou com um barman argentino. Escreveu então sua última mensagem ao romântico habitante das geleiras, pondo fim ao namoro e lhe pedindo que não a procurasse mais.

Irado, meu amigo esquimó destruiu a pontapés seu iglu pós-moderno, confiou seu pinguim de estimação (comprado pela Amazon) ao vizinho da frente e veio remando uma canoa branca, feita de ossos de urso, em direção ao porto de Santos. Lá chegando, pegou um ônibus pra Campinas, encontrou uma Marília O indiferente, compreendeu que o amor é uma viagem sem volta, se mudou pra São Paulo, ficou amigo do Joca, passou a compor haicais e a frequentar a Mercearia São Pedro.

Mora comigo há três anos, desde que o surpreendi dormindo na praça da República, sujo e com a roupa cheia de sangue. Repetia sem parar que todo poeta está fadado ao fracasso, e depois desmaiou. Eu o levei pro meu apartamento, chamei um médico e, quando ele se recuperou, não tive coragem de mandá-lo embora.

Não me arrependo. É um amigo leal e meu primeiro leitor, um leitor sincero que nos momentos mais pessimistas me aconselha a abrir uma lojinha e largar mão da literatura. Quando ele está tranquilo, porém, atravessamos a noite bebendo cerveja e conversando. Gosto de ouvi-lo descrever a solidão polar e as auroras boreais que viu no sul da Finlândia — mesmo que isso o bote um pouco pra baixo, porque se lembra de Marília O, cuja boca, como ele diz, é mais bonita que uma aurora boreal.

MAIO, JUNHO

Talvez seja preguiça disfarçada. O fato é que esses céus de outono — brilhantes, luminosos — me tiram toda a disposição pra ler histórias.

Faz dois meses que resolvi, sem sucesso, encarar *O teatro de Sabbath*, de Philip Roth, um romance cheio de sexo, morte e diatribes contra a Miséria e Sordidez da Alma Humana, ou seja, um livro poderoso, mas que me entediou.

Aí parti pras memórias de Brigitte Bardot, que só por terem sido escritas pela loura BB (*loura*, revisor, não *loira*, porque antiga e dourada) já me fariam, em condições normais, chorar de joelhos. No entanto abandonei o catatauzinho — seiscentas páginas — quando a Bardot ainda nem sabia o quanto amava os pobres e indefesos (e deliciosos) animais.

Por fim, foi a vez de *Imagen de John Keats*, de Julio Cortázar, um estudo sobre a vida e a obra do poeta inglês. Que texto fenomenal! Mas todas aquelas andanças do jovem bardo, sua paixão desenfreada pela existência e suas tentativas de revelar a Verdade e a Beleza em versos de mármore conseguiram apenas aumentar minha necessidade de esquecer as chatices do dia a dia, ignorar que o cano da torneira da máquina de lavar está pingando, comer e beber menos, trabalhar o mínimo possível e ficar em silêncio — lá fora as nuvens de maio, junho —, lendo o próprio Keats (na tradução de Augusto de Campos; o título do volume é *Byron e Keats: entreversos*) e outros poetas queridos.

Então descobri que esses meses de outono — apesar de a palavra *outono* parecer um pouco metida a besta — são a grande época do ano pra ler poesia. E mais: são a única estação em que um determinado tipo de poesia — a que provavelmente é produzida durante essa estação — faz sentido.

Como compreender o que Francisco Alvim quer dizer com "a felicidade que a luz traz/ solta, nua neste céu/ ou pensada" senão nos dias transparentes de junho? E como não considerar exagero a (linda) sacada de Eucanaã Ferraz — de que maio converte "o ar em águas/ definitivamente femininas" — no seco agosto ou no histérico dezembro? A mulher descrita por Paul Éluard (traduzo da tradução castelhana) neste dístico — "Por que sou tão bela?/ Porque meu amo me lava" —, é bem provável que não fosse tão bonita se o amo em questão não a tivesse lavado na luz outonal, embora Éluard nos oculte esse segredo.

Não acredito em Deus, desconfio de políticos e estou quase certo de que minha analista não perde o sábado e o domingo sofrendo por mim. O céu desse final de outono, porém, me enche de esperança — a simples esperança de passar o ano sem esquecer que no ano que vem tem mais.

SEBOS

Aos quinze anos li o poema "Motivo", de Cecília Meireles, e decidi que era poeta. Três anos depois vim pra São Paulo porque acreditava que um poeta deveria viver na cidade grande, longe da família e do conforto da casa materna. Meus pais, que são dentistas e talvez desejassem que eu me tornasse médico, me apoiaram em tudo. Mas no meu último dia em Santo Anastácio minha mãe me chamou num canto e disse:

— Se você quer ser poeta, que seja e boa sorte. Mas fique longe de sebos, filho. Esses lugares são antros de poeira e podem acabar com você.

Sofro de asma desde que me conheço por gente, e evitar que eu tenha crises é, até hoje, uma das grandes preocupações da minha mãe. Assim, prometi a ela que só leria livros novos ou seminovos, e na manhã seguinte me mandei pra capital. No rádio da minha cabeça adolescente tocava a canção do Caetano:

> No dia em que eu vim-me embora
> Minha mãe chorava em ai
> Minha irmã chorava em ui
> E eu nem olhava pra trás

Acontece que eu olhava — e não me permitia desfrutar dos sebos de São Paulo, que a essa altura eu já sabia serem muitos, todos eles entupidos de tesouros literários. Nos finais de semana meus amigos da Letras faziam excursões até o Sebo do Messias, no centro da cidade, mas eu não conseguia quebrar a promessa que tinha feito à minha mãe. Reprimido e infeliz, ia sozinho à extinta livraria Belas Artes, na Paulista, e me sentia meio fora do mundo dos Verdadeiros Leitores.

Uma tarde, voltando da faculdade num ônibus lotado que subia a Teodoro Sampaio na hora do rush, desci três pontos antes do meu e resolvi continuar a pé. Fazia calor, eu estava com fome, minha mochila tinha uma alça mais curta que a outra e incomodava. No entanto, quando li SAGARANA — LIVROS USADOS numa plaquinha sobre uma porta, alguma coisa se agitou dentro de mim, não resisti e entrei. Eu estava lendo Guimarães Rosa nessa época, não lembro se *Sagarana* ou *Primeiras estórias*, e é provável que tenha interpretado o letreiro como um sinal do destino. E era.

Porque lá dentro eu conheci a Ana Lima, uma estudante de Filosofia leitora de João Antônio e Hemingway, interessada em samba de breque e praticante de ioga, que se transformou numa figura fundamental na minha primeira década de vida paulistana. Foi com ela e com outro amigo em comum que aprendi a ver São Paulo não como o borrão escuro contra o qual eu projetava minhas fantasias e depois me frustrava, mas sim como uma sucessão de bairros reais, com ruas reais e bares reais, onde pessoas reais bebiam cervejas reais e conversavam.

Naquele dia, ao chegar em casa, meus pulmões começaram a chiar e no meio da noite fui parar no hospital. Fiquei mais de uma semana "de molho", como diria minha mãe, tomando remédios e pensando na palavra *traição*. Parecia uma palavra terrível, a mais terrível de todas. Mas eu ainda não tinha como compreender o que ela realmente significava.

AEROPORTOS

Quase nunca viajo de avião, mas adoro aeroportos. Sinto uma alegria desgovernada, uma euforia infantil, quando entro num desses lugares mágicos. Afinal, é ali que o homem pode voar. Pouco me importa que cem anos me separam dos contemporâneos boquiabertos de Santos Dumont. Pra mim, o avião continua sendo uma invenção fantástica. Mais que isso: um completo absurdo. Por sua vez, aeroportos são as salas de espera do absurdo. Vale dizer: do maravilhoso. Daí minha incapacidade de lhes ser indiferente. (Melhor recomeçar a crônica? Está exaltada demais pra uma manhã de domingo? Não, é isso mesmo. Vamos em frente. Ânimo, leitor!)

Dentre a meia dúzia de aeroportos que conheço, o de Congonhas é o meu preferido. Pequeno, anacrônico, de fácil acesso, é o Pacaembu dos aeroportos (Guarulhos é o Morumbi: monumental e frio). Sempre que posso vou até lá. Não pra pegar avião, mas a fim de observar o movimento. Chego dez, onze horas; saio duas, três da tarde. Compro os jornais do Rio e de São Paulo, pego um café ou uma cerveja e sento numa das mesinhas simpáticas que ficam ao lado daquela parede de vidro abaulada, diante das escadas rolantes que levam às salas de embarque. Entre uma e outra matéria, lidas com um prazer que não tenho no dia a dia (no aeroporto mesmo as notícias mais banais se tornam interessantes), levanto os olhos pra espiar o que acontece.

Uma executiva trabalha em seu laptop; um punk bufa, a caixa da guitarra entre as pernas e a cara estuprada pela ressaca; uma mãe de trinta anos com as costas à mostra e salto alto corre pra alcançar o filhinho fujão; um grupo de adolescentes morre de tédio; dois funcionários do restaurante japonês riem, depois praguejam; uma mulher lancinantemente linda, por quem eu desejaria ter me apaixonado, come um x-salada lutando pra não sujar a camiseta com ketchup; um piloto (um piloto de verdade!) passa enxugando com o punho a testa suada.

Em breve a maioria deles estará voando. Inevitável pensar que o avião pode cair. De repente acredito que estes são os últimos minutos do punk (talvez amigo do meu amigo Fralda), dos adolescentes (que precisam sobreviver pelo menos até descobrirem que a vida não é tão chata quanto parece) e da irmã gêmea da Nastassja Kinski. Então esses desconhecidos me comovem. Lembro de pessoas de que gosto mas não vejo muito, ligo pra elas a cobrar do meu celular sem crédito e digo besteiras.

Depois relaxo, termino de ler os jornais, vou até o balcão do japonês e peço outra cerveja. A essa altura Nastassja Kinski já foi embora. Saboreio alguns sushis conversando com o sushiman, que confessa não achar tanta graça em trabalhar no aeroporto. É um trabalho como outro qualquer. Irritante. Normal. Viro a cabeça pra trás no momento em que um avião atravessa uma nuvem. De fato, nada mais normal do que um avião. Nada mais normal do que uma nuvem. E nada mais irritante do que ver a Nastassja Kinski comer um x-salada sem se lambuzar.

PIADAS E JANELAS

Há pelo menos duas coisas no mundo que nunca decepcionam: os começos das piadas e as janelas acesas.

A piada em si não importa tanto, pode ser mais ou menos engraçada, mas a primeira frase é sempre perfeita e inevitavelmente inaugura um universo único, surpreendente.

Exemplo: "Um vigário de um pequeno vilarejo tinha um canguru como mascote".

Não preciso saber mais nada sobre o vigário, vigários não me interessam; cidades pequenas em geral são sufocantes; cangurus me dão soluço mental; *mascote* é uma palavra ridícula.

Entretanto, os quatro elementos juntos numa única sentença funcionam — e é bom imaginar esse vigário interiorano que, em vez de cachorro, arranjou um canguru pra tomar conta e lhe fazer companhia. É como um tio solitário e triste, guardião de um segredo que um dia, com sorte, nos será revelado.

Outro exemplo: "Numa ilha deserta havia três pessoas: um canadense, um alemão e um indiano".

Certo. Espero de todo coração que a convivência entre eles seja pacífica. Que a solidariedade prevaleça ao egoísmo. Que eles não deixem vir à tona o pior de cada um. Que não se destruam como ratos. E que tão depressa quanto possível sejam resgatados por um navio cheio de estudantes de medicina em férias num cruzeiro de Santos a Salvador.

Mas a pergunta que fica é uma só: como diabos eles foram parar numa ilha deserta? Diante desse enigma, seja lá o que vier depois será besteira — não vale a pena prestar atenção.

E o último: "O papagaio de uma senhora gorda adorava falar palavrão".

Pra mim é suficiente. Não quero que o papagaio pare de falar palavrão nem que a senhora mude de casa ou aumente o volume do rádio. Muito menos gostaria que um gato aparecesse na história, um gato escroto ou um filho perdido ou um marido bêbado.

Torço pra que o papagaio continue vivo e desbocado, e que a senhora não engorde mas também não emagreça e jamais deixe de se espantar com as obscenidades disparadas pela ave absurda.

Com janelas acesas vistas da rua escura ocorre algo parecido. Elas me chamam, me fascinam, me hipnotizam. Me fazem acreditar que eu trocaria o pouco que tenho por uma chance de entrar ali, naquele espaço iluminado e aconchegante, de onde vem o som de talheres e vozes e algumas risadas.

Mas já aprendi que a promessa desse quadrado de luz aberto sobre a noite não se cumpre, e o melhor a fazer é observá-lo de fora, desejá-lo com fúria mas se manter na calçada, anotar cada imagem que ele sugere e reclama. E se pôr a escrever.

O MANOBRISTA E A MÉDICA APOSENTADA

Saí do restaurante com o papel do valet e uma nota de dez reais na mão pra que o carro da minha mulher viesse logo e nós pudéssemos voltar pra casa e dar cabo de mais alguns episódios de *Família Soprano*, mas não encontrei o manobrista. Olhei ao redor e o vi, do outro lado da rua, sentado na mureta do jardim de um desses sobrados da Pompeia, apoiando no ombro uma senhora que erguia e baixava a cabeça sem parar. No momento em que o reconheci, ele também me reconheceu e gritou:

— Só um segundo, que ela tá passando mal.

Minha mulher e eu atravessamos a rua e perguntamos se queriam ajuda. A senhora mexia os braços de maneira esquisita, desgovernada, e contorcia os lábios desbotados. O manobrista explicou que aquilo acontecia com certa frequência; falou em queda de pressão e garantiu que não precisávamos nos preocupar. Passados uns cinco minutos, minha mulher insistiu que devíamos levá-la ao hospital. Então a senhora levantou a mão espalmada, como quem pede um tempo, e respondeu que não, que já estava melhor. De fato, seus braços estavam mais relaxados e a boca, mais vermelha. Ela se pôs de pé, ainda zonza, e o manobrista a acompanhou até dentro de casa.

Depois, enquanto me devolvia o troco, o manobrista contou que ela era médica aposentada e toda noite aparecia ali pra dar aulas pra ele. "Aulas do quê?", eu quis saber. "De português", ele disse. Disse também que ela vivia sozinha e era brigada com os filhos, que não a deixavam ter contato com os netos. Em compensação, a vizinhança era legal com ela. O padeiro, por exemplo, lhe levava pão fresco todas as manhãs. E a dona do restaurante onde ele, o manobrista, trabalhava ia visitá-la sempre que podia.

Na tevê, horas mais tarde, Tony Soprano, furioso, assassinava seu amigo Ralphie, que, de olho na grana do seguro, tinha mandado tacar fogo na cocheira de sua própria égua de corrida, uma linda égua castanha com uma estrela branca na testa, que Tony adorava e acabou morrendo queimada.

Antes de dormir pensei no manobrista e na médica aposentada, na amizade deles. Pensei na amizade de Ulises Lima e Arturo Belano, personagens do romance *Os detetives selvagens*, de Roberto Bolaño, que eu li nas férias. Pensei nos meus amigos, no pai de um amigo que está com câncer, num outro amigo que morreu, nos amigos da minha mulher, nos meus amigos que ficaram amigos da minha mulher ou mesmo amigos dos amigos da minha mulher. Parecia que no mundo só havia amizades. Depois pensei em coisas deprimentes, coisas tristes e coisas irritantes. E quando dormi sonhei que tinha sido condenado a passar o resto da vida tentando entrar num banco. Mas a porta giratória apitava e eu era obrigado a voltar, procurar objetos de metal nos bolsos e tentar novamente. Mas a porta giratória apitava, mas a porta giratória apitava, mas a porta giratória apitava por toda a eternidade até me enlouquecer.

DISPOSIÇÃO TOPOGRÁFICA PERFEITA

Numa crônica intitulada "Por que bebemos tanto assim?", Paulo Mendes Campos afirmava que o bar perfeito não existe. Talvez. Mas existem lugares — bares, restaurantes, padarias, salas ou quintais de amigos — com a disposição topográfica perfeita, o que na minha opinião é mais importante que o bar perfeito, ou melhor, deveria ser um dos atributos fundamentais do bar perfeito.

O que é a disposição topográfica perfeita? É a acomodação ideal de um imóvel na superfície do globo ou, mais modestamente, da cidade. Você senta pra comer e beber — e sabe que está no lugar certo. Você mal consegue controlar sua euforia. Você levanta, caminha até a calçada, observa a relação desse, digamos, boteco com as casas da rua, com a própria rua e com o edifício em frente. Ele só poderia estar ali. Mais tarde você vai ao banheiro e na volta aproveita pra olhar a mesa, a essa altura com três ou quatro garrafas vazias, de outro ângulo — e ela parece ser o centro de um mundo secreto. Como se a partir dela a vida pudesse se reorganizar. Você liga pra sua namorada vir correndo. Ela diz que não pode, mas está feliz por você.

Uma casa no topo da montanha ou um restaurante de frente pro mar a princípio não significam nada do ponto de vista da disposição topográfica perfeita (na praia de Picinguaba, por exemplo, há dois bares cravados na areia e um deles tem péssima disposição topográfica), pois ela pouco tem a ver com a beleza da paisagem. Apesar de fascinantes, lugares com a disposição topográfica perfeita costumam ser banais. Pra ficar só em São Paulo: o cruzamento da avenida Paulista com a rua Augusta (mas não o cruzamento da Paulista com a Consolação), a praça do Pôr do Sol (tenho dúvidas quanto ao parque do Ibirapuera), quase toda a rua dos Pinheiros (jamais a Cardeal Arcoverde), a esquina da rua Juquiá com a alameda Gabriel Monteiro da Silva (e nenhuma outra altura da Gabriel) etc. Os critérios de eleição são subjetivos e vai do gosto da pessoa.

    Meu grande drama particular é que muitas vezes encontro a disposição topográfica perfeita em terrenos onde, em vez do bar, há um prédio de escritórios; em vez da padaria, uma farmácia; em vez da casa do amigo, a de um tio distante. Nesses momentos, mentalmente, promovo reformas no local. Paredes tombam. Quadros desaparecem. Aumento as janelas pra luz de maio entrar. Surgem mesas de madeira fosca, cadeiras confortáveis. Uma prateleira cheia de garrafas. Sinto vontade de ouvir voz de mulher. Vem um garçom com um leitão assado. Mas não estou pra carne de porco. Me sirvo de uma deliciosa, sensual e fumegante moqueca de polvo com camarão. O cheiro do dendê sobe até o teto. Estou com amigos queridos. O vinho corre a rodo.

    Saio triste dessas alucinações, humilhado pela áspera realidade. Pra minha sorte, entretanto, conheço vários lugares em São Paulo pra comer e beber em que a disposição topográfica é perfeita e os preços, justos. A eles me dirijo quando estou cansado de tudo. Ou pelo menos de tudo aquilo que não interessa e bem ou mal a gente tem que encarar.

O MERCADO DE PINHEIROS

Não sou grande frequentador de museus. É uma pena, pois gosto de museus e galerias e já tive boas experiências nesses lugares. Os fatos porém não me deixam iludir: vivo em São Paulo há catorze anos e fui apenas duas vezes ao Masp, nunca visitei o museu da Língua Portuguesa e nem sei direito onde fica o do Ipiranga, ainda que "Independência ou morte!", o verso rock'n'roll de D. Pedro I, me faça pensar no nosso imperador como um ex-integrante dos Mutantes — o que não é pouca coisa. Mas não quero escrever sobre museus. Quero escrever sobre o mercado de Pinheiros, onde almocei na semana passada e que é, como todo mercado, o antimuseu, com seus produtos perecíveis e sem nenhum turista pentelho tirando foto.

Sei lá, todas aquelas frutas e legumes frescos, coloridos... Dá vontade de tomar um ácido e ficar ali até entender o que o pimentão está cochichando à berinjela, qual é o problema do caju, o segredo das laranjas, por que as batatas são tão orgulhosas. Dá vontade de fugir pra Cidade do México e saltar pra dentro de um mural de Diego Rivera. Dá vontade de ver um filme, dos mais extravagantes, de Almodóvar. Dá vontade de reler a "Ode à alcachofra", de Neruda. Acho que todo mercado me dá vontade de falar espanhol.

Mudo, mas matutando em português, rodei os dois andares do mercado, parando em alguns boxes a fim de olhar com calma os queijos e os doces, as farinhas e os embutidos. Comprei um punhado de banana-passa. Depois fui conferir os peixes, os inacreditáveis nomes dos peixes: merluza, robalo, cavalinha. Peguei uma receita de ensopado com o peixeiro.

Quando senti fome, pedi uma truta com arroz e purê num restaurante do andar superior e fui feliz. Enquanto comia — sobre a minha cabeça, o teto abaulado —, tive a impressão de que o mercado de Pinheiros era um pequeno ginásio de esportes desativado — sem gritos de torcida organizada e sem apito de juiz. Um lugar silencioso (um túmulo, comparado ao Mercadão), onde o silêncio faz como que um contraponto a alguma coisa nervosa. (O caos do largo da Batata? Não sei.)

De volta ao trabalho, contei pro pessoal minha odisseia pelo mercado de Pinheiros: é um oásis, uma explosão de cores numa paisagem morta, uma bolha — ventilada — de tranquilidade, um monumento em homenagem a Dorival Caymmi, à vida simples, ao prazer. Mas tomaram minha exaltação por piada e me aconselharam a descer pra praia no final de semana e relaxar. Se ficasse em São Paulo, que procurasse um museu de verdade, e não um barracão abastecido pelo Ceagesp. Você já viu o autorretrato do Modigliani que tem no MAC?

Não fiz nada disso. Visitei minha família em Santo Anastácio. E à minha sobrinha de três anos narrei minhas aventuras no mercado. Ela ria, mas me levando a sério, e quando a história acabou pediu que eu repetisse a parte do tomate maravilha, dos torcedores invisíveis e da comida com sabor de onda do mar pegando fogo.

CUSCUZ PAULISTA

A história é conhecida, está em todas as apostilas dos cursinhos pré-vestibulares, mas não custa relembrá-la.

Entre os séculos XVII e XVIII, os tropeiros que partiam da capital em direção ao interior do Estado, a fim de desmatá-lo, povoá-lo e inaugurar McDonald's, levavam nas suas bruacas ("cada um dos sacos ou das malas rústicas de couro cru usados para transportar objetos, víveres e mercadorias sobre bestas, e que se prendem, a cada lado, nas suas cangalhas, ou vão atravessadas na traseira da sela", segundo o Houaiss) farinha de milho com galinha, feijão, miúdos de porco ou baby beef. Durante a viagem, a farinha absorvia os sucos dos alimentos e os ingredientes se misturavam, formando um virado mais tarde batizado de cuscuz paulista (do latim *cusciusus*, ou seja, o que tem formato de bolo).

Em pouco tempo o prato ganhou fama, e Minas Gerais fez a sua versão do cozido, menos massuda e acrescida de queijo canastra, torresmo e couve. Trocou-se então o adjetivo *paulista* por *mineiro*, embora alguns sobreviventes da Inconfidência insistissem que o nome deveria ser *cuscuz tiradentes*.

Em 1889, o Marechal Deodoro, junto com os melhores cozinheiros do país, visitou o norte da África com a campanha "Yes, Nós Temos Cuscuz". Quando a comitiva passou pelo Marrocos, o rei Baba Sali, em êxtase, pagou trezentos ducados pela receita — da qual, cerca de um ano depois, já faziam parte a linguiça de carneiro, o grão de bico e a semolina. Dessa vez, não apenas o adjetivo — *marroquino* e não *paulista* — foi alterado; o próprio substantivo *cuscuz* ganhou nova grafia, *couscous*.

Com essa roupagem, digamos, mais francesa, o couscous (ou cuscuz) conquistou Paris e hoje pode ser apreciado em inúmeros bistrôs da Rive Gauche e da Rive Droite e inclusive entre elas, isto é, em pleno Sena, nos restaurantes dos sofisticados *bateaux mouches*.

Não conheço Nova York, mas amigos viajados me garantem que nossa invenção culinária está prestes a ganhar as ruas de Manhattan, onde o hot dog ainda é rei.

E antes que eu me esqueça: a sardinha em lata só começou a ser usada no cuscuz durante a Segunda Guerra Mundial, época de escassez de alimentos frescos, como o camarão, e de abundância de alimentos enlatados, que por sua vez rareavam no período colonial, sendo portanto privilégio das classes altas etc. etc.

Tudo isso pra perguntar o seguinte: por que é tão difícil comer, fora da casa da sogra, cuscuz paulista em São Paulo e relativamente fácil comer cuscuz marroquino? Por que não existe uma Casa do Cuscuz (sem tevê, por favor)? Por que o cuscuz não é vendido nas padarias e nos botecos, como coxinha, esfirra, pizza e pão na chapa? Por que não há um único livro brasileiro de fotos e/ou receitas de cuscuz (nas minhas pesquisas no Google não encontrei nada além de títulos franceses e espanhóis)?

No dia em que souber as respostas, talvez eu entenda o Brasil.

MODIGLIANI

Fui ao Masp na última quinta-feira pra ver a exposição de Amedeo Modigliani. É um dos meus pintores favoritos. Eu já tinha ficado cara a cara com dois de seus quadros em 2005, quando morei em Buenos Aires, a quinhentos metros do Museu de Belas Artes. Sempre que podia, entrava no museu e ia direto ver os retratos — duas mulheres vestidas de preto, com olhos verde-azuis borrados e pescoços alongados (mas não muito). Parava algum tempo diante das telas, me esforçando pra entender a graça das imagens, ou melhor, me esforçando pra manter a mente aberta, livre de todas as chatices do dia a dia, e deixar que aquelas figuras sóbrias e delicadas, aquelas figuras preciosas, se instalassem em algum canto do meu inconsciente e tornassem a vida maior. Depois picava a mula do museu.

Nunca mais tinha visto uma obra de Modigliani. Só reproduções em livros de arte e na internet. E agora lá estava eu circulando de novo entre seus retratos, desenhos e esculturas. Se não me engano, são 37 trabalhos. Nem precisava tanto. Pra mim, bastava a *Jovem mulher de olhos azuis*, de 1917.

Eu pensava que o ponto alto da mostra fosse a *Grande figura nua deitada*, do ano seguinte. E talvez seja. Não sou crítico de arte pra ir além do meu gosto pessoal (considerando que os verdadeiros críticos sejam capazes disso). E meu gosto pessoal me disse que a *Grande figura nua deitada* é uma pintura sem mistério e a figura que está nua e deitada tem olhos muito convencionais — esclerótica branca, íris castanha, sem que uma cor invada o espaço da outra —, se comparados com outros olhos pintados pelo artista toscano.

Na *Jovem mulher de olhos azuis* nenhum detalhe é banal. Seu colo parece uma escultura feita de tinta — áspero, sutil, difícil. O pescoço magro, inclinado pra esquerda (do espectador), é puro movimento, e o movimento — aprende-se — é quase sinônimo de fragilidade. A boca, de um vermelho-roxo bem modiglianesco, pode ser tanto a boca de uma mulher impaciente quanto a de uma mulher amarga (torcemos pela primeira hipótese). O nariz é irmão do pescoço; os zigomas jamais precisarão de base, blush, corretivo; a orelha esquerda, a única que enxergamos, não se mostra completamente, a parte superior enterrada sob a cabeleira preta, preta como o céu, de noite, seria preto se não fosse azul-escuro. Os olhos (amorosos, indiferentes) são os olhos da *Jovem mulher de olhos azuis* — tenho pudor de tentar defini-los.

Voltei pra casa flutuando um pouco. Depois alguma coisa pesou dentro de mim. Depois fiquei vazio e fui ao banco, ao boteco. Depois dormi.

PESADELO PAULISTANO

É triste, irritante e assustador constatar que, de uns tempos pra cá, na maioria dos bares e restaurantes de São Paulo há uma ou mais tevês ligadas. Provavelmente não é um problema só de São Paulo, e o resto do Brasil e do mundo também mantenha esses estridentes retângulos luminosos focados nos olhos e nos ouvidos dos seus bêbados e glutões. Mas, se queremos ser universais, vamos nos concentrar na nossa aldeia, seguindo o conselho do velho Tolstói, que, se viveu numa era pré-penicilina, pelo menos teve a sorte de frequentar tavernas ainda não dominadas pelo rosto e pela voz do Faustão.

Não sei explicar o porquê dessa moda. Imagino que as tevês de plasma se tornaram símbolo de status — o dono de bar/restaurante que não tem a sua está excluído do mercado. Ele precisa fornecer esse serviço ao consumidor. Ou então elas são uma reação publicitária à cidade limpa do prefeito Kassab: se não há mais outdoors, enfiam-se as propagandas porta adentro. Mas como não entendo nada de negócios e coisas afins, paro minha análise aí. O que não me impede de protestar.

O fato é que a tevê foi inventada cinquenta anos antes das tevês de plasma e nem por isso o pessoal do ramo da comida e da bebida era obrigado a colocá-la nos seus estabelecimentos. Agora elas estão por toda parte.

Pessoalmente, não me incomodo de assistir, vez ou outra, a alguma partida de futebol, embora não torça pra time nenhum. Durante o jogo, se o público faz questão, tudo bem: tevê ligada. A tela verde por duas horas, às vezes um lance que vale a pena ser visto... E fim. Quem quiser ouvir os comentaristas do *Cartão Verde*, que vá pra casa. E quem não conseguir passar algumas horas com os amigos ou com a família sem novela, filme ou noticiário, que compre uma corda, amarre no teto do quarto, dê um laço no pescoço e chute o banquinho. Eu também acho a vida um tédio.

Mas nem sempre. Não quando estou com pessoas de que gosto, comendo bolinho de abóbora e tomando cerveja. Nesses momentos, que direito tem o Datena de me contar que um caminhão atropelou uma garota de cinco anos na Raposo Tavares e, além disso, repetir a cena 64 vezes? "É a realidade brasileira, mano", me disse um garçom a quem perguntei se ele não se cansava daquele programa sensacionalista. E ele tem razão.

Por isso resolvi criar uma campanha. O leitor interessado recorta o haicai abaixo (cedido por um amigo que prefere não se identificar) e guarda na carteira. Aí, quando tiver a infelicidade de beber e comer no mesmo ambiente em que o Nicolas Cage está decepando a cabeça de monges medievais possuídos pelo demônio, é só pedir a conta e, junto com o dinheiro, deixar na pastinha o poema — o espaço sublinhado preenchido com o nome da bodega. Quem sabe a gente não muda um pouco a realidade paulistana.

que cilada
até no _____
tem tevê ligada

O ELFO ASSOBIADOR

Acreditem em mim: há esperança. Ou pelo menos a possibilidade de não morrer de tédio e rir um pouco. Senão, vamos aos fatos.

Ele era o cara mais chato que eu conhecia. Além de chato, era pretensioso; além de pretensioso, tinha mau hálito; além do mau hálito, costumava sacanear os colegas de trabalho.

Como diria Humphrey Bogart em *Casablanca*, se eu parasse um minuto pra pensar nele, provavelmente o desprezaria. A verdade porém é que só lembrava que ele ainda estava vivo quando nos encontrávamos a cada dois meses nas reuniões de um frila que fizemos juntos. Em outras palavras, era um sujeito a respeito do qual eu esperava uma única notícia: está morando em Dubai. Só volta em 2037.

Mas o cultivo do rancor é uma arte ingrata. Na maior parte das vezes as pessoas merecedoras do nosso ódio nos surpreendem positivamente. E dá-lhe remorso pra equalizar a consciência.

A cena é a seguinte: a reunião do frila acaba, depois de três horas excessivas, e quase todos os homens vão ao banheiro. Somos seis ou sete. Na minha frente vai o chato — vou chamá-lo de Emerson. Sou o último da fila. Entro: os mictórios estão ocupados. Percebo que Emerson não ocupa um deles. Me instalo numa baia (ou seja lá qual for o nome daquelas repartições de banheiro coletivo sem teto e com porta faltando um palmo pra encostar no chão).

Ninguém conversa. O silêncio me ajuda a pensar que em breve estarei em casa, vendo tevê ou lendo algum conto. Ou no pub da Augusta tomando um pint de Guinness — boa! — e exterminando um a um os neurônios que preservariam (pra que?) os piores momentos das últimas horas.

Mas eis que na baia ao lado começam a assobiar. E o que assobia meu vizinho? Caso vocês tenham esquecido essa pérola do cancioneiro infantil, transcrevo a letra:

Sambalelê tá doente
Tá com a cabeça quebrada
Sambalelê precisava
É de umas boas palmadas

Samba, samba, samba, olerê
Samba, samba, samba, olará

Quando reconheci a cantiga tive que me controlar pra não rir alto nem mijar fora do vaso. Era um assobio tão entusiasmado, tão alegre, parecia vir direto das trevas da infância. Não era o assobiozinho de um pardal, de um bem-te-vi, de um rouxinol qualquer. Mas o assobio de um boi ou de um urso, se urso ou boi assobiassem. Um assobio radiante como uma fuga de Bach e intenso como um vermelho de Matisse. Um assobio de uma demência completa.

Enquanto lavava as mãos, a porta da baia do assobiador se abriu — eu a observava pelo espelho. O leitor já deve ter adivinhado, mas na hora me surpreendeu ver Emerson ali.

Quer dizer que aquela besta tinha no fundo a alma de um elfo? Que sua mente era doce como deve ser a grama da planície onde os teletubbies dão cambalhotas? Imaginei Emerson criança, e sua pureza me comoveu a tal ponto que me lembrei da minha professora de catecismo.

Cheguei em casa arrependido, com a certeza de ser o pior dos homens. Mais tarde sonhei que ia pro Inferno — onde um milhão de pessoinhas coloridas, todas com cara de Emerson, cantavam o "Sambalelê" e sorriam e dançavam e pulavam de mãos dadas.

A GEOGRAFIA DOS LIVROS

Não sei se é assim com vocês, mas sempre que começo a ler um livro a imagem de algum lugar conhecido se instala na minha cabeça — um quarto, uma cidade, uma rua — e a partir daí toda a leitura se passa sobre essa paisagem de fundo.

Não importa se o livro tem cem ou mil páginas, se é uma história com neve ou sob o sol da Bahia. Basta pensar num quintal de Presidente Prudente de 1992 ao correr os olhos pelas primeiras linhas de um romance e pronto: a neve de *Crime e castigo* vai cair nesse quintal e o sol de *Viva o povo brasileiro* vai nascer e morrer ali.

Como? Explico: o sol (ou a neve) brilha um pouquinho à frente da mangueira e do galinheiro do Oeste Paulista (onde chove), sem que os cenários se confundam. O quintal continua a ser o quintal da casa de um amigo do meu pai que está com câncer e que fomos visitar, e a neve (ou o sol) é mais ou menos aquela que Dostoiévski (ou João Ubaldo Ribeiro) descreveu.

Outro exemplo: li há alguns meses a biografia de Serge Gainsbourg, o compositor francês. E todo o esplendor e miséria de sua vida — a casa de paredes pretas abarrotada de obras de arte, as mulheres extraordinárias que amou, os porres nas boates do Quartier Latin, a decadência física precoce — tudo, sem exceção, aconteceu na esquina da Cardeal Arcoverde com a Fradique Coutinho.

Sendo mais preciso: do lado esquerdo de quem desce a Cardeal e na calçada mais próxima do largo da Batata. O pior é que, como estive uma vez em Paris, ainda fiz um esforço pra substituir o bairro paulistano pelo sétimo *arrondissement*, reduto de Gainsbourg. Não adiantou. Resultado: na minha tosca configuração mental, Serge Gainsbourg é um ser franco-pinheirense, um gnomo bêbado que flutua por dois ou três metros quadrados da Vila Madalena.

Mais exemplos: *Laços de família*, de Clarice Lispector, se desenvolve inteiro na rua São Carlos do Pinhal, entre a Pamplona e a alameda Campinas; *Pauliceia desvairada*, de Mário de Andrade, em frente ao vão livre do Masp, acima dos carros, a dois metros do asfalto; *Palmeiras selvagens*, de William Faulkner, numa escada da Editora 34 (onde trabalhei); *A estrada*, de Cormac McCarthy, nos arredores do Zé do Laço, um posto de gasolina em ruínas (tem alguma coisa a ver com o enredo, pelo menos) a quatro quilômetros de Santo Anastácio.

Às vezes, antes mesmo de ler um livro, já adivinho a sua geografia íntima. 2666, de Roberto Bolaño, está cravado em algum ponto da rua Mário Ferraz, no Itaim; *Fausto*, de Goethe, na fronteira (vista num mapa) de São Paulo com Minas Gerais; as batalhas épicas de *Guerra e paz*, de Tolstói, estão circunscritas à lavanderia do meu apartamento atual.

Por quê? Qual a estranha lei psicológica que rege a escolha dessas imagens? Na maior parte dos casos, não faço ideia. Em outras, desconfio e invento hipóteses que me convencem pouco. E só muito de vez em quando sei realmente do que se trata. Então finjo que não é comigo, deixo o rubor no rosto ir embora e aproveito pra ouvir de novo o samba "Acreditar", de Dona Ivone Lara, que Deus a abençoe.

CONVERSA CONTEMPORÂNEA

— Hmmm, Renata, tá uma delícia!
— Que bom que vocês gostaram.
— Fantástico!
— Incrível!
— Ma-ra-vi-lho-so!
— Genial, Renatinha!
— É fácil de fazer. É só escolher bem os olhos de tatu, temperar com capacetes frescos...
— De motoboy?
— Não. Tem que ser de motocross.
— Tá. E que mais?
— Aí afogam-se as folhas de manjericão em azeite de lágrimas, e forno!
— Eu disse que era azeite de lágrimas!
— E essa torta, como você conseguiu essa textura?
— Me passa o vinho, por favor?
— Simples. Vai no Santa Bárbara, compra picanha de grilo moída e mistura com polvilho alemão. Pronto. Se quiser, joga umas presilhas por cima que fica ótimo. O Túlio não gosta. Né, gato?
— Demais, Renatinha, demais!
— Mano, ontem fui no Le Bateau, ou Le Manteau, não lembro agora...
— É Le Manteau.
— Tá, não importa. Comi uma quiche que foi a melhor quiche que comi na vida. De cebolinha com fios de cabelo de albinos calvos. Coisa de louco.

— Uau!
— Nossa!
— Vou lá amanhã!
— Tem que ir, é imperdível!
— Me passa o vinho?
— Ixe, esqueci a sobremesa no fogo. Já volto.
— Ela tá feliz, né?
— Super!
— E como ela tá mandando bem!
— As suas massas também são ótimas, Marcos.
— Por que cê tá me falando isso? Não precisa me comparar com a Renata. Parece que eu tô com inveja dela.
— Tá um pouquinho...
— Era só o que me faltava.
— Abram espaço que eu tô chegando... Licença! Licençaaa...
— Uhu!
— Aêêê!
— O que é?
— Doce de leite de baby camelo com pêssegos frígidos aquecidos em banho josé maria.
— Hmmmmm...
— Arrasou!
— Me passa o vinho? Ei, me passa o vinho aí!

QUANDO HÁ PRIMAVERA

Não sei se escrevo sobre meu livro de raças de cavalo, sobre a visita da minha irmã ou sobre a primavera. Vou escrever sobre os três.

O livro eu tenho desde moleque. Uma série de fascículos que colecionei na infância e mais tarde mandei encadernar. É, digamos, meu livro raro, meu único livro raro. Tem capa roxa e nenhuma fotografia; os desenhos são toscos mas simpáticos; ao lado de cada cavalo, isto é, de cada raça há um texto dividido em cinco partes, a primeira descreve o animal em termos gerais ("cabeça delicada", "perfil côncavo", "olhos expressivos", "conjunto dorso/anca bem curto") e as outras têm os seguintes subtítulos: *Carga genética*, *Histórico*, *Altura*, *Pelagem*.

Histórico (do connemara, por exemplo: "A base da raça é milenar, sendo um dos equinos dos celtas que povoaram as ilhas britânicas quando, na era glacial, estavam interligadas") e *Pelagem* (do ardenês: "alazã e castanha, com casos de castanho-interpolado — ruão —, ou seja, mescla de pelos brancos, negros e vermelhos, ou de brancos e vermelhos, com crinas e membros negros") eram (são) as minhas preferidas. Gosto de imaginar "os equinos dos celtas", sou fã da cor alazã, só de pronunciar a palavra *crina* já sinto a mão afundando na cabeleira áspera de um pangaré do interior.

Minha irmã, por sua vez, estava linda. Linda e tranquila. Fazia meses que a gente não se encontrava e, além do mais, nossos encontros são sempre no meio de uma multidão de comedores de churrasco e bebedores de cerveja do Oeste Paulista — não dá pra conversar direito. Dessa vez a conversa foi longa. Fiquei impressionado. Minha irmã, dois anos, dois meses e dois dias mais nova do que eu, se tornou uma pessoa zen. Cheguei a me perguntar se está fazendo ioga. Depois lembrei que não há professores de ioga em Santo Anastácio e concluí que ela, coisa estranha, é agora uma mulher madura.

Ao seu lado, andando pelas ruas da Liberdade e do centro, ouvindo e falando e lembrando e imaginando, eu era a Besta Uivante ou o Urso de Olhos Cheios D'Água. Mas não. Não é verdade. É só literatura ruim. A gente se divertiu. Foi um fim de semana inesquecível — mesmo porque eu anotei tudo o que fizemos e enviei pra ela num e-mail-diário-de-viagem, que ela respondeu com um "hahahahaha/ continua sistemático/ também adorei/ brigada/ bjs".

Pelos meus cálculos, quase não sobrou espaço pra falar da primavera. Vou apelar pra poesia, que diz em poucas linhas o que tem que ser dito. É um trecho de um poema do norte-americano e. e. cummings traduzido pelo brasileiro Augusto de Campos.

> *ser totalmente louco*
> *quando há Primavera*
>
> *meu sangue aprova,*
> *e beijos são melhor destino*
> *que sabedoria*
> *dama eu juro por todas as flores*

ELOGIO DAS PADARIAS PAULISTANAS

Eu sempre quis escrever sobre as padarias de São Paulo. Elas são a cara da cidade. Mas por isso mesmo, pela importância do tema, faço o que posso pra fugir dele. Escrevo sobre tevês nos bares, conversas contemporâneas tediosas, máscaras, fracassos pessoais, enfim, qualquer coisa que não lembre o leitor aquilo que São Paulo tem de melhor. (Sobre o que tem de pior, o trânsito, também não escrevo. Deixo a tarefa pra gente mais bem informada do que eu, que saiba propor soluções. Me contento em não ter carro e, assim, não aumentar o caos. É uma culpa a menos pra carregar.)

Acontece que na semana passada, aproveitando que tinha consulta marcada com um médico da Vila Madalena, tomei café numa padaria da rua Rodésia de que gosto bastante e, mordendo meu pão com manteiga na chapa, entendi que estava na hora de encarar o assunto.

Voltei pra casa, abri meu caderno de TEMAS P/ CRÔNICAS e encontrei uma lista de nomes de padaria que venho anotando há uns dois anos, com a ajuda de amigos: Estalagem, Flor de Lis, Barbotti, Flor do Minho, Padaria do Portuga, Orquídea Pérola (obrigado, Cilza), Trigonela, Pão D'Ouro, Rio de Ouro, Covadonga, Letícia, Camila, Flor do Mar (aí forçou) e, claro, Charmosa, Nova Charmosa, Nova Charmosa II etc. (O nome mais bonito de padaria fica na minha cidade: Alvorada. Se na época de Homero existisse esse tipo de estabelecimento comercial, na *Odisseia* haveria uma padaria chamada Alvorada.) Adoro nomes de padarias. E sonho com um livro de fotos só com as fachadas das padarias paulistanas, os letreiros em destaque.

Nas páginas seguintes, topei com algumas frases: "A padaria está pra São Paulo como o café está pra Paris, o pub pra Londres, o boteco pro Rio", "Ninguém é totalmente infeliz enquanto come um pão na chapa", "Era um solitário, mas tinha a sua padaria", "A mulher do padeiro é dourada, quente e macia", "A mulher do padeiro tem os cabelos cor de trigo", "O filho do chapeiro come pão velho?", "Por que as padarias querem se transformar em minishoppings?", "Sem as padarias, pra que servem os jornais?", "Nem toda noite de amor em São Paulo acaba numa padaria, só as inesquecíveis", "— Gosta de putaria? — Sou mais uma padaria". Mas chega de tantas aspas.

Uma vez vi um cara ter um infarto dentro de uma padaria. Era gordo, sessenta anos, cabelo ralo. Caiu no chão. Chamaram a ambulância. Foi levado pro hospital. Quando a confusão acabou, um chapeiro disse pro outro:

— Tá vendo? Come coxinha todo dia...

Uma boa coxinha de padaria no meio da tarde divide o dia em dois, em duas metades miseráveis.

Numa manhã de desespero, de fantasmas amorosos perfurantes e dor de corno aguda, a padaria te traz de volta à realidade. De todas as coisas da cidade, a padaria é a mais real. As pessoas, lá, são reais. E você quase consegue aceitar a ideia de riscar outro fósforo e seguir em frente, por muito tempo ainda — desde que nunca falte uma padaria por perto.

FAULKNER E OS CARDÁPIOS POLIFÔNICOS

Sem falsa modéstia: estou longe de ser a pessoa mais inteligente que conheço. Mas também não estou entre as mais estúpidas. Por exemplo, eu leio Faulkner, um escritor considerado difícil. Leio e entendo, quase sempre, o que ele diz. Ler Faulkner me dá a certeza de que meu cérebro funciona. De que minha percepção da realidade pode se aprimorar e ganhar mais consistência.

Num sábado desses passei o dia lendo *O som e a fúria*, uma das suas obras-primas. Li as primeiras setenta páginas, cujo narrador é um deficiente mental. Acho que foi das experiências mais trabalhosas e intensas que tive como leitor. Fechei o livro com a sensação de que um ciclope tinha me atirado cem vezes contra uma cerca de arame farpado, como num pesadelo de que não conseguimos despertar.

De noite saí pra jantar com a minha namorada. Fomos a um restaurante novo no Itaim, com decoração minimalista em vermelho e amarelo e garçons de bigodes retorcidos. Me acomodei na poltrona alaranjada e, morto de fome, li o cardápio. E, juro, tive dificuldade pra atinar com o significado de descrições como "vitela polvilhada com talos de aipo genovês sobre cama de cebolas húngaras entrelaçadas com fios de baby cranberry al dente".

O prato poderia se chamar "malabarismo verbal", "parnasianismo pós-moderno", "a volta dos adjetivos (uma homenagem a Victor Hugo)", mas tinha sido batizado de "nice vitela", o que me deixou ainda mais confuso: seria uma variação de algum prato de Nice, a cidade francesa, ou uma vitela norte-americana e legal? Pedi ajuda pra minha namorada, mas ela também estava atônita. Acabei escolhendo uma sopa que, surpresa, não era líquida e parecia um sanduíche de carne louca multicor. Sou um sujeito aberto pro inesperado. Comi a sopa (que frase!) e fui mais ou menos feliz.

A cerveja ainda não tinha chegado quando dei a última mordida. Minutos depois, foi despejada como uma cachoeira em cima da minha perna. O garçom de cavanhaque surrealista fingiu que nada tinha acontecido. Peguei o guardanapo e tratei de me enxugar. Aí ele deu um risinho cínico e disse:

— Não se preocupe, não foi nada.

Essa fala era minha, certo? Ou será que agora eu tinha que pedir desculpas a ele? Já fui garçom, me formei numa faculdade onde boa parte dos professores eram marxistas e há treze anos faço análise. Respirei fundo e, em vez de mandar o cara pra onde ele merecia, implorei pela conta e saímos. Na calçada, cinco dos sete garçons hipsters tomavam cerveja e fumavam. Talvez isso tivesse alguma relação com o atraso dos pedidos, mas vai saber.

O fato é que voltei pra casa menosprezando o Faulkner. Sua visão de mundo era estreita comparada à complexidade da vida paulistana atual, e sua linguagem, em termos de sofisticação, não chegava aos pés da utilizada nos cardápios polifônicos. Imaginei como ele se sairia em São Paulo, se uma máquina do tempo o ressuscitasse e o abandonasse aqui, e concluí que seria esnobado feito porco em churrasco de judeu.

No domingo recobrei a lucidez. E decidi ficar em casa. Lendo Faulkner, claro.

UM FUSCA

— Cês viram que roubaram o Fusca do Paulinho?

Estávamos num jantar de aniversário. Como de costume falou-se dos amigos ausentes, e então alguém deu a notícia trágica.

Sei que Fuscas não valem grande coisa e todos os dias centenas de carros são roubados em São Paulo. Mas aquele era um carro especial. Seu valor não podia ser medido em reais.

Se não me engano o Paulinho o comprou em 2002, 2003, numa era pré-iPhone e pré-casamento, quando encontrar os amigos não era tão complicado, só dependia de você querer ou não, pois sempre havia algum desgraçado na rua, nos bares, a fim de atravessar a noite heroicamente, e o Fusca vermelho-tomate se transformou no meio de transporte oficial dos fins de festa. (Isso numa era pré-lei seca, é verdade.)

Voltar pra casa de carona no Fusquinha, com o barulho nada estridente, agradável até, do seu motor de geladeira servindo de trilha sonora, era como, numa ambulância, ouvir uma balada de George Harrison da boca de uma enfermeira que fosse a irmã gêmea da Scarlett Johansson. Era a melhor maneira de iniciar o doloroso processo de abrir a porta do apartamento vazio, escovar os dentes, tomar um copo d'água, arrancar os tênis com a ponta dos pés, deitar sobre um lençol mais ou menos limpo e desmaiar.

Depois vieram os casamentos e os filhos; todo mundo começou a trabalhar demais e a tomar Omeprazol; as baladas ficaram cada vez mais escassas; de minha parte, passei a beber menos e só no fim da tarde, pra conseguir levantar cedo no dia seguinte e escrever.

Fiquei anos sem ver o Fusca do Paulinho. Fui reencontrá-lo no casamento do Chico e da Belle, que fizeram questão de que o amigo fosse o chofer e o Fusca a Limousine que os levasse pro restaurante do centro onde ocorreu a cerimônia.

Outra glória da joaninha: foi dentro dela, numa noite de verão, que a Marina, hoje mãe da filha do Paulinho, sentiu as pernas molhadas e disse ao marido, que dirigia enquanto lhe contava sobre uma tia excêntrica, "corre pro hospital que acho que a bolsa rompeu".

Numa das últimas bebedeiras mastroiânnicas, o Paulinho, a Marina, minha namorada e eu planejamos ir a Juiz de Fora de Fusca. Diziam que lá havia uma oficina mecânica especializada em Fuscas, e o do Paulinho estava precisando trocar o assoalho.

Essa viagem, que afinal acabou não acontecendo, ocupou muitas horas da minha imaginação. Aos poucos foi ganhando a consistência de um pequeno road movie pessoal, com queijos, cachaças, torresmos, estradas, montanhas, janelas, estrebarias e outras maravilhas pululando aqui e ali.

Na minha cabeça, Juiz de Fora, que só conheço de um poema de Manuel Bandeira, virou uma espécie de Pasárgada possível, cheia de mineiros simpáticos e um mecânico sem pressa, que não terminava nunca o serviço — e assim tínhamos tempo de sobra pra visitar as praças, os botequins e os casarões coloniais com azulejos tão bonitos quanto iluminuras de pergaminhos do século XIII.

Mas a essa altura o Fusca já foi depenado e não existe mais. Talvez Juiz de Fora também não exista mais. Ou é alguém em mim — o que de certo modo é um alívio — que aos poucos vai deixando de existir.

FIM DE FESTA NA POMPEIA

— Bombeiros, emergência.
— Boa noite. É do Corpo de Bombeiros? Como é o seu nome?
— Soraia.
— Soraia, é o seguinte, vê se você pode me entender. Eu tô dando uma festa... É meu aniversário e... Eu resolvi dar uma festa... Uma festa ótima... Tava ótima...
— Em que posso ajudá-lo, senhor?
— É que, tenta me entender, So... Como é mesmo o seu nome?
— Soraia.
— Soraia, eu tava dando uma festa, juro, uma festa maravilhosa, é meu aniversário. Chamei umas cem pessoas. Eu tô solteiro, convidei um monte de gente, umas amigas maravilhosas, mulheres independentes, inteligentes! Umas mulheres maravilhosas... E aí... puxa, diz se não é pra deixar o cara maluco... aí a água da caixa acabou. Assim, do nada! De repente. Juro...
— Senhor...
— Sei que parece bobagem, mas olha só... Acabou a água da caixa no meio da festa. As meninas tão indo embora. Porque... você me desculpe, mas é verdade: vomitaram no banheiro todo, e não tem descarga... Uns caras que não sabem beber, putz. E, você sabe, a privada tá toda suja também... já tava antes... antes de vomitarem. Aí eu liguei pra Sabesp, mas ninguém atendeu. Aí eu tô ligando pra vocês, porque os bombeiros são um serviço público, não são? E...

— Senhor, o senhor sabe que trote é crime?
— Eu não tô passando trote, Soraia. O Corpo de Bombeiros... não é um serviço público, pra população?
— Sim, é público.
— Então você não pode mandar um caminhão cheio de água aqui pra minha casa?
— O senhor está sugerindo que eu envie um caminhão pipa pra encher a sua caixa d'água?
— E pra desentupir a privada também.
— Senhor...
— Seria tão fácil pra vocês... Com aquela mangueira de apagar incêndio, pô, em cinco minutos taria resolvido.
— Senhor, trote é crime.
— Não é trote, Soraia, eu juro, por favor. Eu fiquei um mês ajeitando essa festa, gastei meu salário inteiro em gelo, cerveja, comprei um pernil imenso no Estadão... Já comeu? É uma delícia, fica aí perto da Consolação. Enfim... fiz uma porrada de coisas...
— Trote é crime, senhor. Vou avisar: se eu registrar a sua chamada o senhor pode ser preso.
— Agora tá todo mundo indo embora, a festa tá acabando, vão sobrar os amigos de sempre... Você não quer me ajudar?
— Senhor...
— Você é casada, Soraia?
— Não.
— Você é feliz?
— Senhor...
— Soraia, eu vou ser sincero com você. Eu tô tão carente, faz tanto tempo... Eu sinto uma solidão! É como se eu não fizesse mais parte do mundo, do mundo das pessoas, dá pra entender? Eu queria tanto uma namorada. Não é só sexo...
— Senhor!
— Ah... poxa, a festa tá miando, tava tão cheia. Meu, a Joana. Se você visse a Joana. Ela tem uma boca meio pra fren-

te... Ela não é dentuça! Mas quando ela fala parece que ela tá mordendo as palavras. Eu fico louco com isso. Ô, Soraia, quebra essa pra mim, vai...

— Senhor, eu entendo o seu problema, mas vou dizer pela última vez. Trote é crime. O senhor quer mesmo que eu registre a chamada?

— Como?

— Registro a chamada?

— Registra? É...

— Registro a chamada, senhor?

— Não registra, não.

— Boa noite, senhor.

— Boa noite... mas, Soraia?

— ...

— Você partiu meu coração.

CAETANO E AS BACANTES
E A CARA DO SENADOR

Eu tinha dezessete anos e era a primeira vez que vinha pra São Paulo. Eu e o Caio, quase dois anos mais novo do que eu, no apartamento do Conrado, irmão dele. Meus primos. Meus amigos. Meus irmãos. Sem os pais por perto, na imensa cidade de São Paulo, onde reinava o anonimato e tudo era permitido.

Eu estava achando o máximo. O Caio também. Comprávamos garrafas de Velho Barreiro e muitos maços de cigarro no mercado da esquina (na capa de um jornal importante, Caetano Veloso, nu, era devorado pelas bacantes do Teatro Oficina) e enchíamos a cara ouvindo os Mutantes. Eu tentava fechar um poema que começava com o verso "A mulher que me ilumina", embora nenhuma mulher estivesse disposta a me iluminar ou mesmo a fazer coisas mais modestas e agradáveis comigo. O Caio arranhava o violão. De noite o Conrado chegava do trabalho e nos levava pra festas da faculdade.

Numa dessas bebedeiras vespertinas, admirando do sexto andar a rua tornada maquete lá embaixo, provavelmente nos sentindo muito protegidos (eu pelo menos nunca tinha me hospedado num prédio antes), o Caio e eu começamos a atirar papel higiênico molhado pela janela. Nas pessoas, na rua, nos carros. Lembro de um cachorro castanho com a cabeça branco-neve; de um cara forte, careca, olhando pra cima alucinado, procurando os responsáveis por aquela imperdoável lambada nas suas costas; de um Fusca vermelho, parado junto ao meio-fio, que ficou malhado como uma joaninha albina; da calçada cinza do edifício em frente, abarrotada de borrões alabastrinos. A essa altura já tínhamos trazido um balde cheio de água pra perto da janela e sete dos oito rolos de papel que havia na casa. Quando o papel e a pinga acabaram, dormimos cada um numa poltrona da sala.

— Vocês são dois idiotas. Moleques. Caipiras. Não acredito que vocês fizeram isso! — Conrado nos acordando.

Tentei abrir os olhos, mas estava difícil. A pior ressaca de 1996. Vergonha, arrependimento. E medo de ser preso.

O Conrado continuou:

— Vocês têm sorte do Gilmar, o porteiro, ser meu chapa. Ele me chamou num canto e contou o que aconteceu. Disse pra eu dar um toque em vocês. A vizinhança tá puta da vida, mas não sabe quem foi. O Gilmar sacou que foram vocês, tocou o interfone e ninguém atendeu. Ainda por cima o som devia estar bem alto, né, seus merdas?

Teve início um bate-boca entre os irmãos. Fui até o banheiro. Realmente inteligente não ter dado cabo dos oito rolos de papel.

Naquela noite o Conrado saiu sozinho.

No dia seguinte fui ao mercado buscar cigarro e Coca. Na banca de jornal, em vez do pau do Caetano, a cara flácida de um senador envolvido num esquema de corrupção. Fiquei confuso. Era como se a foto do Caetano jamais tivesse existido ou fosse parte de um mundo desaparecido pra sempre. Pensei em Woodstock. Pensei num poema de Baudelaire. O que era viver em São Paulo, afinal? No fim do ano eu prestaria vestibular pra alguma universidade paulistana e, se passasse, teria tempo pra descobrir.

NA VILA MARIANA

De 1999 a 2002 morei numa vilinha na Vila Mariana com três amigos: dois primos do interior, o Conrado e o Caio, e um conhecido paulistano, o Rafael. Nossos planos, ao nos mudarmos pra lá, eram os piores possíveis. Estudar e trabalhar apenas o necessário, dar festas de três a quatro vezes por semana e esperar que as coisas acontecessem.

As coisas. Vai saber o que cada um imaginava sobre elas. Eu lia poesia e queria entender o Segredo da Existência. Me metia em confusões e depois penava pra me livrar delas. Todo domingo eu me sentia um verme e escrevia poemas cheios de remorso.

Durante a semana, porém, não sobrava tempo pra melancolia. O churrasco começava cedo e acabava quase de manhã. A casa, vista de fora, era uma bomba prestes a explodir. Eu saía pra fumar um cigarro ao ar livre e de repente um convidado chegava, tocava a campainha. No escuro, incógnito, eu tentava reconhecê-lo. Mas não fazia ideia de quem era. A gente vivia cercado de estranhos.

Uma vez eu estava dormindo quando um casal de Florianópolis se deitou na minha cama. Surpreso com a minha presença, o cara perguntou se eu me importava de eles transarem ali do meu lado. Respondi que não, imagina, fiquem à vontade. E fechei os olhos, pensando: na ilha de Wight deve ter sido assim.

Após alguns meses morando juntos, as palavras *privacidade*, *propriedade* e *individualidade* foram banidas do nosso vocabulário. Os CDs se perdiam numa velocidade absurda. As cuecas se tornaram coletivas. Se você queria mesmo usar determinado casaco pra ir ao cinema com uma namorada, era preciso escondê-lo entre o colchão e o estrado da cama até a hora de vesti-lo.

Um dos momentos mais insanos dessa época aconteceu no aniversário de dezenove anos do Caio. Às três da madrugada, o Conrado, caixa de bateria a tiracolo, organizou um bloco de Carnaval e saiu pela vila cantando marchinhas, gritando loucuras e convocando os vizinhos a se juntarem ao tumulto. Dona Luiza, cujos roncos ouvíamos nas raras noites de silêncio, surgiu de camisola, assustada. Pensou que fosse um tiroteio. Então sentou na mureta da porta e ficou rindo de nós. (Pra retribuir sua paciência, toda manhã a gente levava o lixo dela até a lixeira da rua.)

O Zé e a Constança, que horas antes tinham passado pela festa, levantaram, abriram um champanhe — e atravessamos o deserto do Saara. Uma amiga descolou (não sei como) umas serpentinas e uns colares havaianos. Lembro do Esquilo tocando trompete em cima do carro da Manu.

Aí a polícia apareceu, atendendo ao chamado do Coutinho, vizinho que nos odiava e cuja filha adolescente estava proibida de frequentar o nosso lar, e acalmou o pessoal.

No início de 2003 percebi que precisava de um mínimo de ordem pra estudar e escrever. Além disso, estava ficando cansado daquela vida. Arrumei um emprego que pagava bem e abandonei a república. Acho que tomei a decisão certa, inevitável. Mas às vezes gosto de imaginar que não.

NÃO SÃO O QUE PARECEM

Meu pai tinha dado uma câmera de filmar (VHS) de presente pro pessoal da república da Vila Mariana, onde morei dos 20 aos 23 anos, e o Rafael Pellota, que trabalhava com cinema, passou a filmar tudo o que acontecia na casa. Filmava a gente dormindo, comendo resto de pizza de manhã, fumando maconha à tarde, fazendo churrasco, lendo, roubando cueca limpa da gaveta do outro, bebendo caipirinha de álcool Zulu (aconteceu só uma vez) adoçada com mel (que, depois descobrimos, era óleo de soja) quando, de madrugada, acabava a cachaça e o açúcar.

Com o Neder, um dos agregados mais assíduos, ele fazia um programa de entrevistas à Jô Soares. O Neder entrevistava os moradores da casa e os amigos e também atuava nos anúncios no intervalo do programa. Lembro de um em que ele tirava inesperadamente os tênis que estava usando e os segurava na altura do peito, enquanto enumerava as qualidades dos "tênis Sorocaba".

De vez em quando a gente assistia às gravações. Eu morria de vergonha da minha voz e do meu jeito e torcia, e ainda torço (que palavra estranha essa, *torço*), pra que com o tempo as fitas embolorassem numa sala úmida ou virassem pó num incêndio. A verdade é que ninguém sabe onde foram parar essas fitas, mas desconfio que aprendi uma coisa com elas.

Pra comemorar o aniversário do Conrado demos uma festa. A menina por quem eu estava apaixonado apareceu.

Meus amigos da faculdade também puderam ir. Nossos vizinhos estavam viajando e por isso não haveria problemas com o barulho. Enfim, tudo prometia, e no dia seguinte (vamos pular os detalhes sórdidos) eu não tinha dúvidas de que aquela tinha sido "a melhor festa da minha vida". Na lombra boa de uma ressaca sem remorso, flutuei pelo domingo como o Buda, nosso peixe de estimação, navegava pelo aquário. E escrevi um poema que começava com este verso pretensioso:

A felicidade é um vilarejo destruído
[*no sangue escuro do meu coração*

De noite, rachando um China in Box com o Rafa, vimos a filmagem do sábado. Então aquilo era o que, na minha cabeça, tinha sido um novo Woodstock? Pessoas paradas, segurando copos, sorrindo, às vezes levantando a mão desocupada no meio de uma conversa, num momento de maior entusiasmo ou timidez. Alguém chapado sentava num canto e dormia. Um casal de namorados se abraçava. Um grupo dançava, civilizadamente, na porta da cozinha. Nada daquilo era extraordinário e bem podia ter acontecido, digamos, na sede do Rotary Club. Fui deitar deprimido. De repente tinha entendido que boa parte do que eu julgava ser a realidade era apenas a minha viagem pessoal.

Em todo caso, isso não adiantou muito, pois não mudei meu modo de viver — só me senti mais quebrado. Passei os últimos dez anos sentindo falta dessas festas em que, eu imaginava, a comunicação era absoluta e os sentidos quase atingiam o êxtase. De lá pra cá li uma penca de livros, mandei e-mails, telefonei, comi em excesso, bebi um apartamento e ouvi muita música popular. Não digo que não valeu. Mas também não foi tão divertido assim.

O ELVIS DA PAULISTA

O que é São Paulo? O que é o Brasil? O que significa ser culturalmente colonizado? Qual o preço da minha liberdade? O que o Mussum estará fazendo a essa hora no Céu dos Trapalhões?

Eram perguntas que eu me fazia, rindo sem parar, enquanto sacava dinheiro num caixa eletrônico da Paulista depois de ter presenciado uma cena verdadeiramente extraordinária, como diria o velho boxeador de *Caros f... amigos*, de Mario Monicelli.

Acontece que minutos antes, por volta do meio-dia, eu caminhava pela calçada do Masp, sentido Consolação, quando, na quadra do shopping Center 3, ouço a melodia de "Suspicious Minds".

De início achei que fosse loucura minha, mas em seguida vejo, perto de um ponto de ônibus, um Elvis cover — calça boca de sino branca, camisa, branca também, desabotoada até a altura do umbigo com a gola virada pra cima, topete (peruca?), costeletas (postiças), relógio e colar dourados, óculos escuros e sapatos brancos de bico fino. Segura um microfone conectado à caixa de onde vem a música, finge cantar ou canta por cima da voz original — e dança.

Até aí nada de mais, embora o visual de Elvis Presley na fase Las Vegas seja sempre chocante.

Mas eis que um ônibus para ao lado de Elvis, as portas se abrem e, ato contínuo, o cantor entra nele pela porta da frente. O motorista ri. O cobrador ri. Elvis, mais empolgado do que nunca, alcança o volante e aperta a buzina — uma, duas, três, quatro vezes.

Não há mais passageiros pra desembarcar, mas o ônibus não arranca. Elvis canta lá dentro, como uma Ivete Sangalo que se tornasse guia de excursão. Um grupo razoável de pessoas na calçada observa e comenta a cena. Elvis volta pra escada, faz dela seu palco e grita:

— Vamos lá, gente! Todo mundo.

"Suspicious Minds", que nunca foi uma canção propriamente recomendada pra se ouvir com a cabeça dentro de um tubo de ressonância magnética, parece agora a música mais alucinada da história. É como se alguém tivesse aumentado o volume do som e acendido uma tocha olímpica dentro do peito do Elvis pirata.

Ele pula no degrau, de braços erguidos e agitando as pernas. De repente sobe — correndo — mais uma vez a escada e, no auge da performance, abraça e beija o motorista.

Quando desce do ônibus, é aplaudido. Um senhor tira o celular do bolso e se posiciona pra tirar uma foto do astro. Mas este, ao ver a câmera, se agacha, estende a perna esquerda de lado, pega com a mão esquerda o bico do sapato, abre o peito, sorri pro fotógrafo e faz um alongamento — com evidente orgulho da própria elasticidade.

Em segundos o público se dispersa. Outros ônibus passam. Nem pensam em parar. Elvis ataca de "Teddy Bear".

Ó alma! Ó pensamento! Ó Cuba! Ó Lina Bo Bardi!

MEU COMPANHEIRO DE ÔNIBUS

Deviam ser umas seis e meia da manhã. Eu atravessava a Paulista, num Terminal Pirituba/Metrô Vila Mariana mais ou menos cheio, em direção ao colégio Bandeirantes, no Paraíso, onde dava aulas de redação. Sentado, eu lia *O professor e o aluno: uma relação de coleguismo* ou *Nova ética, novos tempos* ou *Eu fui um garoto bizarro*, não lembro bem, quando o cara entrou no ônibus, falou com o cobrador, passou por baixo da catraca, se pôs de pé e nos explicou o motivo que o levava a esmolar.

Estava desempregado e tinha um olho de vidro. E um olho de vidro, como vocês sabem, é tão mais caro quanto mais próximo do tamanho e da aparência do olho natural. Havia olhos de vidro caríssimos, olhos de rico, que nem pareciam de vidro. Havia ricos famosos que tinham olho de vidro e ninguém notava (citou alguns nomes, que prefiro manter em segredo). Havia inclusive um tipo de olho de vidro tão perfeito — produzido pela NASA e que na verdade não era de vidro, mas de um material de última geração descoberto por acaso numa pesquisa com camaleões do deserto do Mojave e que permite ao portador alterar as cores da realidade de acordo com seu desejo, medo ou frustração —, que milhares de pessoas com olhos saudáveis estavam optando por substituir seus olhos originais por esses globos oculares tecnológicos e extraordinários.

O olho de vidro do meu companheiro de ônibus era dos mais baratos e tinha o tamanho de um bolão de gude. A fim de prová-lo, tirou o olho bojudo e o exibiu de banco em banco, a cada um dos passageiros. Parecia pintado por uma criança assustada ou por um demônio que sofresse de Parkinson. Parecia o óvulo fossilizado de uma hiena do século VII.

Minutos depois, com o olho de vidro devidamente encaçapado, meu companheiro de ônibus confessou que seu maior desejo era comprar um olho novo. Aquele — éramos testemunhas — estava feio de ver. Então passou seu chapéu imaginário, no qual deixei uma moeda de um real antes de retomar a leitura de *O dia em que o professor chorou na sala de aula* ou *As fraldas que mamãe trocou não voltam mais*.

ANGÚSTIA

— Você é uma coisa preciosa, você é uma névoa preciosa, você é uma lancha preciosa, você é uma janela vermelha preciosa, você é uma sósia de si mesma preciosa, você é uma pista de gelo preciosa, você é uma camiseta de renda preciosa, você é uma nuvem sem garras preciosa, você é uma bandoleira cigana preciosa, você é uma ânsia de vômito preciosa, você é uma canoa de esquimó preciosa.
— Para com isso, meu.
— Você é uma girafa em miniatura passando debaixo da minha perna enquanto escrevo.
— Tá me zoando?
— Seu cabelo lucipotável vale mais que mil poemas.
— Cara, não pira.
— Você é uma coisa preciosa, você é um sorvete incandescente. Você devia ter passado a infância sentada na carteira ao lado da minha, devia ter sido minha colega de escola e, no recreio, devia ter me oferecido um pedaço do seu sanduíche.
— Que bonitinho.
— Vou cortar minha barriga num lugar que não dói muito; um amigo médico me ensinou. Cê vai me ver no hospital?
— Isso é assunto seu, né?
— Quero ir pro Chile com você. Lá existem mais de vinte tipos de mariscos, sabia? Alguns são do tamanho de um sapato. Depois de uma semana frequentando o Mercado Central, eu te faria a Rainha do Vinho, com coroa de folhas de uva e dinheiro pro táxi até o hotel. O que acha?

— Brega. E semana que vem não posso.

— Um dia vou voltar a Carcassonne e chorar. Vou visitar o túmulo daquela velha que falava espanhol e recitou versos de Lorca pra mim. Lerei Lorca e Blas de Otero pra ela. E levarei flores. Serei sincero de novo.

— Faça isso.

— Se os cachorros são livres, por que nós não somos? Se os cachorros correm soltos por aí, por que eu não consigo?

— ...

— Às vezes penso em sair de São Paulo. Mas fora daqui não tenho nem a minha angústia.

— Sinto muito, preciso desligar.

— Você é uma coisa preciosa. A sua boca lembra um banjo. Você conhece os astronautas. A sua pele é chandeluda.

(Cê bebe leite num bistrô da lua.)

XADREZ HUMANO

Do cenário o leitor talvez se lembre: a casa na Vila Mariana onde morei com amigos durante o período de faculdade e sobre a qual já escrevi mais de uma vez neste espaço. Os personagens são doze ou treze amigos, homens e mulheres, sentados no sofá e no chão da sala, ouvindo música e conversando. Sem dinheiro pra cerveja, bebem tereré, espécie de chimarrão gelado comum no Oeste Paulista e no Mato Grosso do Sul, que um deles trouxe da última viagem a Presidente Venceslau. Chove. Está ficando tarde. Alguém fala em ir dormir, mas é impedido.

— Espera um pouco que a Dani tá chegando com um skank holandês premiado.

Uma hora depois o tereré é abandonado numa mesinha de bambu e a conversa atinge a lua. Querem fazer macarrão, mas não tem molho nem gás. Dividem um pacote de bolacha água e sal e fumam mais um pouco. A água do filtro acaba. Dois vão a pé até o posto comprar Coca-Cola e vodca. Demoram pra voltar e, nesse meio tempo, o Roubada tem uma ideia genial e pede silêncio pra anunciá-la.

— Vamos jogar xadrez humano!

Como? Ele explica que o piso da cozinha é um tabuleiro de xadrez, em vez de preto e branco, preto e verde-claro. Nós seríamos as peças.

A princípio não é levado a sério, mas logo estão desparafusando a porta da cozinha pra que a mesa de bilhar e a de comer sejam transportadas até a sala. Também retiram as cadeiras. E o armário de copos. E as bicicletas. Um deles encana com a louça suja e leva tudo numa bacia pro quarto do único morador da casa que está ausente.

    Ninguém sabe direito as regras do jogo. Procuram na internet um site sobre o assunto e esclarecem as dúvidas uns com os outros. Decidem que cavalo pode andar em L e em V, com três casas pra cada perna do V. Um purista se ofende e vai embora. Bebem uma rodada de vodca com Coca, que chamam de rússia-libre, e se posicionam.

    A cada meia hora os times têm um tempo pra discutir estratégias. Quando isso acontece marcam com um giz azul de bilhar o nome de cada jogador sobre a lajota em que se encontra, pra que não haja trapaças na retomada das posições.

    Às duas da manhã aparece uma nova turma de amigos. São sorteados e incorporados aos times. Quem é comido é obrigado a servir drinques pros que permanecem no jogo. A essa altura já concluíram que não tem problema quem está cansado sentar no chão. Cadeira e banquinho são proibidos. Não lembro por quê.

    Eu era uma torre e fui o primeiro a ser eliminado.

    Fui dormir o quanto antes porque no dia seguinte tinha uma prova de linguística.

    Quando passei pela cozinha de manhã, um rei e uma rainha se encaravam com olhos muito vermelhos.

UMA MÁSCARA E UM MURO
QUE ME ESCONDAM

"*O make me a mask*" ("Oh, faz-me uma máscara"), pediu o galês Dylan Thomas num de seus poemas, e sempre que começo a me sentir vulnerável demais, exposto demais ou ridículo demais, o que comigo acontece regular e infinitamente, lembro desse fragmento de verso, vou até a estante, pego o meu *Poemas reunidos* com tradução de Ivan Junqueira e uma edição em inglês, e leio essa prece terrível — primeiro em português, depois no original.

> *Oh, faz-me uma máscara e um muro*
>   *[que me escondam de teus espiões*
> *Dos agudos olhos esmaltados e das garras*
>   *[que denunciam*
> *O estupro e a rebeldia nos viveiros de meu rosto*

É um poema curto, de doze versos longos, e dá pra ler várias vezes antes, digamos, de entrar numa reunião ruim de trabalho ou de encarar uma festa de aniversário de um ex-amigo íntimo com quem tivemos problemas, mas não o suficiente pra faltarmos à comemoração.

Eu tinha 23 anos, estava desempregado e precisando de dinheiro. Uma amiga que trabalhava num cursinho pré-vestibular me arranjou uma entrevista com o coordenador de Língua Portuguesa, Redação e Literatura. Eu tinha acabado de publicar meu primeiro livro, de poesia, e achei que versos, metáforas, aliterações e esse tipo de coisa talvez tivessem algo a ver com literatura, com redação, quem sabe até com língua portuguesa. Levei um exemplar pro coordenador, já que eu não tinha nada no currículo além de alguns trabalhos como revisor. Ele me entrevistou, com a cabeça excessivamente jogada pra trás (não esqueci seu pomo-de-adão), e no meio da entrevista deu um jeito de dizer: "É como se você pensasse que pode me comprar trazendo um livro de poemas". Eu sorri — no salão espelhado das pequenas humilhações. Se eu tivesse uma máscara nessa época, ninguém teria visto esse sorriso que não acaba, que não acabará jamais.

Mudança de cenário: eu tinha dezesseis, ela também. Era alta, loira, de olhos verde-azuis, linda e um tanto desengonçada. E era mais inteligente do que eu. Isso não me incomodava. Pelo contrário, era um motivo secreto de orgulho — orgulho dela que, embora superior, não me desprezava, e de mim, que era capaz de lidar de igual pra igual com um cérebro mais poderoso do que o meu. Ela era de São Paulo, eu ainda estava atolado na roça. Então nossos amigos nos trancaram numa sala vazia, com duas cadeiras uma de frente pra outra e, antes de voltarem pra pista de dança, disseram qualquer besteira cuja tradução poderia ser: conversem até conseguirem se beijar. Ficamos o resto da noite ali, no mínimo duas horas, eu olhando pras minhas mãos, pros meus tênis, pro tapete e pra lareira fria, sem lenha pra queimar. E não trocamos nenhuma palavra. Era como se eu tivesse engolido um passarinho morto. Eu deveria ter ganhado uma máscara junto com a primeira lâmina de barbear.

Uma máscara que me impedisse de vomitar. Que me ensinasse a rir ou esquecer quando preciso. Uma máscara pra aceitar e outra pra recusar. Pra jogar no sofá quando volto pra casa.

ESQUILO

Durante dois anos moramos com mais três amigos num apartamento em Pinheiros. Eu tinha 18, 19 anos, e ele já tinha 20, 21. Nascemos na mesma cidade e nos conhecemos na casa da minha avó. Ele era o garoto que entregava as compras do mercadinho da esquina. Jogamos bola algumas vezes e ficamos amigos. Depois nos distanciamos.

Quando viramos adolescentes, conhecidos em comum nos reaproximaram. A essa altura o Esquilo, junto com seu primo Rato, tinha se tornado líder de uma turma que ouvia metal, pichava muros e tomava rabo de galo. A gente se encontrava no Largadinho's Bar.

Num sábado à noite o Esquilo estava sem dinheiro pra beber e, pelo preço de uma cerveja, tirou a calça e a cueca e atravessou a avenida lotada andando devagar. Num outro sábado de madrugada subiu no topo da torre de energia elétrica, que devia ter uns duzentos metros, e começou a gritar absurdos. A polícia apareceu e o mandou descer. Mas então o Esquilo descobriu que tinha medo de altura, estava em pânico e não conseguia voltar. Tiveram que chamar o Corpo de Bombeiros pra tirá-lo de lá.

Em São Paulo ele se tornou barman do hotel Renaissance. Com o que ganhava pagou uma faculdade de hotelaria e fez vários cursos sobre assuntos diferentes: astronomia, história da França e alemão. Não sei se chegou a aprender alemão, mas sei que leu dois ou três livros de Kafka. Gostou especialmente de *O processo*.

No dia 16 de junho de 1998, depois que o Brasil derrotou o Marrocos por 3 a 0 num jogo da Copa, saímos nuns dez caras pra comemorar, mas não sabíamos onde. Alguém, e esse alguém era eu, teve a ideia de ir ao bar Finnegan's, na Cristiano Viana, unir a celebração futebolística à literária, pois era Bloomsday, o dia do livro de James Joyce. Uma mulher de tailleur preto anunciou que seriam lidas traduções de trechos do *Ulysses* pro mandarim e pro tupi e que Haroldo de Campos estava doente e por isso não poderia participar do evento.

O público era o mais bem-educado do universo. Ninguém se mexia nem conversava. Vestido com uma camiseta verde e rosa da Mangueira, eu só queria ir embora dali. Mas o Esquilo fez sinal pra esperarmos e atravessou a sala — ele era magrelo, um pouco corcunda e tinha mesmo cara de esquilo — até a mesa dos palestrantes, que ainda não tinham chegado, e pegou a garrafa de uísque, cheinha, de cima dela. Pegou uns copos também e serviu algumas pessoas da plateia. Eu temi pelo pior, mas elas acharam graça. Depois o Esquilo encheu pra gente um copo até a boca e ganhamos a rua.

Quando casou, o Esquilo foi morar em Londrina, teve um filho e é dono de um restaurante por quilo onde o Rato é o gerente.

O Esquilo foi o ser humano mais engraçado que conheci. No entanto, da última vez que o encontrei ele estava bem sério. Em quinze anos acontecem coisas demais na vida de qualquer um e o bom humor se torna um ato de heroísmo, não um estado natural. O importante é saber que o Esquilo ainda está por aí.

MANU

O Paeco, pai dela, foi a primeira pessoa que conheci em São Paulo, na fila de matrícula da faculdade. Meses depois, durante uma aula em que por acaso sentamos lado a lado, ela me viu assinando a lista de presença e perguntou:

— Você que é o Fabrício? Eu sou a Manu, filha do Paeco!

Ficamos amigos na hora. (No fundo, acho que o Paeco queria que eu me tornasse seu genro — ou eu é que queria que ele virasse meu sogro —, mas a Manu nunca me olhou com outras intenções.) Nos últimos dezesseis anos vivemos tantas coisas juntos que dá até preguiça listar as festas, viagens, situações engraçadas, pequenas tragédias, segredos e grandes alegrias que formaram e sustentam a nossa amizade. Mas esses dias ouvi uma história a respeito da Manu que ilustra bem quem ela é, por que sou seu fã e por que serei eternamente grato a ela por deixar que eu faça parte da sua vida.

Um amigo em comum — vou chamá-lo de Rafa — se separou no começo do ano, depois de quase uma década casado. Ficou muito mal, lambendo sarjeta de boteco e, de vez em quando, da casa da ex-mulher, pedindo em vão que ela voltasse pra ele. A Manu, solidária como sempre, humana como poucos, visitava o Rafa uma ou duas vezes por semana. Ela o mimava com queijos, chocolates, vinhos, flores e comida caseira. E nada do Rafa melhorar. "Vou me matar", dizia. A Manu o acalmava, ia com ele ao bar da esquina, fazia o desgraçado rir.

Além das visitas, enviava torpedos diários, pra que o Rafa nunca se sentisse completamente sozinho. No início eram mensagens preocupadas: "Me conta como você tá", "Está se sentindo um pouco mais leve?", "E aí, como anda esse coraçãozinho que eu adoro?". Porém, após dois, três meses cuidando do infeliz e vendo que o animal continuava atolado em melancolia épica, incurável, a Manu mudou de estratégia. Passou a enviar fotos de atrizes famosas com frases entre aspas pro nosso amigo.

Num dia era Catherine Deneuve, sorrindo tristemente num sofá, quem dizia: "Ai, Rafa, só mesmo você pra me fazer rir nessa festa". No outro, Monica Vitti, com o telefone no ouvido, suplicava: "Eu sei, meu bem, mas já conversamos sobre isso. Preciso desligar, ok?". Então era a vez de Scarlett Johansson, com um decote sexy, provocar: "Vai, gato, pega esse copo e bebe comigo". Ou de Isis Valverde, tomando sol em Ipanema, pedir com voz metálica: "Baby, você passaria protetor solar nas minhas costas? Nas pernas e no bumbum também, por favor".

Dizem que a Manu caprichou tanto que o Rafa começou a ter sonhos eróticos com essas mulheres cósmicas e, uma vez pelo menos, com a própria Manu. Mas ela, quando soube desse detalhe, mandou-lhe um torpedo com uma foto dela criança e aos berros seguida da legenda: "Não confunda as coisas, querido, ou posso ficar muito brava".

DAS 9H ÀS 18H

— Bom dia.
— O braço melhorou?
— Quem deixou esse bilhete?
— Pera eu só lavar a mão.
— Alguém aí tem analgésico?
— Meu, a Rebouças tá parada!
— Vamos tomar um café?
— Li o conto que você falou. Lindo.
— Nossa, ontem fui comprar pão e levei o cachorro comigo. Amarrei ele num poste, comprei pão, Coca. Aí fui pra casa e jantei com a família. Depois fomos ver tevê. Já tava quase no final de um filme quando ouço um chorinho de cachorro lá fora. Eu tinha esquecido o cachorro na padaria!
— Tem um lápis sobrando?
— Não consigo fechar esse release.
— Alguém trocou o toner da impressora?
— O papel acabou.
— Não tem molho de pimenta?
— Depois preciso pagar uma conta.
— Esse meu dedo é de ferro. É uma prótese de ferro. Juro. Eu tava acampando no Mato Grosso, Mato Grosso do Sul, e cortei o dedo com o facão. Meu cunhado me levou pro hospital. Não tinha médico. Um enfermeiro me atendeu e botou essa prótese de ferro. Por isso não fico tomando muito banho. Pra não enferrujar.
— Eu não devia fazer isso, mas vou comer um pudim.
— Seu sobrenome é Tronca? Parece de atriz pornô!

— Agora tô ocupado.
— Alguns gramáticos aceitam.
— Lembra Graciliano.
— Com ou sem açúcar?
— Lê aí meu horóscopo.
— Oito a um?
— Ele falou que tem um dedo de ferro!
— O papo tá bom mas eu tenho que subir.
— Quero que ele morra.
— Ela não quer colocar o ano de nascimento?
— Churros é espanhol.
— Preciso de um café.
— Posso ir no banheiro antes?
— *Caixeiro-viajante* tem hífen?
— Que luz bonita!
— Não acredito que cê esqueceu o cachorro na padaria!
— Tô com uma fome! Não almocei direito hoje.
— Pedro e Miguel. O Miguel é o mais velho.
— Cara, dicionário de sinônimos é um tesão, né?
— A coleira levaram.
— E chove...
— Como eu faço pra chegar no Unibanco às sete?
— Alguém encara um último cafezinho?
— Um extraordinário fim de semana pra vocês!
— Ufa, foi pra gráfica!
— Vamos almoçar depois?
— Que?
— Ai!

NA LIVRARIA

Ela estava de costas, olhando livros numa estante, e me chamou a atenção seu cabelo muito preto. Um cabelo bem cuidado, com alguma ondulação, cortado rente ao ombro. Só depois de observá-lo por um tempo é que reparei nos braços, nas costas e no resto do corpo.

Peguei um livro e, enquanto o folheava, caminhei pra esquerda, tentando encontrar um ângulo de onde pudesse ver o seu rosto. Mas nesse instante ela andou pra direita, em direção aos livros de arquitetura, e continuou de costas pra mim.

Fiquei parado e li o primeiro verso de um poema, que me pareceu incompreensível.

Ela se agachou, virou a cabeça de lado, a fim de ler as lombadas, mas não tocou em livro nenhum. Se levantou e esticou o queixo pro alto. Eu dei mais dois passos, espiei de novo, vi o nariz de Jodie Foster e as sobrancelhas gráficas e a reconheci.

Tínhamos namorado por dois meses apenas, mas na época pareceu mais. Quando a conheci, ela ficava com um designer espanhol que vivia na Inglaterra e perguntou se eu me importava dela levar adiante as duas histórias. Eu disse que não. Mas no fim ela foi pra Oxford viver com o cara. Não nos vimos mais nem trocamos e-mails. Isso foi há dez anos.

Ela estava bem diferente. Talvez fosse magra demais aos 23. Achei que agora estava melhor.

Eu tinha ido ao Conjunto Nacional pra ver os últimos lançamentos de poesia, descobrir se alguma coisa me interessava. Tinha tido um dia nojento e estava de mau humor. Reencontrar essa ex-namorada mudou meu estado de espírito, senti vontade de conversar com ela, convidá-la pra tomar um chope, saber se ela ainda era arquiteta e vegetariana, passar talvez a tarde num hotel barato e limpinho, mas quando quis me aproximar ela puxou da estante um livro com a mão esquerda e eu me dei conta de que ela era canhota. Eu não me lembrava desse detalhe. Fiquei comovido, mas ao mesmo tempo me senti meio cafajeste. Deixei a antologia de poesia chinesa na seção de auto-ajuda e fui tomar um café do lado de fora da livraria.

Minutos mais tarde ela passou por mim com uma sacola grande, onde carregava um desses livros de arte ou de fotografia. Pensei em bancar o cavalheiro e me oferecer pra ajudá-la. Uma vez porém ela tinha me dito que não gostava desses momentos em que "a vida se eleva e fica parecendo propaganda de desodorante vagabundo". Achava que a publicidade tinha matado a poesia e que o negócio dela era viver perto do chão. Preferia a segunda-feira ao sábado.

Era domingo, mas eu não quis arriscar.

Fui até a calçada e a vi atravessar a Paulista. Seu cabelo preto e brilhante tinha sido feito pra adorar o sol.

SEM TÍTULO E PELA METADE

Se eu tivesse um dia inteiro livre, saberia bem o que fazer com ele — não sou do tipo que dorme à tarde.

Levantaria cedo, passaria um café, regaria meu manjericão, leria durante uma ou duas horas algum livro fora de moda, terminaria de ver o filme da noite passada, caminharia no parque, voltaria pra casa, chuparia laranja, ouviria Bach, descansaria por quinze minutos deitado no chão (ouvindo Bach), tomaria uma ducha, botaria no bolso um caderno e uma caneta e iria de metrô pro bairro da Liberdade, que, junto com a rua Augusta na altura do Espaço Itaú de Cinema, é o meu lugar preferido na cidade.

Na praça, comeria codorna na barraca da dona Yume, uma senhora divertida que passa as horas aconselhando seus dois funcionários a não beberem cachaça nem andarem sozinhos à noite pelo centro. Eles riem dos conselhos da velha, mas é graças a ela que o clima se mantém leve entre os clientes que aguardam seus pedidos ficarem prontos. Você não vê ninguém ser grosseiro ou bufar de raiva porque o espetinho de coração de frango está demorando um pouco pra sair.

Quando veio a São Paulo pra gravar um episódio do seu programa de tevê *No Reservations*, o chef e escritor nova-iorquino Anthony Bourdain comeu nessa mesma barraca, que na época nem era barraca mas uma Kombi estacionada na própria avenida Liberdade. Na calçada ficavam as mesas, cadeiras e a churrasqueira que a dona Yume pilotava sozinha. Um menino menor de idade fazia as vezes de garçom.

Depois de traçar uma codorna e uma porção de queijo coalho, Bourdain diz:

— Nessas minhas viagens pelo mundo, aprendi uma coisa. Se você está sentado numa cadeira de plástico, bebendo cerveja num copo de plástico diante de uma mesa de plástico e de uma paisagem mais ou menos deprimente, comendo alguma ave não identificada e um vira-lata se aproxima, senta e olha pra você abanando o rabo e pedindo comida... são bons sinais.

Essa filosofia vagabunda tem me guiado pelas ruas de São Paulo desde então. Porque ou você relaxa ou fatalmente acabará com uma fileira de bananas de dinamite enrolada na cabeça, como o Jean-Paul Belmondo naquele filme do Godard, *Pierrot Le Fou*. Meu plano é driblar a genética ruim da minha família e não ter um infarto antes dos cinquenta.

De barriga cheia, eu entraria na livraria Sol pra olhar os livros escritos em japonês. Eles me levariam a pensar nas minhas primeiras manhãs na escola. As letras eram tão misteriosas e suas formas tão aleatórias quanto aquelas dos poemas de Bashô. As folhas do caderno eram brancas de uma maneira totalmente pura e perfeita — o prazer de equilibrar as palavras sobre as linhas era diferente de tudo o que eu tinha feito até ali. Jogar bola era bom, andar a cavalo era ótimo, brincar na casa de bonecas das primas era excelente. Mas escrever era outra coisa.

PEQUENA HUMILHAÇÃO

As pessoas que me conhecem e os alunos dos cursos que já ministrei nessa vida podem me criticar por muitos motivos, menos por falta de admiração pela literatura norte-americana. Todos eles já me ouviram, pelo menos uma vez, falar com entusiasmo da prosa magistralmente precisa dos contos de Ernest Hemingway, dos romances pantanosos (geniais!) de William Faulkner e da sofisticação do estilo de F. Scott Fitzgerald.

Dos quatro livros que J. D. Salinger escreveu, já comprei no mínimo dez exemplares de cada, e mesmo assim não tenho, hoje, nenhum *Franny & Zooey* ou *O apanhador no campo de centeio* comigo, pois são histórias com que gosto de presentear amigos e parentes e cujos personagens eu gostaria que eles amassem tanto quanto eu amo.

De Philip Roth sou fã de *Homem comum* e *O complexo de Portnoy*; *As aventuras de Huckleberry Finn*, de Mark Twain, é um texto vigoroso como poucos; Flannery O'Connor e Raymond Carver estão sem dúvida entre os meus contistas preferidos. Passei muitas noites de insônia lendo a poesia apocalíptica de Allen Ginsberg e muitas manhãs felizes lendo as *Folhas de relva* de Walt Whitman. Gosto de Jack Kerouac, de Hunter Thompson e de Joseph Mitchell. E há alguns anos e. e. cummings é o poeta que mais me comove.

Falei da literatura. Poderia ter falado, com menos propriedade mas com igual deslumbramento, do cinema, do jazz, de Jackson Pollock.

Em todo caso, quero falar de Bob Dylan. Na minha opinião, ele é o ser vivo (não dá pra dizer que Bob Dylan seja exatamente um ser humano; ele é menos ou mais que isso, um semideus ou um saci do Mississippi) mais importante do planeta. O mais talentoso, o mais complexo, o mais extraordinário herói da linguagem.

Só com o que eu gastei em CDs, DVDs e livros sobre ele daria pra comprar uma moto. Uma vez dei um jantar pra vinte pessoas e, cinco horas e trinta garrafas de vinho depois, elas saíram de casa com toda a minha coleção de CDs desse "Shakespeare de camisa de bolinhas", como Bono Vox o definiu. Eu devia estar num espírito de apóstolo, sentindo a necessidade de "espalhar a Palavra". No dia seguinte, de ressaca, chorei de arrependimento. Aos poucos fui refazendo minha coleção.

Mas nada disso quis saber o oficial do consulado dos Estados Unidos que, há duas semanas, (mal) me entrevistou e me negou o visto de entrada pro seu país. Quando perguntou minha profissão e eu disse escritor (ia dizer poeta, mas temi que ele me imaginasse como um engolidor de fogo ou um atirador de facas de um circo vagabundo de algum país latino-americano e peguei leve), ele pediu minha declaração de imposto de renda e meu extrato bancário. Aí perguntou se eu tinha algum imóvel no meu nome e se era casado. Não tinha. Não era. Ele disse que meu salário era muito baixo e me mandou embora.

Não será, portanto, dessa vez que os Estados Unidos e eu teremos a honra de nos conhecer.

Consola lembrar que sempre teremos Paris.

O NOVO LIVRO DE RUBEM BRAGA

"*If you can't be free, be a mystery*" ("Se você não pode ser livre, seja um mistério", em tradução literal), disse a norte-americana Rita Dove num poema. Não sei bem o que fazer com esse verso, mas gostaria muito que ele me acompanhasse, e acompanhasse o leitor, até o fim da crônica, enquanto trato de outro assunto: o livro "novo" de Rubem Braga.

Organizado pelo professor e poeta Augusto Massi, *Retratos parisienses* é composto por uma série de reportagens realizadas principalmente ao longo do ano de 1950, quando o cronista capixaba foi correspondente do *Correio da Manhã* em Paris.

Mas dizer reportagens é faltar com a verdade. São antes perfis de artistas, como assinala Massi na apresentação. Entre os perfilados estão Picasso, Braque, Matisse, Prévert, Sartre, Breton, Chagall e Juliette Gréco.

Pra ficar só com Picasso. Braga o encontra em sua casa de Vallauris, no litoral francês, e observa: "É um pouco mais baixo do que eu esperava, retaco, musculoso e belo, com sua grande cabeça bronzeada. Sei que vai fazer neste verão 69 anos — e eu não lhe daria mais que 54. Conheço bem e tenho prazer em ver pessoalmente essa bela cabeça de homem à qual todas as marcas da passagem do tempo só fizeram ajuntar energia e firmeza: suas rugas, a calvície que lhe aumenta a pureza do vulto".

Vai escrever bem assim no inferno. Se a gente quisesse, podia encostar a mão na testa de Picasso.

Em seguida descreve Françoise Gilot, na época esposa do pintor: "Está com um vestido leve, de verão, e embora também tenha queimado a pele, parece clara ao lado do marido. Os cabelos castanhos estão soltos nas costas, os olhos são verdes. Sua mocidade não fica de jeito nenhum mal ao lado desse homem que poderia ser seu avô. Há alguma coisa que combina nos dois, uma certa vitalidade rústica".

Esses cabelos castanhos soltos nas costas. Se vocês me permitem, acho que parte da eficácia da frase vem do fato de ela ser formada por dois hexassílabos, dois fragmentos com seis sílabas poéticas cada: "os cabelos castanhos" e "estão soltos nas costas". Juntos, presos pelo nó frágil da união de "nhos" (de "castanhos") com "es" (de "estão"), ambas átonas, eles ondulam no ar, como o cabelo da personagem. É uma frase leve e musical, e macia graças à abundância da sibilante "s" — dá pra sentir a temperatura e o cheiro do pescoço de Françoise Gilot, o longo pescoço de Françoise Gilot, que inspirou seu marido em dezenas de retratos. E que bonita essa expressão, "vitalidade rústica".

Além dos comentários sobre o casal, Braga ainda arrisca considerações sobre a arte do espanhol: "Vinte minutos antes de chegar à sua casa, eu ainda vira, se tudo não bastasse, mais alguma cerâmica de seu desenho, inclusive um alto vaso que ele rodeou de figuras alongadas de mulher, umas de pé, outras de cabeça para baixo — de uma graça e uma liberdade extraordinárias e, ao mesmo tempo, de uma grande dignidade clássica".

Graça, liberdade e dignidade clássica — está aí uma boa definição do estilo do nosso maior cronista.

A AVÓ DO ANTONIO PRATA

— Alô.
— Antonio, é o Fabrício. Tudo bem?
— Tudo, e você?
— Tudo certo. Seguinte... Cê pode falar agora?
— Posso. Manda.
— Tenho o tema da sua próxima crônica.
— Ah, legal. O que é?
— É sobre o incômodo que são os braços durante o sono.
— Como assim?
— Cara, os braços são a coisa mais malfeita do corpo humano. Pelo menos na hora de dormir. Você vira de lado e é obrigado a jogar todo o peso do corpo em cima do próprio braço. Aí o braço começa a doer e você tem que virar pro outro lado. Então esse outro braço dói e você se vira de novo... É de enlouquecer. Achei que você faria uma crônica engraçada sobre isso. Te dou até as piadas: você poderia dizer como seria ótimo se pudéssemos desatarraxar os braços e, sei lá, mandar pra serem massageados durante a noite, enquanto o dono dos braços dorme tranquilo. O problema é se a pessoa acorda de madrugada pra ir ao banheiro ou pra tomar água... Ou pra trepar. Outra coisa que me ocorreu: já imaginou que maravilha se tivéssemos braços como os dos porcos, que saem mais ou menos da região dos mamilos e provavelmente não atrapalham nada o sono deles? Etc. etc. Você faria uma puta crônica.

— Fabrício, eu não tenho problemas com os meus braços. Eles funcionam bem. Nunca desejei ter braços de porco e não gostaria que meus braços passassem a noite longe de mim. Você tá pirando nisso porque tem tendinite, bursite.

— Você nunca achou que os braços estão localizados num lugar péssimo do corpo?

— Nunca.

— Bom, então talvez a culpa seja da tendinite.

— Sem dúvida, mano.

— Pô, mas escreve aí, vai!

— Não, cê tá louco! Escreve você.

— Ô, bicho, eu não tenho esse seu bom humor todo. Você é o Woody Allen da crônica paulistana! Quebra essa pra mim. Queria muito ver essa história escrita por você.

— Olha que você quase me convenceu me chamando de Woody Allen. Mas não. E chega desse papo. É mais ou menos como se eu te pedisse pra escrever sobre a minha avó.

— Eu não conheço a sua avó. Como ela é?

— Para! Para com isso! Não quero que você escreva sobre a minha avó, e eu não vou escrever sobre braços desatarraxáveis!

— Ok, seu esnobe. Não precisa surtar. Quer tomar uma cerveja?

— Não dá. Vou ao balé com a Julia.

— Mas cê tá difícil, hein!

— É, eu sei. Desculpa, a vida tá corrida. Te ligo no fim de semana.

— No fim de semana eu que não posso.

— Então a gente se vê em 2012.

— Boa. Até 2012! Prefiro ficar um tempo sem te encontrar depois dessa desfeita.

— Cara, me escuta: abre já seu laptop e escreve hoje mesmo essa crônica!

— Não sei, não. E agora tô tentado a escrever sobre a sua avó.

— Vai sonhando. Falou, mano.
— Falou. Beijão.
— Abraço.

ILHA SOLTEIRA E DEPOIS

Uma vez por ano os escoteiros do Brasil inteiro se reuniam em Ilha Solteira, na divisa com o Mato Grosso do Sul, numa espécie de congresso nacional de pirralhos acendedores de fogueira, armados de facões e canivetes e com chapéus iguais ao do guarda-florestal do *Zé Colmeia*.

Mas eu não estava me sentindo bem. Era o meu terceiro acampamento desde que tinha entrado pro escotismo, o primeiro em Ilha Solteira, e no instante em que soquei minha mochila no fundo da barraca eu soube que estava a um passo de desmoronar.

Escoteiros são um pouco como militares: machos, implacáveis e contrários a grandes variações de humor. E meu humor estava por um triz.

Quando entrei no banheiro de ralos entupidos, onde outros trinta meninos tomavam banho, e a água subiu quase até os meus joelhos, tive que fazer força pra não chorar nem vomitar. Senti falta de casa. Meus olhos se encheram de lágrimas. Se alguém percebesse, eu estava morto.

Por sorte, naquela noite chegaram as bandeirantes, as "escoteiras". Agora a minha saudade não era mais de casa, mas sim de um único cômodo, o quarto da Paula, lugar de reunião das suas amigas, que me deixavam ficar sentado num canto, ouvindo a conversa delas. A lembrança do quarto da minha irmã me deu forças; entre as bandeirantes eu também ficaria à vontade; a vida voltaria a fluir.

Me enfiei no meio delas, e a mais alta como que se iluminou. Tinha a pele morena e lisinha feito um Danette de chocolate, sobrancelhas grossas, olhos pretos muito vivos e pernas compridas dentro de galochas vermelhas. Era séria. Devia ser profunda. Provavelmente também estava odiando aquela confraternização idiota.

Fiquei empolgado por tê-la descoberto. Tomamos um sorvete na cantina do parque em que estávamos acampados. Contei a ela que ouvia Ramones, que andava de skate e que tinha problemas com o chefe da minha patrulha. Eu tocaria fogo no acampamento se ela quisesse. Eu a acompanharia até o Alasca e além.

Às minhas perguntas ela respondia de maneira vaga, estranha. Hoje sei que essas perguntas giravam em torno de um mesmo tema e poderiam ser resumidas assim:

— O que um docinho como você veio fazer nesta pocilga?

Acontece que o docinho era filha do chefe mais pentelho, o gordão de risada sinistra, e se vangloriava de ser uma bandeirante exemplar. Cumpria as leis de Baden-Powell (infelizmente não o músico) à risca. Não tinha uma única gota de romantismo no sangue. Sua fama (quem foi o animal que me contou tudo isso?) corria o sertão de Goiás. Lembro que o nome de Corisco foi citado.

Na noite seguinte a cangaceira juntou três amigas. Elas subiram no palco (não era o prenúncio das Pussy Riot, acreditem), pegaram o microfone e gritaram em uníssono:

— Fabrício de Santo Anastácio, você não é um escoteiro de verdade!

Nem escoteiro, nem nada, e cada vez mais propenso a mudanças de humor.

Mas por que resolvi desencavar essa história? Porque há um clima de escotismo no ar. No meu bairro ou nos jornais, nas rodas literárias ou no Brasil e no mundo.

Não custa ficar esperto.

O SÍTIO

Eu tinha dois anos de idade quando meus pais compraram um pequeno sítio: cinco alqueires de terra coberta de mato a oito quilômetros da nossa cidade, Santo Anastácio, no Oeste Paulista. Sob a orientação do meu avô paterno, que tinha sido fazendeiro, profissionais reformaram a cerca de aroeira, ergueram um curral, um galpão pras ferramentas e uma casa de tábuas, furaram um poço e formaram três pastos — um de pangola pros cavalos, o Cassino e a Rebeca, e dois de braquiária pra uma dúzia de cabeças de gado tucura. Com a ajuda da minha mãe e das minhas avós, meu pai cultivou um pomar — em que metade das árvores eram pés de limão-taiti, sua fruta predileta — e uma horta. Atrás da casa fez uma roça de milho e plantou algumas melancias. Mais tarde mandou construir uma casa de tijolos — sem forro, mas com lareira e um fogão a lenha. Duas mangueiras enormes, que segundo meu avô deviam ter mais de sessenta anos, sombreavam o pátio dos fundos. Não muito longe, a cachoeira. Passando o rio, o ermitão. Em dias de chuva forte a Ponte Alta ameaçava desabar. Íamos pra lá nos finais de semana e nas férias. Às quartas ou quintas meu avô levava sal pro gado, e eu ia com ele. Meu sonho era me tornar adulto, casar, ter filhos e morar ali até morrer. Minha mãe, que assim como meu pai era dentista, me aconselhava a parar de pensar besteira e continuar estudando, mas eu ouvia as histórias de peão que meu avô contava e achava inferior a vida na cidade.

Na adolescência decidi que era poeta, e todas as coisas do mundo, ao mesmo tempo que ganhavam cores mais intensas e reveladoras, foram rebaixadas a um segundo plano. No ano em que vim morar em São Paulo meus pais estavam precisando de dinheiro e venderam o sítio. Minha mãe perguntou se aquilo me incomodava. Eu disse que não — o que mais eu poderia dizer? Meu avô morreu dois anos depois, e ruminando a sua morte escrevi meus primeiros poemas com alguma marca própria.

De lá pra cá publiquei nove livros, conheci o Rio de Janeiro, Búzios, o litoral paulista, Londrina, Cidade do México, Buenos Aires, Montevidéu, San Pedro do Atacama, Marselha, o interior da França e Paris, li poemas e romances que me transformaram, assisti a filmes de Fellini e de Truffaut, visitei museus, ouvi jazz, Chico Buarque, Nelson Cavaquinho, Caetano Veloso, Geraldo Pereira, João Gilberto e Bob Dylan, comi moquecas de arraia, de camarão e de siri, bebi um tinto espanhol que recendia a nogueira numa sala cheia de luz, estive em centenas de bares, experimentei algumas drogas, me envolvi com todo tipo de gente, amei e fui amado, amei e não fui amado, e tenho amigos que admiro. Bem ou mal, sou o que um dia quis ser, e eventualmente sou feliz. O apartamento que alugo — da avó de uma amiga da época da faculdade — tem um quarto, uma sala, uma cozinha, que é também lavanderia, e um banheiro. De manhã trabalho nos meus textos. À uma entro na editora. Em geral durmo antes das dez e levanto às seis. Gosto dessa rotina, me ajuda a escrever melhor, e se é assim não tenho o direito de me queixar.

Mas a verdade é que às vezes me canso de tudo. Da cidade, das pessoas e de mim. Nesses momentos me lembro do sítio — reconstruo na cabeça cada um dos seus detalhes, me comovo e, no fim, prometo a mim mesmo não esquecer o que vivi e o que sonhei naquele lugar.

Venho cumprindo essa promessa.

NO AR DOS VIVOS

Dentro de mim moram tias velhas, senhoras gordas com quem convivi na infância e que morreram no século passado e que às vezes se apoderam da minha alma e se intrometem na minha fala e me levam a dizer coisas inacreditáveis.

Por exemplo:

Estávamos no começo do namoro. Tudo era quente e fácil entre nós. Nuvens no céu se entrelaçavam sem ruído. Dava pra ver o instante em que o vento se despedaçava nas folhas das árvores. Naquela noite iríamos ao cinema. Eu a esperava na sala, ela se arrumava no quarto. Quando disse "estou pronta" e me viu de jaqueta, ficou em dúvida se seu vestido de algodão era pouco pro outono que vacilava lá fora. Perguntou o que eu achava. E a minha resposta foi:

— Não custa nada levar um casaquinho.

Ela teve um ataque de riso, eu um ataque de pânico. No cinema ela ainda dava umas risadinhas sádicas pra me provocar. Quem tinha proferido aquela frase por mim? Logo descobri: a tia Encarnação, que finalmente fazia jus ao nome. Ela era cunhada da minha avó Gertrudes, morava numa casinha de madeira na saída da cidade, perto da linha do trem. Uma vez por ano eu ia com minha avó visitá-la. As duas ficavam na sala, comendo rosquinha de pinga (a receita é simples: três medidas iguais de cachaça, açúcar e banha de porco) e tomando café doce.

Entre uma ida e outra ao quintal pra brincar com o cachorro e comer goiaba, eu sentava perto delas e ficava ouvindo as últimas bizarrices de parentes distantes. Não lembro se me interessava ou não por essas histórias, mas gostava das velhas, da maneira como elas conseguiam se entender sem socos, palavrões ou ameaças. Eram bem diferentes dos meus amigos de escola e rua.

A tia Encarnação era só uma delas, havia outras, e eu também as "recebo" de vez em quando.

Se estou tímido, então, aí não tem erro: lá vem a tia Marina com algum conselho antiquado pra alguém que não pediu minha opinião, ou a tia Enriqueta com um risinho sacana de sambista do corso do Carnaval de 1926, dizendo barbaridades. Devem sentir falta de tagarelar como antes, quando eram vivas e submissas e solidárias e fofoqueiras e moralistas e medrosas e loucas de vontade de viver.

Quem sou eu pra censurá-las, pra tirar delas essas poucas sentenças desafinadas (que me matam de vergonha) em nome de um... tom equilibrado? discurso coerente? adequação desiludida a sei lá o que? Melhor deixar que falem à vontade. Que digam o que pensam ou acham que pensam e nesse instante estão deixando de pensar. Que encontrem algum conforto no ar dos vivos, tantos anos depois — que se misturem a ele e se dispersem por aí. Até que entendam que acabou.

CONCORDE PRAS BAHAMAS

Dia 8 de dezembro faz vinte anos que Tom Jobim morreu. Os especialistas vão falar das suas melodias extraordinárias, das harmonias isso e aquilo, dos acordes inesperados e certeiros.

Não entendo de música. Apenas convivo com ela como um dia convivi com a gata Bardot: com fascínio e devoção. Porém, não saberia explicar como os gatos funcionam, em que constitui seu mistério.

Então vou ficar quieto. Quieto e parado ouvindo *Passarim*. É tão sublime que dá vontade de chorar. Mas lágrimas seriam um excesso diante desse voo calmo e intenso, desse rio de ar que corre num planalto distante, muito verde e com pedras enormes, no país sem continente, e que não é nunca uma ilha, a que chamamos de música de Tom Jobim.

Respirar, sem ansiedade — melhor que Frontal e uísque doze anos. E acompanhar sua poesia simples, gêmea da perfeição:

> *Quando ando pelo Soho*
> *Eu me lembro da Gamboa*

Difícil dizer por que o dístico convence. Mas o fato é que no primeiro verso estamos junto com o letrista no Soho, em Nova York, e no segundo já estamos na Gamboa, no Rio de Janeiro. Mais veloz que avião. Sem fila de check-in nem turbulência.

> *Quando dobro a esquina*
> *Dou de cara com a saudade*

Qual a cara da saudade? A de uma morena de vestido leve caminhando com uma sacola na mão e olhando as vitrines das lojas? E não há realmente uma esquina na passagem do primeiro pro segundo verso?

Pra terminar, esta estrofe da faixa anterior, "Chansong":

> *You look so cute there wearing my pajamas*
> *You look so sexy with my pince-nez*
> *Let's hijack this Concord to the Bahamas*

Que em tradução gambiarra ficaria assim: "Você fica tão meiga vestindo meu pijama/ Você fica tão sexy com meu pince-nez/ Vamos sequestrar esse Concorde pras Bahamas".

Tem de tudo aí: ternura (em *cute*/meiga), intimidade (no ato de usar o pijama do outro), safadeza (nos óculos-fetiche), romantismo (no sequestro do avião, que lembra o roubo oitocentista de um cavalo) com uma pincelada contemporânea (somos informados sobre o tipo de aeronave), evolução verso a verso da tensão erótica entre os amantes (meiga/sexy/decolagem fálica do Concorde) e originalidade bem-humorada e auto-irônica na rima de *"pajamas"* com "Bahamas".

O que um bom contista levaria três páginas pra botar de pé Tom Jobim resolve em três linhas.

Quando ele morreu eu tinha dezesseis anos e estava jogando sinuca numa biboca de Uberlândia, em Minas Gerais, com um primo da minha idade e um cara mais velho, cocainômano, que conhecemos por acaso e que dizia sem parar:

— Vocês são muito novos. Um dia vão se corromper, e aí vão lembrar de mim.

Não sei por que ele insistia nesse ponto. Talvez porque não quisemos cheirar com ele, talvez porque tivesse traído alguém, talvez porque tinha acabado de perder uma partida pro meu primo. Tanto faz.

Nunca consegui esquecer esse cara. E passei duas décadas me perguntando se ele tinha razão. Mas hoje, enquanto ouço Tom Jobim, depois de anos longe dos seus discos, acho que o maluco de Uberlândia estava errado, ou entendeu só metade da verdade.

Certas coisas não se corrompem jamais. E não adianta se indignar por isso.

PALHAÇO

Errata

Na edição de 6 a 12 de abril desta revista *sãopaulo* publiquei uma crônica sobre os vinte anos da morte de Tom Jobim, na qual comentava a letra de "Samba do Soho" como um exemplo de sua poesia simples e perfeita.

Dias depois recebi um e-mail de um leitor, que me corrigia: "Samba do Soho" não é do Tom Jobim, mas uma parceria de seu filho Paulo com Ronaldo Bastos.

Peço desculpas pelo equívoco. Apesar de achar que o erro é menos do cronista que do gênio carioca, que não teve a delicadeza de escrever antes da dupla essa canção que é a cara dele.

Errado

Às quatro da manhã, por trás de uma trincheira de garrafas vazias de cerveja, alguém levanta a dúvida: é "cordas de aço" ou "nervos de aço"? Repasso mentalmente os versos — "Ai, esses nervos de aço/ Esse minúsculo braço/ Do violão que os dedos meus acariciam" — e digo: é "nervos".

Julinho, poeta a quem no começo da noite mostrei minha coleção de livros de poesia, contesta: é "cordas". E eu: é "nervos". E ele: é "cordas". E eu (ou a minha arrogância):

— Quer apostar meu Nicanor Parra? Se eu perder você fica com ele, se eu ganhar você não precisa me dar nada.

Um amigo saca o iphone do bolso e acaba com a discussão: "cordas de aço". "Nervos de Aço" é o samba de Lupicínio Rodrigues — "Há pessoas com nervos de aço/ Sem sangue nas veias e sem coração". Nada a ver com o "Cordas de Aço" do Cartola.

Como sabe que a obra completa de Nicanor Parra é um dos meus volumes mais valiosos (simbólica e monetariamente), Julinho, generoso, tenta me convencer de que não preciso pagar a dívida. Entre o prejuízo e o calote, resolvo abrir mão de uma coletânea de contos de John Cheever, que é ótimo mas, ao contrário de Parra, não está na lista dos meus autores favoritos.

Realmente

Às quintas-feiras eu dava as três primeiras aulas, de redação, em três diferentes turmas de segundo ano do Ensino Médio. A aula era a mesma pra todas as classes — uma exigência da direção da escola.

Aquela era a terceira aula do dia, e no texto, que eu já tinha lido duas vezes e agora leria a última, havia seis ou sete ocorrências da palavra *nexo*.

De repente me dei conta de que não lembrava como se pronuncia: "necso" ou "nécsico"? Entrei em pânico. E tive uma ideia bizarra: alternaria "necso" e "nécsico", e na pior das hipóteses os alunos ficariam confusos, mas não chegariam a descobrir a trapaça.

Arrisquei um "necso". Nenhuma reação estranha. Ao ouvir porém o primeiro "nécsico", cinquenta adolescentes levantaram a cabeça na minha direção. Ao ouvir o segundo, começaram a se agitar nas carteiras e a fofocar com os vizinhos. Ao ouvir o terceiro, as risadas e os gritos explodiram no ar, canetas foram jogadas contra o ventilador, o chão tremeu sob o bate-estaca de pés excitados — rente às minhas orelhas passaram voando borrachas e bolas de papel.

Sim, o mundo é cruel.

A PROFESSORA DE JAZZ

A pé e de coração pesado eu subia a rua Augusta a caminho do Espaço Itaú de Cinema, que antes se chamava Espaço Unibanco de Cinema e é um dos meus lugares preferidos na cidade.

Ainda não tinha escurecido, mas no céu já pipocavam algumas estrelas e sob os toldos dos botecos as mesas estavam lotadas de garrafas de cerveja vazias. Devia fazer uns trinta graus. Pensei em desistir do cinema e beber também, mas segui em frente, torcendo pra que o filme fosse razoável e me tirasse um pouco de mim e do meu mundo.

Estava difícil caminhar num ritmo constante, muita gente na calçada, trabalhadores nos pontos de ônibus, gays fellinianos, meninas lésbicas com piercings de ossinho de prata no septo nasal, machões rindo alto, um mendigo escritor, uma travesti deprimida, uma travesti japonesa (o que é uma metrópole sem uma travesti japonesa?), velhos bronzeados, uma senhora antiquíssima, minissaias, gravatas, celulares... — pisei num cocô de cachorro e encostei numa árvore pra limpar o tênis na mureta do canteiro.

Um casal parou no meio da calçada, a uns três, quatro passos de mim. Ela apontou pro segundo andar de um sobrado do outro lado da rua, e eles olharam juntos pra lá. Olhei também, mais por instinto que por curiosidade. Numa academia com janelão de vidro, mulheres faziam aula de dança. Ele disse alguma coisa, mas só ouvi as palavras "jazz" e "professora". Depois os dois foram embora.

Observei que a suposta professora de jazz não usava polainas coloridas. Era possível dançar jazz sem polainas coloridas? Voltei 22 anos no tempo e me vi garoto, espiando pela fechadura de um portão de ferro a aula de dança que uma tia professora de ginástica dava na garagem da casa dela. Todas as alunas usavam polainas de lã. Eu achava aquilo o máximo. Às vezes me desequilibrava, apoiava as mãos no portão — ele fazia barulho, e eu era pego em flagrante.

A professora da Augusta tinha as costas firmes, lisas. A bunda era perfeita. Os peitos, mínimos. Barriga não existia. Os braços e as pernas eram definidos demais. O cabelo estava preso num rabo de cavalo. Eu não estava interessado em nada que fosse erótico, mas aquela forma se movimentava e se impunha, e meu cérebro funcionava independentemente de mim.

Se eu pudesse ouvir sua voz, talvez descobrisse que tipo de pessoa ela era — determinada, louca, desiludida ou cheia de esperanças. Entre nós porém havia o trânsito bizarro e uma multidão de seres ruidosos. Havia a minha timidez e o filme que eu tinha me obrigado a assistir. Havia um monte de outras coisas que eu desconhecia, que ia morrer desconhecendo.

No entanto, era bom saber que ela existia, que trabalhava perto da minha casa e que provavelmente nunca nos conheceríamos. Não nos tornaríamos amigos, nem amantes, nem inimigos, e não haveria mal-entendidos entre nós.

Esperei a aula acabar.

Depois entrei no cinema e vi um filme ruim.

MAIS LEVE QUE O AR

Finalmente fui ao cinema ver o festejado *Azul é a cor mais quente*, de Abdellatif Kechiche. Que filme maravilhoso! E digo mais: que filme maravilhoso!

Voltei pra rua com a alma lavada — sem precisar fazer concessões pra dizer a mim mesmo que tinha gostado. Desde as primeiras cenas entendi que estava diante de algo verdadeiro, e era melhor manter os olhos abertos e suspender as conclusões precipitadas.

Nada de ticar mentalmente, depois de observar o pessoal na escola: adolescentes, tédio, angústia e sexo, meus dezesseis anos tristes. Antes: primeiros azuis do título, macarrão caseiro, cigarro na manhã, o vagamente desconhecido e a poderosa cultura francesa — a libertária — atravessando dois séculos e lá vai pedrada.

Não estou a fim de fazer um resumo.

Mas confesso: passar duas horas e quarenta minutos cara a cara com Adèle Exarchopoulos é como ser atirado dentro de um tonel de água primitiva, uma água inventada por um daqueles impressionistas alegres, água que poderia muito bem ser o ar que vibra ao redor da grama verde, do vestido roxo e do chapéu de palha provençal à luz frisante do verão.

Adèle Exarchopoulos não é uma musa inefável, nem um ET hollywoodiano de botox. Sua beleza é simples e, sobretudo, real. Sua boca é real, sua bunda é real, sua pele é o que o há de mais real neste mundo. Seu cabelo, apanhado num coque mal ajambrado, do qual se desprendem umas mechas castanhas, talvez seja um pouco irreal — dessa irrealidade de que são feitos os poemas persas de García Lorca.

O que são as mulheres Melancia, Jaca, Sapoti e Abacate, do *Pânico na Band* ou das baladas da Vila Olímpia, comparadas com as duas protagonistas da obra de Kechiche? Bonecas de cera não terminadas, modelos descosturados do Instituto Sinistro de Anatomia, pernil espanhol em processo de defumação.

Uma associação que me ocorreu agora: *Azul é a cor mais quente* tem algo da banda argentina Perotá Chingó, de quem assisti a um show na Vila Madalena no ano passado. A franqueza, a relação direta com as coisas, da geração Passe Livre.

Falar em filme gay não basta. *Azul* é uma história de amor. Se o planeta continua imaturo pra alegria, como no século de Maiakóvski, se homossexuais ainda são espancados na rua Augusta, é outra conversa. Não, é a mesma, porém sob um ângulo menos didático. Numa sociedade livre da homofobia o filme seria apenas o estudo delicado de uma paixão entre duas pessoas.

E pra não dizer que só falei de flores: por que todo personagem do cinema que ousa empunhar um pincel está condenado a realizar pinturas medonhas? Por que os diretores insistem em mostrar essas telas? As que Emma (Léa Seydoux) faz de Adèle (a atriz empresta o nome à personagem) são piores que os desenhos de Leonardo DiCaprio em *Titanic*.

Mas isso é detalhe. O que importa é que *Azul é a cor mais quente* bate a noite como uma toalha de mesa; livra-se das migalhas; constrói com ela um balão; acende um fósforo e assopra.

No céu, a lua crescente é a unha à francesa de uma mulher muito alta.

NOTAS SOBRE PERNAS FEMININAS

"As pernas das mulheres são compassos que percorrem o globo terrestre em todos os sentidos, dando-lhe equilíbrio e harmonia", disse François Truffaut num dos seus filmes, e eu concordo. Não há mal-estar, irritação ou luto que resistam à passagem de um par de pernas excepcionais. Um par de pernas excepcionais — e principalmente inesperadas — pode salvar o dia de alguém que se acreditava apartado da humanidade pela própria melancolia.

Uma das vantagens de viver numa cidade grande é ser surpreendido, a cada saída de casa, por pernas desconhecidas. Pernas brancas, pretas, amarelas, douradas, pequenas, quilométricas, ossudas, com coxas consistentes, joelhos tenros, tornozelos líricos ou panturrilhas trágicas — as variações são muitas e os prazeres, infinitos.

Às vezes, depois de horas penando pra botar de pé um texto que desandou, vou até a padaria da esquina, com a fantasia de que um café expresso pode me ajudar. Na verdade, estou alimentando a esperança de encontrar no caminho pernas femininas. Mas não preciso encontrá-las. A excitação mental que essa hipótese cria já contribui pra que as ideias circulem com maior facilidade.

Duas histórias com pernas:

1) Uma professora de ioga me contou que os asmáticos de uma pequena ilha no Pacífico recebem um tratamento chamado pernoterapia. Eles aprendem a controlar a respiração observando o ir e vir de mulheres descalças sobre uma pas-

sarela, numa espécie de Fashion Week medicinal. Na internet não encontrei nada que confirmasse o enredo, mas não importa — certas coisas simplesmente precisam existir, no planeta ou dentro do sonho.

2) Eu caminhava na alameda Santos ao lado de uma amiga dona de uma dupla de pernas clássicas, sharonstonianas, que ela gostava de exibir usando vestidos curtos e botas de cano médio, quando um senhor alto e magro, de terno preto e gravata borboleta — um marquês lascivo do século XVIII exilado no mundo contemporâneo —, nos abordou em inglês dizendo que era um *legman*, isto é, um especialista em pernas. Queria tirar uma foto da minha amiga pra sua coleção Great Legs Of All Times. Ela topou, com a condição de que aparecesse apenas da cintura pra baixo. Fiquei atrás do fotógrafo pra ter certeza de que ele não ia trapacear.

Por fim, devo dizer que ainda não me decidi quanto à melhor maneira de observar pernas femininas, se andando por ruas superpovoadas ou se sentado numa sala de espera de aeroporto. No primeiro caso as vantagens são evidentes: o ar livre nas saias e nos cabelos, o céu distante como contraste, os cruzamentos sucessivos sugerindo surpresas ilimitadas. Nos aeroportos, por sua vez, há a expectativa da viagem, o taxiar dos aviões na pista, o isolamento do ambiente artificial e esférico como um conto de Julio Cortázar, no qual o fantástico quase sempre irrompe de circunstâncias banais. Criando à sua volta a tensão máxima. Fazendo a sinfonia se agitar nas profundezas.

UM LUGAR NA GRÉCIA

Às vezes, quando estou entediado ou querendo matar trabalho, entro no Google Imagens, digito "grecia + bares" ou "grecia + ilhas" e fico vendo as fotos de praias e tavernas. Gosto da cor da água, das paredes de cal, das portas e janelas azuis, dos vasos de cerâmica com flores, da pele marrom de certas turistas, das pedras das ruas e das calçadas, do céu baixo e concentrado. Gosto de saber que foi por ali que Homero escreveu suas histórias e, se estou com fome, gosto de pensar nos churrascos da *Odisseia*. (A *Odisseia* é o interior de São Paulo sem música ruim, com deuses e barcos desgovernados.)

Mas entre as centenas de fotos por que passo os olhos uma sempre me chama a atenção. É uma sequência de onze casas de dois ou três andares debruçadas sobre o mar — um mar bravo e escuro que arremete contra os pilares dos sobrados. As casas são brancas, sujas, decadentes, e as janelas e as sacadas são azul-piscina, vermelho-café, amarelo-mostarda, verde-capim e vermelho-sangue. Em duas delas há roupas estendidas nas grades das sacadas. Não há nenhum ser humano nas janelas — a maior parte delas aberta ao sol. Deve ser por volta das dez da manhã.

A casa mais à direita tem uma varanda verde-musgo coberta. Parece ser um bar. Acho que já vi uma foto desse bar antes. E acho que há alguns dias, num filme com a Meryl Streep que peguei pela metade na tevê, um velho chorava suas pitangas, diante das ondas e acariciando um cachorro, numa mesinha de madeira ao lado desse bar.

Tenho poucos sonhos na vida, um deles é conhecer esse lugar. De chinelo e com uma camisa limpa, do meio-dia até o anoitecer, beber cerveja, vinho tinto ou vodca com gelo, comendo azeitonas, camarões... Tanto faz. Bem acompanhado ou sozinho, ouvindo tragédias, falando bobagem ou em silêncio, lendo, sei lá, os poemas de Safo, eu passaria uma semana, um mês talvez, mas o ideal seria um ano, frequentando esse bar perfeito cravado nas bordas de um litoral mítico.

Depois voltaria pra São Paulo, turbinado de mistério.

Mas de repente me esfregam na cara que a Grécia não existe mais, só existem gregos famintos, e Mykonos hoje é tão fake quanto a rua Avanhandava. Se estou cansado, me aconselham, o melhor a fazer é entrar no pilates, me alimentar direito e beber menos — e deixar de uma vez por todas de pensar besteira e de me sentir estranho, isto é, especial.

Entendo. Mas não prometo nada.

CORDANO

Estive em Lima nas duas primeiras semanas de julho pra participar de um festival de poesia e tive a felicidade (melhor seria dizer a honra) de conhecer o lendário bar Cordano. Na verdade, não apenas conheci como passei nele muitas horas, sozinho ou acompanhado de amigos, de manhã ou à tarde ou à noite, já que o Cordano ficava a duas quadras do hotel do centro onde nos alojaram, próximo à Plaza de Armas, ao redor da qual se pavoneiam a catedral e o palácio do governo.

No Cordano beberam César Vallejo (um dos maiores poetas latino-americanos do século XX), Martín Adán (de quem, na minha vasta ignorância, nunca tinha ouvido falar), Allen Ginsberg (que durante sua temporada andina passou pela esquina da Jirón Áncash com Jirón Carabaya à procura de Martín Adán, o personagem de seu poema "A um velho poeta do Peru") e Antonio Cisneros (morto em 2012 e cujos versos têm o brilho dos mariscos mais vermelhos da costa peruana).

O poeta é o herói da linguagem, diz o romancista e humorista Reinaldo Moraes, e bastava Vallejo ter entrado ali uma única vez pra comprar fósforos e o Cordano já seria pra mim um lugar sagrado. No entanto, o criador de *Trilce* e dos *Poemas humanos* o frequentava antes de se mudar pra Paris, e Cisneros praticamente morava lá — e no Piselli e no Queirolo e no bar do hotel Maury, todos excelentes e com mais ou menos cem anos cada um.

O curioso é que não há uma única foto dos autores nem cópia de poema nas paredes do bar. Não porque, como seria de supor, os proprietários de ontem e de hoje sejam indiferentes à poesia. É possível que sejam, ou não, e não importa. O fato é que tanto eles quanto os garçons — mais antigos que os balcões gastos de madeira, mais rápidos que as portas de entrada à *saloon* de faroeste — parecem sempre prontos a contar histórias sobre os artistas da casa.

A conclusão a que cheguei é simples: eles aceitam, sem exibicionismo, que o Cordano seja o bar da poesia peruana. Negá-lo seria absurdo. Transformá-lo num templo seria forçado.

No Cordano, você se instala diante de um capitán (metade pisco, metade cinzano, sem gelo) e quase pode ver outras dimensões. Mas isso só diz respeito a você. E o seu caro fantasma não estará embrulhado com as cores da nova moda velha da Vila Madalena. É o seu fantasma. Fale com ele. Pergunte como tem passado. Ele não cobra em dólares nem trapaceia.

E quando você paga a conta e ganha a calçada — furiosamente feliz ou deliciosamente melancólico — e aspira um ar viscoso e nutritivo sob o céu escuro, entende a inutilidade do remorso e a resistência do desejo, como se a melhor coisa do mundo fosse ter coragem.

De quantos bares de São Paulo podemos dizer o mesmo?

MEU FÃ

Meu único fã. Meu inesperado fã. Meu adorado fã.
Eu o encontrei em Ouro Preto, em agosto de 2010, e jamais o esquecerei.
Visitávamos, minha namorada e eu, uma das igrejas do Aleijadinho quando um senhor se aproximou de mim e disse:
— Você é o Fabrício Corsaletti, não é? Li seus livros. Sou seu fã. Parabéns pelo trabalho.
E apertou minha mão. Depois continuou a examinar os anjos bochechudos.
Fiquei desesperado. Não sabia o que fazer. Saí da igreja. Liguei pro meu pai.
— Um fã em Ouro Preto? Tá brincando. Você tirou foto com ele?
— Pai, cê tá louco? Ele é que devia querer tirar foto comigo.
— Ah, mas você é um xarope mesmo! Volta lá. Tira uma foto com o cara. Larga mão de ser metido.
Por muito pouco não segui o conselho do velho.
Nos dias seguintes topei com meu fã algumas vezes pela rua. Sem graça, comentei com minha namorada ter percebido nele certo constrangimento ao me cumprimentar. Ela sugeriu, não sem antes dar um risinho cínico, que talvez eu estivesse sendo simpático demais.
Decidi ser blasé.
No entanto — como a vida é injusta —, bastou eu tomar a decisão e meu fã desapareceu. Pensei "voltou pra São

Paulo", pois a essa altura eu já sabia algumas coisas sobre ele: chamava-se Rui, era engenheiro, estava em Ouro Preto com a mulher, as duas filhas e a sogra (todas adoráveis) e morava nos Jardins.

Acreditando nisso, relaxei. Provei cachaças. Chafurdei no torresmo. Meu pai parou de me ligar a cada fim de tarde pra saber notícias do meu fã. Minha namorada voltou a me respeitar.

Mas a vida não é só injusta, é também perversa.

Um dia, ao entrar num restaurante enquanto falava pra minha namorada sobre um poema de Rimbaud, dou de cara com meu fã, sozinho numa mesa grande, evidentemente esperando sua trupe de mulheres, lendo jornal. Assim que me viu, botou o jornal sobre o rosto, escondendo-se como um detetive de cinema.

Minha humilhação foi total. Sentei numa mesa dos fundos e, por alguns instantes, pensei que a dignidade, que nunca foi meu forte, estava perdida pra sempre. Só me restava o exílio na África.

Mas a vida, além de injusta e perversa, é resiliente. Depois do mal-estar inicial e de algumas cervejas, fui tomado por uma doida alegria por ter reencontrado meu fã. Meu coração coiceava. Meu cérebro foi a mil. Eu me sentia brilhante — pronto pra copular feito um sátiro ou renovar a poesia brasileira. Fiz minha namorada rir e chorar. Fizemos planos pro futuro. Até que bateu a necessidade de tirar a água do joelho.

Acontece que o banheiro ficava atrás da mesa do meu fã. Ao vê-lo de longe com a família, tive certeza de que eu teria um ataque de riso ao passar por eles. Minha namorada, que veio ao mundo pra se divertir, tentou me ajudar a criar coragem. Pedimos outra cerveja. A vontade só aumentava. Esperei.

Quando me levantei, era um homem transformado. Como se um halo de energia vital cobrisse meu corpo, um halo de luz igualzinho à minha alma. Se o Rui olhasse pra mim naquele momento, se tornaria — dessa vez com motivos — novamente meu fã. Mas na ida ele me ignorou e, na volta, não estava mais lá.

TININDO TRINCANDO

Que minha editora desta revista *sãopaulo* e o leitor paulistano me perdoem, mas vou escrever sobre a Bahia.

Até dezembro passado, eu não conhecia Salvador. Por sorte, fui chamado pra dar uma oficina de texto numa biblioteca pública da cidade.

Cheguei no dia 9, um domingo. No carro, Milena — a pessoa que me convidou pra esse trabalho e que foi me pegar no aeroporto — disse que no fim daquela tarde haveria um show da Baby do Brasil, ex-Baby Consuelo, na Concha Acústica do teatro Castro Alves. Talvez rolasse uma participação de Caetano Veloso. Ela tinha um ingresso sobrando. Interessava?

Três horas depois estávamos em pé diante do palco, esperando o show começar. Fazia calor, mas ventava, e alguém me explicou que sempre tem brisa em Salvador. Na fila da cerveja encontrei um amigo que não via desde a faculdade. Topar com ele me pareceu um bom sinal. Atrás de mim estava a cantora Karina Buhr com sombra azul nos olhos, e esse poderia ser outro sinal positivo.

Então Pedro Baby, filho de Baby com Pepeu Gomes e o responsável por convencer a mãe a voltar a cantar seus sucessos da fase pré-gospel, fez um riff de guitarra, a banda o seguiu e a musa hippie dos Novos Baianos entrou em cena — e partiu o tempo em dois. Aos sessenta anos, Baby do Brasil é (nunca antes usei esta expressão batida mas gloriosa e prometo a mim mesmo nunca mais usá-la) uma força da natureza.

De saia de bailarina e cabelo roxos, botas, legging e colã de paetê pretos e braceletes prateados nos punhos, cantando as clássicas "A Menina Dança" e "Lá Vem o Brasil Descendo a Ladeira", sua voz era um sopro de doçura cósmica e potência telúrica se propagando no ar da capital baiana. Havia algo de libertador e de sublime nela — que quem escutava fazia o possível pra não deixar passar.

Janis Joplin do samba, Amy Winehouse da alegria, paquita do Inferno, anjo furta-cor de um Deus que é pura celebração mastroiânnica, Baby não coloca barreiras entre seu desejo de cantar e seu canto, entre seu canto e o público, entre o público e seu entusiasmo radical. Está inteira ali, na sua frente. E o que ela te dá é mil vezes maior do que você é capaz de receber.

Eu já estava pra lá de xarope de felicidade quando, com Caetano Veloso, depois de uma versão "ungida" e chatinha de "Menino do Rio", ela entoou os primeiros versos de "Farol da Barra", olhando pra Galvão, autor da letra, sentado perto de onde eu estava:

> *Quando o sol se põe*
> *Vem o farol*
> *Iluminar as águas da Bahia*

Pra mim, foi como morrer de amor em alto-mar. E o início de uma semana que guardarei com cuidado no meu coração.

HOMERINHO

— Fabrício Corsaletti, pode falar?
— Ah, é você! Posso, claro. Tô aqui no trabalho, mas tá tranquilo. Onde você tá?
— Não tô te ouvindo bem. Cê tá me ouvindo?
— Tô. Mas deixa eu mudar de lugar, então.
— Não entendi.
— Melhor agora?
— Bem melhor. Rapaz, vou te contar... eu tô aqui em Natal. É... vim pra cá pra ver o mar. Eu tava em São Lourenço me cuidando, trabalhando de lá... Pensei: eu já criei meus cinco filhos, já trabalhei muito, não devo pra ninguém. Por que eu não posso ir pra Natal ver o mar? Eu disse: vou pra Natal ver o mar! Eu conheci isso aqui uns quarenta anos atrás, tá bem diferente, mas continua lindo. Cê pode falar mesmo?
— Posso. Continua. Quando cê chegou?
— Hoje cedo. Isso aqui é o paraíso. Vou te contar como é a vista do meu hotel. Ele fica uma quadra pra dentro da praia. Daqui eu vejo, ó, um hotel em construção, um terreno baldio, aí tem um hotel desses metidos a besta... e logo ali já é o mar. Um azul maravilhoso. Nosso Brasil é muito lindo. E tá soprando uma brisa campeã. O gerente do meu hotel é o Silas, um figura. Combinou que vai me levar pra comer lagosta num lugar campeão. E aí... o Silas... olha só como é a vida... o Silas é sobrinho de um músico com quem eu trabalhei nos anos 70, o Pé na Jaca. Ficamos amigos na ho-

ra. Rá rá, garoto! Eu tô impossível. Quero passar uns meses aqui. Já falei com o Nelsinho, do teatro, e ele disse pra eu ficar tranquilo, que eles vão continuar me pagando, que o que eu precisar é só pedir. Inclusive se eu precisar de internação...

— E como você tá de saúde, hein?

— Rapaz, eu tô travando uma luta bonita com essa doença. É uma luta difícil, mas é nessas horas que a gente entende aqueles gregos malucos. Conhece-te a ti mesmo. Agora eu tô começando a entender essa frase. Conhece-te a ti mesmo. Ah, guri, você se prepara que eu vou sair dessa!

— Claro que vai.

— É uma doença forte. Eu tô sentindo muita dor. Mas você não pense nunca o contrário: eu vou sair dessa e quando você menos esperar eu tô na área!

— Acredito! Que bom que você tá bem... Tá com uma voz boa. Cê não vem pra São Paulo tão cedo, né?

— Preciso me concentrar aqui. Ficar de frente pro mar, comer umas lagostas... A brisa aqui é um negócio que você não imagina. Eu tô relendo o João, manja? E o verbo se fez carne. Eu gosto muito do João. Ele é o poeta, né?

— Ele é demais.

— Bom, guri, vai trabalhar que senão cê perde o emprego. Cê continua na editora? Que que cês tão editando?

— Tô revisando um livro do Tchekhov sensacional.

— O Tchekhov é campeão. O Mastroianni que adorava ele. Dizia: eu adoro aqueles meios-tons do Tchekhov. Fui, abraço!

— Fal...

ANGÉLICA FREITAS

Já faz alguns meses que não tenho notícias dela. Liguei pra Pelotas, pra casa da mãe, mas ninguém atendeu. Mandei um e-mail contando que finalmente conheci Tiradentes e perguntando se ela achou o título pro seu livro novo — e nada. Nossos raros amigos em comum tampouco sabem algo a seu respeito. Onde andará Angélica Freitas?

Sou seu fã desde que ela publicou o infalível *Rilke shake*, e nos tornamos amigos quando ela me escreveu agradecendo o recebimento do meu *King Kong e cervejas*, que eu tinha pedido pra assessora de imprensa da minha editora tentar fazer chegar até ela — tarefa a meu ver impossível, pois imaginava a Angélica, por (des)razões que não vêm ao caso, rodando o mundo de mochila nas costas, sem residência fixa, comendo sanduíches de queijo nas praças espanholas e tomando vinho barato enquanto lia Rimbaud ou Emily Dickinson pra alguma garota ruiva — o que só em parte era verdade. Levou mais de um ano até sentarmos pra conversar cara a cara, sem o intermédio dos computadores. Ela estava morando em Delft, na Holanda, e logo depois se mudou pra Bahía Blanca, na Argentina.

Então ela me telefonou e disse que estava em São Paulo. Ficaria dois ou três dias, perguntou se eu tinha tempo pra uma cerveja. Angustiado, num acesso de timidez e sentindo voltar no olho esquerdo um velho tique que eu pensava ter desaparecido pra sempre, ridículo enfim como um adolescente mas sem a graça dos adolescentes, fui encontrar minha poeta viva preferida. Por mérito dela, tudo correu bem — ó fantasma de Manuel Bandeira! —, e eu saí da Mercearia São Pedro com vontade de ser uma pessoa melhor, mais alegre, mais simples.

Agora, quando ela está na cidade, tomamos café da manhã juntos. Falamos bem das nossas namoradas, lamentamos ainda não ter lido *Guerra e paz* e divagamos sobre o futuro.

Um dia quero ser seu vizinho. É uma coisa boa de pensar. Enquanto isso não acontece, releio seus poemas. Esse "treze de outubro", por exemplo, que fala da época em que ela morou em São Paulo:

> *escrever um poema sem calor em são paulo*
> *um poema sem ação: sem carros, sem avenida paulista*
>
> *quando eu morava na augusta, escrevia poemas*
>   *[sobre a augusta*
> *a augusta não me deixava dormir*
>
> *(escrever um poema em que se durma na augusta*
> *e sobretudo, escrever um poema sobre dormir*
>
> *sem você.) esta é a primavera fajuta da delicadeza*
> *(não consigo terminar este poema).*

VOZ DE VELÓRIO, BICARBONATO E CULPA

Minha mãe é dentista. Meu pai é dentista. Minha irmã é dentista. Mas só minha mãe trata dos meus dentes. Meu pai tentou tratar uma vez, brigamos. E quando minha irmã se formou eu já era cliente antigo da minha mãe. Como em time que está ganhando não se mexe, achei melhor nem experimentar. De modo que à minha intimidade bucal apenas minha mãe tem acesso.

Quer dizer, tinha. Pois há cerca de um mês fui a uma dentista nova, paulistana, que encontrei no site do plano de saúde, a fim de desgastar a restauração feita por minha mãe quatro dias antes e que estava me incomodando.

Eu disse pra minha mãe que estava alta. Ela disse que eu ia me acostumar. Peguei um ônibus em Anastácio (divisa com Mato Grosso do Sul) e voltei pra São Paulo. Durante três dias fiz o que pude pra não enlouquecer: dei aulas, saí com amigos, comprei uma esteira, vi cenas da Suelen na *Avenida Brasil*.

Mas nada — nem trabalho, nem uísque, nem Isis Valverde — é capaz de distrair o incômodo de uma obturação que ficou alta. Você tem a sensação de que nunca mais vai fechar a boca, e começa a morder o próprio dente como um cachorro que corre atrás do próprio rabo.

Liguei pra minha mãe e perguntei se podia. Ela respirou fundo e, com voz de velório, me autorizou.

O consultório ficava na avenida Angélica. Fui a pé. Chovia. Meu guarda-chuva estava com algumas hastes quebradas, e entrei ensopado na sala de espera — o que me deixou um pouco constrangido, pois lembro da minha mãe reclamando, na hora do almoço, de pacientes muito mal arrumados ou que não escovavam os dentes antes de ir ao dentista. Os dentes pelo menos eu tinha escovado.

    Sentei no sofá e abri uma revista. Lá dentro uma criança berrava. A dentista tinha voz macia. Pensei na minha mãe, que também tratava de crianças. Pensei em mim quando era criança e passava de bicicleta no consultório e pedia dinheiro pra tomar sorvete. Pensei na minha mãe vestida de branco, abaixando a máscara pra me beijar — seu perfume *mezzo* Paris, *mezzo* bicarbonato.

    Voltei alguns parágrafos pra entender o que estava lendo. O menino, maior do que eu imaginava, passou por mim; a mãe veio atrás dele. Em seguida a dentista me chamou.

    Tinha mais ou menos a minha idade e estava grávida. Quando lhe contei que era a primeira vez que ia a outra dentista, riu de um jeito estranho. Disse que minha mãe sentiria ciúmes. Depois elogiou minhas obturações. Enquanto desbastava a resina, me contou que seu pai tinha morrido há quatro meses e que seu filho se chamaria Antonio.

    — Com ou sem acento? — perguntei. Ela me olhou espantada. Era de fato uma pergunta idiota.

    Antes de ir embora, agradeci de forma exagerada e prometi que lhe mandaria meus livros, inclusive os infantis, que eu dedicaria ao Antonio.

    — Você parece um cara muito culpado — ela disse.

    Dentro do elevador me dei conta de que tinha esquecido o guarda-chuva na sala de espera. Não quis voltar pra pegá-lo. Por sorte, tinha parado de chover.

VIZINHOS

São meus vizinhos. Moram no quinto andar do prédio ao lado, prédio que é minha única vista desde que, em abril de 2006, aluguei este apartamento da avó de uma colega de faculdade.

Eles já estavam aí quando cheguei com um colchão de solteiro, um galão de água e duas centenas de livros. Lembro que estranhei a maneira como se tratavam. Pareciam frios, amargos — ele mais que ela. Tive dúvidas se eram de fato um casal. Nunca sorriam ou se abraçavam. Não conversavam — nem no quarto, que vejo da minha sala, nem na cozinha, que vejo da lavanderia espichando o olhar pra direita. Por outro lado, acordavam na mesma cama, comiam juntos na mesa de fórmica, às vezes levavam os pratos de macarrão e os copos de suco pra algum cômodo que eu não enxergo mas que imagino ser a sala de tevê. "Talvez sejam felizes assim, quietos e cúmplices, assistindo à novela", eu pensava. Depois ia cuidar da vida, que aquilo não era assunto meu.

Então, numa tarde em que faltei ao trabalho porque estava com febre, ela, recém-saída do banho, entrou no quarto enrolada numa toalha, não fechou como de costume a janela, pendurou a toalha na porta do armário e começou a se arrumar. Eu estava procurando um livro na estante, percebi movimento no quarto deles, olhei e vi. Tinha o corpo bonito e era mais magra do que eu supunha. Uma tatuagem de girassol (ou de helicóptero, ou de tartaruga) cobria metade da omoplata esquerda. Não sei se notou que eu a observava.

Deixou a luz acesa, porém deu dois passos pro fundo do quarto. Quando terminou de se vestir, apagou a luz e saiu.

Nas noites seguintes sonhei com ela. Sonhos impublicáveis. Depois me acalmei.

Um dia eu a encontrei no supermercado. Tive vontade de me aproximar e, sei lá, perguntar como andavam as coisas. Mas eu nem sabia o seu nome. Bateu um constrangimento. Voltei a escolher batatas.

O fato é que, faz dois ou três meses, minha vizinha teve um bebê. De algum modo isso mexeu comigo. Como se fosse um bebê da família, ou como se fosse o bebê de uma ex-namorada que a gente não tratou como merecia e que finalmente conheceu alguém legal pra ser o pai dos seus filhos. Agora a casa dos meus vizinhos vive em festa. Toda hora aparece algum parente ou amigo. Os dois vão pra lá e pra cá com uma expressão serena, realizada.

Ontem, quando decidi escrever esta crônica, fui várias vezes até a janela a fim de olhar melhor o apartamento deles. Na terceira vez minha vizinha estava terminando de trocar a fralda do bebê. Me olhou nos olhos, sorriu, pegou o garoto no colo e, segurando seu bracinho mole, acenou, acenaram pra mim. Eu fiquei contente com aquele cumprimento inesperado e lhe dei os parabéns pela criança. Ela agradeceu. O diálogo parou aí.

Na semana que vem mudo de bairro. Não verei mais essas pessoas. Terei outra paisagem à minha frente, viverei outras coisas, esquecerei meus vizinhos de Pinheiros. Mas talvez não os esqueça tanto assim.

PERDA DE UMA MULHER PRECIOSA

Você perdeu uma mulher preciosa. Releia o poema de Brecht, troque "homem precioso" por "mulher preciosa" e admita: você perdeu uma mulher preciosa. O fato de ela se afastar de você não significa que não seja preciosa. Você perdeu uma mulher preciosa.
Você perdeu uma mulher gigante. Suba esta escada de mil degraus e contemple a cidade em miniatura do ângulo do qual ela a contemplava durante os anos em que vocês viveram juntos. Ganhe uma nova perspectiva, mais clássica e distanciada. Perceba a falta de sentido — e de mistério — em cada rosto e o ar — e o nada — circulando entre as pessoas. Encare o deserto das calçadas aos domingos e o inferno das avenidas às segundas-feiras. Conheça o tédio tomando sol — biquínis azuis, amarelos, vermelhos, antes do macarrão com frango — nos topos dos edifícios. E pela primeira vez com alguma nobreza aceite: você perdeu uma mulher gigante.
Você perdeu uma mulher real. Não uma invenção literária, não um engodo publicitário, não um contrato jurídico, não um pacto religioso. Mas uma mulher real — pele queimando no tempo, com data pra acabar. Você estava pronto pra se consumir ou se tornar real também. E então aconteceu: copo de rum a caminho da praia, nuvem solta no espaço, mar latindo na noite, portais sem nome do sexo, livro lido em voz alta, filhos — dela — crescendo, filmes revistos, cursos no centro, restaurantes do bairro, música de banjo, Bach, ponte francesa brilhando no escuro, poesia medie-

val, Anthony Bourdain — Cingapura! — e um fim de semana inteiro num hotel na Liberdade. E você a perdeu. Realmente. Você perdeu uma mulher real.

Você perdeu uma mulher melhor do que você. Mais inteligente, mais humana, mais verdadeira, mais leal e mais feliz do que você. Como você poderia resistir à tentação de roubar um pouco suas ideias, seus sonhos, sua personalidade? Agora porém você foi pego em flagrante — pelo olhar impassível dos móveis imóveis da sua casa — e sabe que a transação terminou. Você vai ter que ser paciente — cachaça, análise, amigos, desprezo, remorso e ternura — até ficar de pé outra vez e olhá-la nos olhos de outra maneira. Você perdeu uma mulher melhor do que você.

Você perdeu uma mulher única. Você afundou numa lama pesada e se sujou inteiro. Não era isso que você queria? Dói, eu sei. Mas, se te consola, fique tranquilo que não vai passar.

BARDOT

Desculpem tratar de assunto tão pessoal, mas minha gata morreu e não tenho cabeça pra falar de outra coisa.

Era uma gata caramelo, um pouco acima do peso e se chamava Bardot. Ao contrário de alguns exemplares da sua espécie, não era traiçoeira nem metida. Era mansa e ia no colo do primeiro que lhe coçasse o focinho. Tinha o coração mole e seu lema era o mesmo dos poetas latinos: acima de tudo, prazer! Tratava-se, enfim, de um animal hedonista.

Vê-la comendo chocolate com a voracidade de uma mulher grávida e sem culpa sobre o lençol branco recém-trocado era um dos tormentos mas também uma das maravilhas desse mundo.

Eu a encontrei na rua, de madrugada, há nove ou dez anos. Era filhote, pele e osso simplesmente, e cheirava mal. Tentei lhe dar um banho, mas ela não deixou. Eu não fazia ideia de como cuidar de um gato.

Pra falar a verdade não gosto muito de gato e quando era moleque cheguei a tacar um gatinho contra o muro do quintal — até escrevi um poema sobre isso. No fundo, acho que tenho medo de gato; embora, pensando bem, eles é que deveriam ter medo de mim. Que horror. A gente escreve pra espantar os fantasmas e de repente percebe que o único fantasma que sobrou somos nós.

Depois do banho frustrado lhe servi leite num pires e depois do leite eu a vi dormir num travesseiro velho, dentro de uma caixa de papelão. E quando ela acordou e me buscou com o olhar e miou pra mim, joguei a toalha ("toalha da liberdade" ia escrever, mas a metáfora, além de cafona, seria falsa, pois eu era tudo menos livre naquela época, talvez fosse apenas ingênuo e egocêntrico, que mistura) e entendi que era amor. E contra o amor não há nada a fazer, só amar e amar de novo e se possível amar melhor.

Como naquela semana eu tinha visto *As petroleiras*, um faroeste de 1971 em que Brigitte Bardot lidera um bando de cowgirls do mal e Claudia Cardinale um bando de cowgirls do bem (não estou delirando, podem conferir), e como a pelagem da gata ainda sem nome brilhava feito um sol de pelúcia, decidi batizá-la em homenagem à dourada atriz francesa, que além do mais é doida por bichos.

E com essa minitigresa por perto fui feliz. Quem tem gato sabe a que me refiro: a sintonia caprichosa, a cumplicidade austera, o pacto furtivo mas eletrizante refeito a cada dia. Quem tem gato, porém, não sabe o que era a Bardot.

Ela era única. Parecia o auge de si mesma. Parecia a criatura preferida de Deus. Parecia o anel de ouro do Diabo, que é a única coisa que Deus inveja no Diabo. Parecia sobretudo a companhia perfeita pra encostar a cabeça sobre a sua barriga e assistir a uma série qualquer de tevê tomando sorvete de manga.

Mas Bardot foi atropelada e no dia seguinte foi enterrada e no ar da sua ausência nada se move como ela se movia.

ELA ME DÁ CAPIM E EU ZURRO

Eu ia passar duas ou três horas no trânsito — um metrô com baldeação mais dois ônibus — e seria bom ter algo pra ler. Antes de sair de casa ainda pensei em levar *A condessa russa*, romance anônimo do século XVIII que eu vinha degustando devagar e com grande interesse. Mas era uma edição tão bonita, além de pesada; fiquei com medo de amassar a capa ou piorar a tendinite. Deixei o livro em cima da mesa e desci pra rua de mãos vazias.

No elevador já estava arrependido. Assim, quando cheguei na Paulista, parei na banca em frente ao Conjunto Nacional e, depois de considerar minhas opções, comprei o volume de bolso *Shakespeare de A a Z*, organizado por Sergio Faraco e publicado pela L&PM, uma coletânea de frases do dramaturgo inglês.

Não sei quase nada de Shakespeare, mas dizem que Shakespeare sabe tudo de mim, isto é, de tudo aquilo que é humano — e bem ou mal faço parte da espécie. Então peguei o metrô, abri o livro ao acaso e tentei me concentrar.

"Ó beleza! Onde está tua verdade?", perguntava o bardo logo de saída. Preferi não esperar pela resposta e virei a página. "Pobre é o amor que pode ser contado", dizia Antônio em *Antônio e Cleópatra* (abaixo de cada fala há uma explicação sobre qual personagem, em qual cena e em qual peça a pronuncia), o que achei — quem sou eu pra achar alguma coisa de Shakespeare, mas enfim — ótimo, verdadeiro. Mais verdadeiro aliás que as aspas anteriores, pois até onde sei a verdade da beleza é a própria beleza.

Outra virada de página: "Quem é calvo por natureza, em tempo nenhum recupera o cabelo". Sem dúvida. E outra: "Ouve opiniões, mas forma juízo próprio". Meu lema. E outra: "O mel mais delicioso é repugnante por sua própria delícia", que eu já conhecia de *Romeu e Julieta*, uma das duas peças que li do autor.

Sinceramente: eu estava gostando médio dessa leitura. Fora de contexto, as frases não estavam batendo esse bolão todo. Talvez fosse culpa da tradução, embora não parecesse. Talvez o formato do livro desse às citações um aspecto de auto-ajuda. Talvez eu estivesse de mau humor. Sei lá.

Mas a poesia, como nos ensinou Borges, está em toda parte, inclusive nos livros de poemas (não era bem o caso). E na página 26 topei com ela, via Drômio de Siracusa, na *Comédia dos erros*: "Ela me dá capim e eu zurro".

Imagino que o sentido original do verso seja outro, mas assim, isolado, com ela e ele, capim verde e fresco e o maravilhoso verbo *zurrar*, tive a impressão de ter dado de cara com a própria imagem do amor feliz. O amor simples, realizado, cotidiano, entre duas pessoas comuns, nem feias nem bonitas, nem perfeitas nem mal-intencionadas, metade sublimes metade neuróticas, com pouco tempo durante a semana mas com sábados e domingos razoáveis, em cujas manhãs ela lhe dá capim e ele zurra e vice-versa.

Em outras palavras, quem é que sabe o que acontece entre dois que decidiram viver juntos?

Ou, como dizia o avô do Gonza, menos famoso mas não menos sábio que o nobre William: "Quem for melhor que eu que se foda".

COMPLETAMENTE

Nem sei como dizer isso, senão dizendo exatamente isso: faz mais ou menos uma semana que ando muito, muito feliz. Não sei por quê, talvez não haja motivo algum, mas estou a ponto de sair por aí cantando aquela música do Waly Salomão com o Jards Macalé:

> *Me sinto feliz*
> *Me sinto muito feliz*
> *Me sinto completamente feliz*
> *Completamente*
> *Completamente feliz*
> *Completamente*

Não, os problemas não desapareceram. Continuam reais como um travesseiro de agulhas e até ganharam maior nitidez, iluminados pelo seu contrário — esta densa, aérea e flamejante alegria. Olho pra cada um deles com cuidado e a conclusão é uma só: eles poderiam levar um homem à loucura. E no entanto o homem que é obrigado a lidar com eles está bem; mais que bem: contente; mais que contente: exultante de energia vital.

E tampouco acertei na loteria. Não escrevi os contos que queria escrever. Fiz recentemente duas ou três maldades de que me arrependo e não consigo me perdoar. Pra piorar, basta pensar um pouco no que acontece no mundo pra gente perder o ânimo de escovar os dentes ou se reproduzir. Mesmo assim, tenho vivido com a sensação de que, se eu quisesse, poderia botar fogo na água — e não como o Anhanguera, que pra impressionar os índios atirou um fósforo dentro de uma tigela de pinga.

Os livros de poesia parecem querer saltar das estantes. Abro o primeiro que encontro pela frente e leio algumas linhas. As palavras atingem sua potência máxima; são vibrantes, coloridas, indestrutíveis; e estão determinadas a não baratear o que quer que seja. Esses caras não passaram pela Terra como turistas. Eles viram tudo o que conseguiram ver e deixaram alguns registros pro futuro. De repente, entendo que sou, que somos, o sonho desesperado de Maiakóvski, de Drummond, de Alejandra Pizarnik. Seria triste demais ser apenas o seu pesadelo. Releio os poemas mais dolorosos desses poetas, e rio tanto que começo a chorar.

Lá fora a luz é dourada, rosa, azul, branca e vermelha. São as cores da manhã. Quando vem a noite observo o céu com estrelas, nuvens e lua nova — e um preto que é azul-escuro, que é preto, que cintila, que tem profundidade e transparência, que dá terror e paz. Era assim que as coisas eram; é assim que elas ainda são. É isso que chamo fazer parte da história, estar vivo — e não morto — e não ter nome, nem ideologia e nem controle sobre as pessoas que amamos.

Otimismo, pessimismo — essas classificações já não me dizem nada. Estou inteiro dentro do ar que respiro e me chega aos pulmões. Parado, dormindo, caminhando. Sou uma máquina de fabricar felicidade. Estou urrando mentalmente e falando sozinho pela casa. E, como Oliverio Girondo, tenho que me controlar pra não ajoelhar no meio da rua, erguer os braços e gritar com uma voz virgem e ancestral:

— Viva o esperma, ainda que eu pereça!

O FOGO NA CIDADE

A reunião já tinha desandado há um bom tempo, tinha chegado àquele ponto em que todo mundo começa a repetir os próprios argumentos, acrescentando aqui e ali algum advérbio como *realmente, definitivamente* ou *absolutamente* — então eu olhei pra fora em busca de ar fresco e vi que na calçada da esquina em frente tinham colocado uma churrasqueira, e um fogo recém-aceso serpenteava nos tocos de carvão.

Logo o garçom do boteco apareceu com os espetinhos de linguiça, coração de frango, peito de frango em cubos e carne bovina e os dispôs sobre a grelha. Eu não estava com fome e voltei a prestar atenção no fogo.

Sua textura era diferente de todas as outras que meus olhos podiam alcançar naquela paisagem do centro. Asfalto, tijolo, casca de árvore, folha, grama, rosa, concreto, pele humana, crina de cavalo da polícia, ferro de pistola, cobertor de mendigo, veludo de calça, jeans de saia, água de nuvem, telha de casa e azul do céu — nada era tão bonito quanto as labaredas cor de laranja.

Nem tão bonito nem tão puro nem tão frágil. Nem tão potencialmente devastador. Era como se eu visse o fogo pela primeira vez, ou como se o visse após um longo tempo — um amigo querido e esquecido e reencontrado; uma ex-namorada por quem nos reapaixonamos durante uns poucos mas intensos minutos.

Quando a reunião acabou atravessei a rua e comi um espeto de frango acompanhado de uma lata de cerveja. Depois fui a pé pra casa, o que significa que andei uns três quilômetros. Incrível a quantidade de churrasqueiras com que topei pelo caminho. Quer dizer, não eram tantas assim, mas elas pareciam em destaque, como frases grifadas num livro com marca-texto amarelo. Eu não conseguia parar de olhar pra elas, de pensar nelas enquanto as deixava pra trás, até encontrar a próxima.

Antes de acender a luz do apartamento, dentro do corredor escuro, a lembrança de todas aquelas pequenas churrasqueiras espalhadas pela cidade me deu a impressão de viver na Idade Média do futuro. Me imaginei desdentado e torto, bastante sujo, aquecendo as mãos ao redor de uma fogueira qualquer.

Tomei um banho e liguei a tevê, estava na hora do jornal. A comentarista vestia um terninho vermelho e usava batom vermelho nos lábios. Seus dentes eram muito brancos e seus olhos castanhos vinham de um outro mundo, de uma outra era. Havia neles um brilho que não se apagava nunca. Por um instante, julguei ter entendido tudo o que precisava entender. Mais tarde, fritando um ovo, percebi que continuava sem saber quase nada — mas isso já não era um problema pra mim.

CAFÉ BRASIL

Deve ser influência da Copa. Assisti aos jogos da nossa seleção e fiquei com a palavra *Brasil* na cabeça. É uma palavra estranha, bonita. A primeira sílaba é estridente feito uma britadeira; a segunda é suave e começa com Z, o som hipnótico. A primeira te dá uma bordoada; a segunda diz: nem pense em fugir, agora é tarde, você já está louco por mim.

Mas eu não estou louco pelo Brasil. Nasci aqui, fui poucas vezes ao exterior; se dissesse que estou louco pelo Brasil soaria cabotino; seria como elogiar meus próprios ossos: que fibras colágenas!, que sais de cálcio!, que tutano! Nesse caso acharia melhor subir logo o tom e dizer que estou louco pela vida. Eu gosto de viver. Mas a vida (ou o Brasil) é injusta e isso às vezes dá uma desanimada, e nunca sei se o desânimo é por causa do Brasil, da vida em geral ou de problemas pessoais, de traços de personalidade e trajetória.

Uma noite dessas, antes de dormir, eu me sentia assim, triste, mortificado. Pra me animar, pensei em todos os lugares-comuns possíveis: você ainda é jovem, tem amigos, namorada, dinheiro pra comer e ir ao cinema, pais saudáveis, sobrinha alegre e, ao contrário de algumas previsões mesquinhas, os últimos exames mostraram que seu fígado está ótimo e o espelho prova que você não ficou careca. Mas não adiantou. O mal-estar continuava. Por fim adormeci.

De madrugada sonhei com o Café Brasil — um café roxo, espaçoso e lindo, do fim do século XIX, cheio de madeira velha e metais sem brilho, localizado na região do Teatro

Municipal, onde na realidade existe o vale do Anhangabaú e o viaduto do Chá, cujas almas (do vale e do viaduto) tinham se infiltrado nos bebedouros públicos, nas cadeiras de palha, nos jardins ensolarados e nos fósseis indígenas, milenares. Há uma varanda verde sob as árvores.

Pela janela de vidro azulado observo as pessoas comendo lá dentro. É um ambiente popular, familiar, talvez familiar demais, crianças passam por baixo das minhas pernas e gritam, é difícil caminhar sem tropeçar em alguma coisa. Me afasto do barulho e entro numa área indefinida, com grades e um grupo de teatro amador que brada o refrão "ruínas de Roma, ruínas de Roma", mas o que ouço é "castrem os sonegadores de impostos".

Surge a condessa russa. Vai ao banheiro lavar as mãos — água pura!, nariz sagrado! — e na volta me encontra fumando atrás das cocheiras. Cavalos batem os cascos no chão de pedra. A angústia circula no alto e cai. O desejo circula entre nós e permanece. Conversamos de boca fechada, como conhecidos na fila de um restaurante. Mas essa não é uma conversa qualquer.

Na sequência seguinte estou sozinho, arrancando com uma espátula cega a cal das paredes de uma casa abandonada.

Mais tarde revejo a condessa, transformada em turista ou produtora de eventos, contemplando de um dos mirantes a paisagem à sua frente. Seu casaco é marrom-café e seu pescoço está em perfeita harmonia com a disposição topográfica do mundo. Coço meus olhos e meus dedos ficam brancos de sal. Serei algum viciado em ângulos agudos? Sinto sede e acordo molhado de suor.

A PUTA

Após duas semanas rodando o interior de São Paulo numa viagem de trabalho, tudo o que eu precisava pra me sentir em casa era de uma tarde sozinho no Linda Frei Caneca, um botecão quase em frente ao shopping dessa rua em que abundam casais gays, comerciários, travestis, atores do Cemitério de Automóveis, prostitutas, velhos playboys, gostosas de academia, passeadores de cães, moradores de rua e seres humanos de modo geral.

Então peguei meu caderno de rascunhos e uma caneta, um romance de Roberto Bolaño sobre o mal absoluto, dinheiro pra algumas cervejas, uma porção de filé acebolado e cafés — e atravessei a Augusta de chinelo, sabendo que era ali, e em nenhum outro lugar, que eu gostaria de estar naquele momento.

Às quatro da tarde o Linda Frei Caneca (que nome ótimo; só não é melhor que o de outro boteco dessa rua, o Linda Bom Jesus VI) está quase sempre vazio, com no máximo dois ou três trabalhadores almoçando um pê-efe requentado.

Nesse dia não havia sequer trabalhadores, e ao me sentar numa das mesas do fundo e olhar pra calçada distante — o Linda Frei Caneca é largo e comprido — fiquei em dúvida se estava protagonizando algum filme de terror do tipo *O iluminado*. A primeira cerveja apagou essa impressão negativa. Quando o garçom abaixou o volume da tevê, relaxei e enterrei a cabeça no livro do Bolaño.

Vinte minutos depois chegou a puta. Ou uma mulher que poderia ser uma puta: roupa mínima de cores quentes, expressão cansada, rugas profundas, pulseiras em excesso, dedos grossos de quem fez trabalhos domésticos desde cedo, traquejo no trato com o garçom, disponibilidade e grana pra ir sozinha a um bar antes do pôr do sol (putas e poetas têm muitos pontos em comum) e fome e falta de frescura suficientes pra traçar um arroz, feijão, bife, dois ovos e batata frita sem piscar.

— Ô, gostosão, aumenta o som da tevê pra mim?

E riu muitas vezes enquanto assistia a um desenho animado que eu não consegui reconhecer. Um riso manso, exausto ou limítrofe, o riso de alguém que não deixou nada de importante em casa, ou tem um filho em outro país, ou esqueceu que na próxima noite vai ter que encarar outro batalhão de homens tristes e nervosos, o riso do solitário a quem não faltam motivos pra chorar e por isso sabe mais do que qualquer um o que significa rir.

Quando o garçom levou seu prato vazio, ela já palitava os dentes e respondia mensagens no celular. Ria enquanto teclava. Mas esse era um riso deste mundo, cínico e divertido.

A conta ela pagou com um nota de cem reais. Deixou uma boa gorjeta pro garçom. Antes de ganhar a rua deu uma reboladinha pros garçons, que, reunidos atrás do balcão, exaltavam, em voz alta o suficiente pra que ela ouvisse mas o patrão não, as qualidades da anatomia posterior da puta.

Eu pensei "um dia boto você num poema, gata", e anotei no caderno alguma besteira sobre os olhos castanhos daquela mulher. Depois voltei pra história do chileno, que dizia, citando Nicanor Parra: "Assim se vai a glória do mundo, sem glória, sem mundo, sem um mísero sanduíche de mortadela".

ÍNDICE DOS TEXTOS

Nota 17

BAR MASTROIANNI

O maior verso da música brasileira 21
2 27
Uma sapataria 29
Delitos portenhos 30
5 39
Na Barra Funda 40
Chichico e Bandeira 45
8 47
9 48
Um domingo em Santo Anastácio 49
11 50
12 51
Chile 52
14 58
Balada exasperada 59
Aventura no centro 64
Fim da aventura no centro 66
Verdadeiro fim da aventura no centro 68
19 70
20 71
Churrasqueira 1 72
22 74
Recoleta 75

24	76
Procurando sombras	78
26	85
Os irmãos	86
Depois do linchamento	88
Três poemas paulistas	89
30	92
31	93
Paracas	94
33	96
Poema com espetinho	97
35	98
36	99
37	101
Cinema de rua	102
Poema do tapete	104
40	106
41	107
42	108
Churrasqueira 2	109
A professora de química	111
45	117
Os trovadores	118
47	120
O chamado	121
49	127
Um conto grego	128
51	132
Poema do plano de saúde	133
53	134
Buinha	135
55	136
Então Acima da Média entrou na borracharia e disse	137
57	138
58	139
59	140
60	141

Eve Babitz 143
Uma tarde com Sherlock Holmes 145
63 151
Cocktail 152
65 155
66 156
67 159
Visita a Ferreira Gullar 160
Ai Marmi 165
70 167
Churrasqueira 3 168
Marcello 169

Perambule

Paterson 175
Japão 177
Carnaval 178
Perambule 180
Dieta 181
Romance 183
Sequestro 184
Pote 186
Invenção 187
Profissões 189
Duzão 190
Esquerda 193
México 194
Fumaça 196
Droneiro 197
Dois 199
Lista 200
Sorte 202
Paulista 203
Lugares 205
Mário 206

Cinema	208
Zumbis	210
Shepardiana	212
Dinheiro	213
Amy	215
Fralda	216
Marquesa	218
Férias	219
Carioca	221
Mallmann	222
Baldinho	224
Vexame	225
Ideia	229
Torcicolo	230
Rua	232
Sicílias	233
Feira	235
Confissão	236
Figura	238
Bola	239
Copo	241
Excursão	242
Vingança	244
Escura	245
Lanchonete	247
Aniversário	248
Brasília	250
Violência	252
Temporal	254
Ciclo	255
Chiclete	257
Café	258
Peruana	260
Karaokê	262
Paisagem	264
Amsterdã	265
Sonâmbulo	268

Corte 269
Cidade 271

Ela me dá capim e eu zurro

Manhã 275
Meu amigo esquimó 277
Maio, junho 279
Sebos 281
Aeroportos 283
Piadas e janelas 285
O manobrista e a médica aposentada 287
Disposição topográfica perfeita 289
O mercado de Pinheiros 291
Cuscuz paulista 293
Modigliani 295
Pesadelo paulistano 297
O elfo assobiador 299
A geografia dos livros 302
Conversa contemporânea 304
Quando há primavera 306
Elogio das padarias paulistanas 308
Faulkner e os cardápios polifônicos 310
Um Fusca 312
Fim de festa na Pompeia 314
Caetano e as bacantes e a cara do senador .. 317
Na Vila Mariana 319
Não são o que parecem 321
O Elvis da Paulista 323
Meu companheiro de ônibus 325
Angústia 327
Xadrez humano 329
Uma máscara e um muro que me escondam .. 331
Esquilo 333
Manu 335
Das 9h às 18h 337

Na livraria	339
Sem título e pela metade	341
Pequena humilhação	343
O novo livro de Rubem Braga	345
A avó do Antonio Prata	347
Ilha Solteira e depois	350
O sítio	352
No ar dos vivos	354
Concorde pras Bahamas	356
Palhaço	359
A professora de jazz	362
Mais leve que o ar	364
Notas sobre pernas femininas	366
Um lugar na Grécia	368
Cordano	370
Meu fã	372
Tinindo trincando	375
Homerinho	377
Angélica Freitas	379
Voz de velório, bicarbonato e culpa	381
Vizinhos	383
Perda de uma mulher preciosa	385
Bardot	387
Ela me dá capim e eu zurro	389
Completamente	391
O fogo na cidade	393
Café Brasil	395
A puta	397

SOBRE O AUTOR

Fabrício Corsaletti nasceu em Santo Anastácio, no Oeste Paulista, em 1978, e desde 1997 vive em São Paulo. Formou-se em Letras pela USP e em 2007 publicou, pela Companhia das Letras, o volume *Estudos para o seu corpo*, que reúne seus quatro primeiros livros de poesia: *Movediço* (Labortexto Editorial, 2001), *O sobrevivente* (Hedra, 2003) e os inéditos *História das demolições* e *Estudos para o seu corpo*. Na sequência vieram *Esquimó* (Companhia das Letras, 2010, Prêmio Bravo! de Literatura), *Quadras paulistanas* (Companhia das Letras, 2013), *Baladas* (Companhia das Letras, 2016), *Roendo unha* (Pedra Papel Tesoura, 2019), *São Sebastião das Três Orelhas* (Fósforo/Luna Parque, 2023) e *La ley del deseo y otras películas* (Corsário-Satã, 2023). Também é autor dos contos de *King Kong e cervejas* (Companhia das Letras, 2008) e da novela *Golpe de ar* (Editora 34, 2009), além dos infantis *Zoo* (Hedra, 2005), *Zoo zureta* (Companhia das Letrinhas, 2010), *Zoo zoado* (Companhia das Letrinhas, 2014), *Poemas com macarrão* (Companhia das Letrinhas, 2018), *Pão na chapa* (Companhia das Letrinhas, 2022) e *O livro dos limeriques* (Editora 34, 2024). Traduziu *20 poemas para ler no bonde*, do argentino Oliverio Girondo (Editora 34, 2014), em parceria com Samuel Titan Jr., e *Poemas humanos* (Editora 34, 2021), do peruano César Vallejo, em parceria com Gustavo Pacheco. Uma antologia bilíngue de seus poemas, com tradução para o espanhol de Mario Cámara e Paloma Vidal, saiu na Argentina sob o título *Feliz con mis orejas* (Lux/Grumo, 2016). *Engenheiro fantasma* (Companhia das Letras, 2022), seu último livro de poesia, foi o vencedor do prêmio Jabuti 2023 nas categorias Poesia e Livro do Ano.

Este livro foi composto em Sabon, pela Franciosi & Malta, com CTP e impressão da Edições Loyola em papel Pólen Natural 70 g/m² da Cia. Suzano de Papel e Celulose para a Editora 34, em maio de 2025.